I AM

Patrick Flanery

# 不存在的我

[美]帕特里克·弗兰纳里_著
崔玲_译

NO ONE

北京时代华文书局

献给AEV与GLF

在牛津生活了十余年后，我在今年早些时候回到了纽约。虽未能在哥伦比亚获得终身任期，但我坚信自己能想办法在英国重新开始我的事业，老实说，我始终认为自己最多只能在国外待上几年，心里一直盘算着要回到美国。然而，这期间美国却发生了翻天覆地的变化（巧合的是，我恰好在纽约遭遇袭击后离开了美国），如今我回国后的疏离感并不亚于这些年在英国的日子。

虽然我已是英国公民，且在牛津东区一条名为神之路的街道上拥有了自己的住所（这条街道因其位于山顶而日益繁盛），但由于英国国内并没有移民同化的现象，因而对于我那些英国本土的同事、朋友及学生而言，我是否同他们一样是合法英国公民并无多大意义。总的来说，我始终都是一个美国人。倘若是青年时期移居他国，或许完全的文化植入是有可能的，但对于那时年过四旬的我而言，多年形成的习惯已然难变，除了成为合法英国公民以外，我无法经受其他任何英式化的改变。

从普林斯顿博士毕业时，纽约大学并非我的就业选择之一，但当纽约大学历史系联系我申请教授职位时，我激动万分。在获得该职位并最后得知我的异国生涯已经结束时，我更是欣喜不已。身居异国对人思想的改变让人惊叹，虽说前往英国的决定完全出于自愿，但在短短几年后，我开始变得焦躁不安，并且越发因被美国生活隔绝在外（当时在我看来确是如此）而感到愤愤不平。我将此怪罪于此前在哥伦比亚的同事，怪罪于一切致使我未能在哥伦比亚获得终身职位，因而不得不屈身于牛津其中一所老校担任研究员和大学讲师的诡计，这所老校虽早在十五世纪便已建校，其生源和学校资助却不过如此。

尽管如此，它在我眼中不失为一个让人感到舒适的地方，只是自从牛津开始对学生实行单独或小组授课以来，我的工作压力相比于同等美国院校而言更为繁重，且这里盛行一种在美国学术界闻所未闻的教牧关怀责任。我已经习惯了学校厨师在空闲时将午饭送到我房间，里面通常有前一晚高桌晚宴余留下来的珍品。学校酒窖里珍藏着许多名贵红酒，几个世纪以来，除了开始聘用女性这一变革以外，学校的生活几乎一成不变，某些和我出生在同一年代的大学教师仍将此变革视为是彻头彻尾改变牛津特色的草率现代化，他们对此坚信不疑。

幸运的是，在今年七月返回纽约之前，我成功出售了位于神之路的房产，并由此获取了高达上百万美元的利润，我将这笔钱用来购买位于城市北部，距离哈德逊河仅几小时路程的一处房产和多处土地，与此同时，我自己则居住在纽约大学分配的一间公寓里，这间公寓位于休斯敦大街的银塔建筑群。公寓内并不别致，但它距离博斯特博物馆仅五分钟的步行路程。我喜欢回到如此一座充满浓烈的全球化氛围的城市，尽管牛津大学拥有众多的国际留学生和学者，但却远没有这样的氛围。

自不必说，返回家乡意味着我无需如往日在英国时一般，一年只能与女儿见面一到两次，我有更多更充足的时间与女儿相处。只不过，未能在哥伦比亚大学获得终身任期的同时，我的婚姻也走到了终点，虽然这两件事毫无瓜葛，且没有人真正存在任何过错，但那时的我却认为这是促使我重新寻求新机会的两大绝佳理由。

几周前，也就是我回到纽约大学工作的第一学期的几个月后，我与所在委员会的一位博士生雷切尔见了一面。在牛津大学的时光使得我与学生之间建立了一种轻松的关系模式，尤其是毕业生，于是我提议感恩节前的星期六下午跟雷切尔在一家咖啡馆见面。这家咖啡馆位于麦克道格尔大街，是众多意式主题的店铺之一，它的历史远比看上去要古老得多，但我喜欢这里价格低廉的咖啡和玻璃展示柜里种类繁多、物美价廉的甜点，这缓解了我回到美国后所感受到的文化冲击，使我相信，伴我成长的欧洲生活的印记在位于大西洋另一边的美国也依然存在。咖啡天堂成了我每周必去的休闲地，这里安静且宽敞，三五成群的朋友或同学可以在此畅谈，而无需担心店员会将其赶出店外。与其他所有连锁咖啡馆相比，这里多了一分活力和情调，与那些拥挤不堪的地方相比，这里少了一分忙碌和喧嚣，到店的顾客无需争抢座位，店门口不会有人不断扫视四周，寻找准备起身的客人，随时蓄势待发，上前抢座；店内的顾客无需承受这种被时时盯着的压力。咖啡天堂虽不别致，却朴素低调，我想这恐怕就是它能持续经营多年的原因所在吧，如若不是，那它就可能是一个洗钱的好地方，这在这个小镇并不稀奇。

在与我的交谈中，雷切尔总是反应敏捷，在此之前的九月，我们早有过一次谋面，若是在牛津大学，我会称之为督学，但现在，或许还是称之为会面比较好，若听上去太商业，那就简单地称之为约喝咖啡。在那之后的两个月里，我几乎没有雷切尔的任何消息，直到她发给我一份论文章节的初稿。

雷切尔对这篇以东德国家安全部[1]组织史为题材的论文胸有成竹，我对她如何调整方法论框架提出了一些个人见解，并写邮件通知她在放假前再次见面进行商讨，这样一来，将会事半功倍。

由于无论去任何地方，我都有早到的习惯，因而我随身携带了一本书，不过我并不认为雷切尔会让我久等。在和雷切尔的每次交谈中，她给我的印象都是一位一丝不苟且严守时间，甚至可以说是谨小慎微的年轻女性。在我们上次见面的几天前，她曾于我之前，发邮件向我确认见面的具体时间及地点，而当我如约赶到见面地点时，她早已坐在咖啡馆里靠近华盛顿广场东南角的地方等候。

几周前，在和雷切尔第二次见面时，我在一处靠近窗边的位置坐下，并点了一份美式咖啡，随即翻开随身携带的用来打发时间的书。如今我已不记得那本书的名字，或许是保罗·维希留的《天明》，也或者是类似的某本书籍。很快，我便发现自己竟不知不觉地阅读了十页，我抬头看看手表，已是将近四点十五分，离我和雷切尔约定的见面时间已过去了十五分钟。我掏出早已过时的黑色塑料楔形手机，它虽没有接收或发送邮件的功能，但我想我至少可以给雷切尔发条短讯，有时和女儿约好见面却被堵在半路时，我也会这样做。当浏览完联系人列表时，我惊讶地发现里面竟然没有雷切尔的名字，虽然我很确信在此前九月和雷切尔见面时，我曾点开过关于她的联系人详情。

又过去了十分钟，依旧不见雷切尔的踪影，我再次掏出手机浏览联系人列表，确认自己没有遗漏她的电话号码，或许我当初存的是雷切尔的名而非

① 简称“斯塔西”。

姓，但仔细查看之后，依旧一无所获。或许是我自己在某个时候不小心删掉了雷切尔的电话号码，我的手指不如从前灵巧，而手机上的按键又太小，导致我无法非常精确地按下某一个按键。又或者，关于我输入雷切尔的号码并将其加入到联系人列表的记忆只是我自己的凭空想象，其实根本没有发生过，或是我本打算存，但最终却并没有存，我只是产生记忆错乱罢了。

在等待雷切尔的这几十分钟里，我一直没有动过桌上的咖啡，但现在看来，似乎再等下去也是徒劳，于是我端起咖啡杯准备一饮而尽，就在这时，我发现一位坐在我对面，一名大约三十多岁或四十出头的年轻男子正注视着我。我不知道他已经坐在那里多久了，也不知道他是早在我走进咖啡馆之前便已坐在那里还是在那之后。他点了点头，又或者他其实并没有点头，而是冲我打了个招呼，我记不清了。之后，他开始与我交谈起来，他说话的方式平易近人，于是我放松了警惕。这种事在英国几乎不可能发生，在英国，人们对于陌生人的怀疑心理已根深蒂固于整个国民心态中，这种心态或许源于多年来爱尔兰共和军所造成的威胁，或者说得更久远一点，来源于二战期间对德国间谍的疑心。陌生人之间甚至没有任何眼神接触，更别说彼此交流了，除非他们来自不同的地方，由于机缘巧合，两个人开始在公共场所进行交谈，抱怨伦敦复杂的交通网络或高昂的生活费用，抑或是伦敦转型成为一个国际化的微型国家，导致此前法律强制规定的沿左行走无法继续顺利实施，给人们出行带来了不便，这也不无可能。虽然牛津与首都相距甚远，但两地充斥着同样的氛围。当地的英国作风逐渐让位于伴有强制改变力量的世界大同主义。也许有一天，在英国也能和陌生人稀疏平常地交谈，这一天或许很快便会到来。

如今我是在美国，在十一月一个严寒的天气里，一位陌生人主动与我搭话，而由于我一向对陌生人沉默寡言的英式习惯，对方的这一举动让我大为惊讶，以至于一开始我并不相信他是在跟我说话。

“被放鸽子了吗？”

我反应迟钝地看了看四周，然后说道：“你在和我说话吗？”

“‘你在和我说话吗？’你的反应可真有意思，”他笑着回答道，“就好像德尼罗，是吧？你在和我说话吗？”

“我想是吧。”

“你是被放鸽子了吗？”

“不，不是的，我刚刚在等一名学生。”

“男学生还是女学生？”

我再次环顾四周，这间咖啡馆还有空位，而且这位年轻男子的语气有些奇怪，我不知道继续和他对话是否是安全之举，我盘算着离开这里，结束这段对话。倘若我还尚有一些常识，那恰恰应是我该做之事，但考虑到当下的情况，很显然，我放弃了这种想法，在如今的我看来，当时是我放弃了我的英式想法，让美式想法统领我的思考和行为方式。

“女学生。”我回答说。

“漂亮吗？”

我又一次向四周看去，这一次我确认店里并没有我认识的人。

“你说什么？”

“意思就是不漂亮咯，你说话的方式很像英国人。”

“我在英国居住了十多年，对英国人来说，我的说话方式很美式。”

“好吧，对我来说，你说话的方式听起来就很英式，没有人跟你说起过这一点吗？”

“很多人都这样说过，美国人的耳朵不太好使。有一个扮演医生的英国演员，叫什么我不记得了，他们认为这个演员的美式发音没有任何瑕疵。其实并不是，他的发音姑且可以说是像在实验室里人为虚构的，而不是土生土长的。”

“看吧，我说的就是这个意思。美国人从来不用‘姑且可以说’这个词，你完全就是英式的说话方式，真是太酷了。”

“我不这么认为，不过谢谢你的夸奖。”

“所以这个放你鸽子的学生并不漂亮，是吧？”

“她很有魅力，但这并不是重点，她是一位极其出色的学生。”

“但她却是一个怪人。”

“不，她不是怪人，她不是这种人。”

“那就给她打电话。”

“我没有她的电话号码，我以为我有……”

“你是不是老年痴呆了？”

“我没有那么老。”

“你都可以当我爷爷了。”

“我连五十五岁都还没到。”

“好吧，别生气，我只是在跟你开玩笑而已。你是教什么的？”

“现代史和政治，还有关于影视的高级研讨班。”

“真酷。”

“你是学生吗？”

“不，现在已经不是了。”

“你知道了我是做什么的，你不想告诉我你是做什么的吗？”

“我只是公司的一个托儿罢了。”

记忆中，以上就是我们对话的全部内容。这位年轻男子和我女儿年纪相仿，浅茶色头发，苍白的面色使得他看上去像是一个头脑简单，有中西部特性的人，他的脸庞闪烁着贫穷和饥饿的目光，那是在从前几代人身上才能看到的特质。我猜想，这种特质不是遗传自他的父母或祖父母，便是其曾祖父母中的其中一个或多个在其一生中未得饱腹，而那种饥饿感不知不觉融入了他（她）的基因里，然后一代代遗传至在咖啡馆找我搭话的这名男子体内。年轻男子的那张脸庞使我想起迈克·迪斯法默的肖像，想起那些普通阿肯色人黄褐色的照片，他们皮肤黝黑，大多数人骨瘦如柴，眼中带着饥饿或猎杀的目光，仿佛在猎取食物的过程中，追逐猎物的他们在某个时刻意识到自己正被一个无形的猎食者所捆绑。

这次见面本身并未让我心绪不宁，不过我在黄昏时候步行归家途中不断回头张望，提防着如同和我搭话的年轻男子一类的人，之后，当我站在明亮的窗户旁，俯瞰休斯敦大街时（或者说是我一边看着自己的影子一边想着窗外的车来车往时），我突然想到自己完全暴露在他人的视野之下，我所站的位置离街道仅有几层楼高，房间的百叶窗敞开着，而我就站在窗边，一边听着迈尔士·戴维斯的音乐，一边喝着杯中的威士忌，因为毕竟此时已是下午五点半，而且现在正是十一月，天色已黑，我孤身一人，内心的孤独感挥之不去，我意识到我此前之所以没有立刻结束与那位陌生男子的对话，是因为我还没有打算与我在这座城市的老朋友们重新取得联系，事实上，待在牛津的这些年里，我和这些朋友们的关系逐渐疏远，我们之间的友情逐渐淡漠，所以现在我无法打电话给我曾经的旧识，我可以与任何学生见面，无论男女，也无论漂亮与否，却无法轻松地邀请这些老友出来喝杯咖啡叙叙旧。我决定邀请一小部分同事共进晚餐，随后我便想起自己最初感到心神不安的原因，之后又想起自己早已在这种不安情绪中忘记其原因这一事实。我打开笔记本电脑，在邮件最上方的已发送消息里是我写给雷切尔的邮件，这封邮件显然是我在与雷切尔见面的那天下午写下的，邮件发送时间显示为当天下午两点，也就是几个小时以前。在邮件中，我询问雷切尔可否将见面时间重新安排在下周星期一的下午四点，地点是我的办公室，因为我临时有事，无法脱身，紧接着表达了歉意并请求雷切尔的谅解。接下来一封是雷切尔的回复，很显然我已经点开看过了，邮件上方显示着已读，雷切尔在回复中同意了我要求下周一在我办公室见面的请求。

我完全不记得自己写下过这封邮件，也不记得我已经收到并阅读过雷切尔的回复，头脑中一片空白。我的确在下午六点之前喝了酒，不过那是我当天的第一杯酒，而且这一周来，我滴酒未沾，不可能出现神志不清醒的情形。或许有人会认为我提起这件事是因为我在以往酗酒成性，事实并非如此。我与当时在牛津大学的许多同事不同，他们中大多数人是功能性酒鬼（或者说是接近功能性酒鬼），无法忍受待在美国学院的日子。我想说的重点是：我没有喝醉，没有因为酒精而忘记和雷切尔互发邮件一事。不过倘若说我因为某些外部原因才完全忘记和雷切尔见面的这一小插曲，而不是因为存在记忆黑洞，会比较让人信服。这或许有点悲观，但在某些时候，在我重新回到美国式生活而突然感到不安的时候，在与学生或同事的相处均无法消除我内心孤独感的时候，我便会给女儿打电话，这也正是我在几周前的那个星期六所做的事。我调低迈尔士·戴维斯的音乐音量，拨通女儿的电话，询问女儿梅雷迪思和彼得的近况。

“我很好，爸爸，说实话，我最近的生活有一点疯狂，今晚我和彼得要会出席一场晚宴。”

“晚宴会有什么重要的人出席吗？”

“是的，但是我不能，我的意思是我不应该告诉你。”

“你是不相信我吗？”

“不，当然不是，只是现在的这些通讯网络太发达了，你永远不知道它会不会泄露你的秘密。不过也许只是我自己多疑罢了。你过得怎么样？”

“还不错，有些事……其实也没什么事，我就是想听听你的声音。”

“如果你愿意的话，今晚就过来我家吧，我可以叫其他人代替我去。我很想跟你聚一聚。”

我无法辨别这是女儿诚恳的邀请还是单纯的怜悯，但我在接受邀请之前表现出了迟疑。一想到我要独自待在公寓里度过漫漫长夜；或是自己外出吃饭后，前往安格里卡电影院观看一部伊朗语、土耳其语或是法语电影；或是步行一小时来到中央公园，只是为了体验被人群包围的感觉，想象自己在这世界上并不孤独；抑或是想到自己不得不为制造与他人存在关联的错觉而困身于陌生人群，这是多么挫败，一想到这些，我便无法忍受。那些在人群中的徘徊，那些为分散自身孤独感所做的努力，到头来只会让我更加孤独。

在接受纽约大学的这份工作时，我并未仔细思考这一改变（回到我依旧认为是家的地方，虽然我离开这里已有十年之久）将会给我的社会生活带来怎样的影响。在牛津的时候，我的社会生活已经被同事们填满。不得不提的是，当时我的许多同事跟我一样是他乡异客，由于我们都认为自己与英国本土或英式作风格格不入，因而彼此之间逐渐变得亲密，后来我渐渐明白这种英式作风与苏格兰作风或威尔士作风（虽然后者并不常见）大为不同，且英格兰人常常将其与英国风格混为一谈。我曾听英国天空新闻台的一位新闻节目主播这样描述网球选手安迪·穆雷："他是英格兰的伟大希望，而且他是苏格兰人"，仿佛这整个国家就是英格兰一般。英格兰只是联邦国家的一部分，而非整个联合王国。尽管与英式作风（在盛行英式作风的某些地方，这其实是排他性）格格不入，尽管英国不愿同化其移民者，但我从未切身感受过孤独，即使是在我初到牛津的第一个月里。那里有一场接着一场的花园派对、高桌晚宴、盛大宴会和酒会。那里足够小，小到志同道合之士能与彼此欢聚，抛开繁重的工作，保持在这座陌生城市的宴饮之乐。我开始明白，这种交际如同待在图书馆或阶梯教室一般，充斥着教育和浓烈的知识氛围。

每当夜幕降临之时，身在纽约（这座因其自身的独特魅力而引得我深爱的城市，对它的爱伴我熬过在牛津的那段岁月）的我突感一阵孤独之意涌上心头，因此我总是频繁地给女儿打电话，尤其是在周末，或许我太关心她和彼得接下来的安排，以至于让女儿误以为我是在给她暗示。五分之三的情况下，女儿梅雷迪思都会邀请我去他们的公寓或是到外面的餐馆共享晚餐，抑或，倘若我得知她恰好来我所居住的地方或肉类加工区办事（参加派对或画廊开幕），她便会在回家之前赶来看望我。尽管女儿已成家立业，经营着一家属于自己的画廊，事业小有成就，且名声渐旺，但在此之前，她在我眼中依旧是一个长不大的孩子。我最近才知道我女儿和我一样，也喜欢单一纯麦威士忌，尤其喜欢那些产自艾雷岛的似泥煤般的酒类。我和女儿一起坐在客厅，唱机里依旧播放着迈尔士·戴维斯或奥尼特·科尔曼的音乐，因为我逐渐喜欢上购买黑胶唱片，女儿嘲笑着说这是我的“老年化跟潮渴望”表现之一。我和女儿之间唯一缺乏的便是一根古巴雪茄，虽然这听起来非常不合时宜，且带有弗洛伊德学派倾向，但这或许意味着我过去一直想要的，以及我现在所最渴求的，便是有一个儿子。女儿梅雷迪思是我今生最大的快乐，永远都是如此，这点我很确信，无论日后（我希望）谁将成为我们家的一分子，这一点始终不会改变。

十一月的那个星期六，我没有如约和学生雷切尔碰面，随后我乘坐地铁前往哥伦布广场，来到一家杂货店，这家杂货店位于一栋大楼的地下室内，在我的记忆中，之前这里并没有这家杂货店。事实上，在我离开的这些年里，哥伦布广场发生了翻天覆地的变化，以至于我每次回来都难以辨认。倘若我不仔细思考一下自己正处的位置就走下地铁，我便不得不查看地图或者询问路人，以寻找前往南中央公园的路，因为一切对我来说都实在是太陌生了。

这或许与我的婚姻失败有关，或是源于我在女儿年仅十三岁时便打包行李远赴他国，把她丢给妈妈照顾，抑或是源于女儿梅雷迪思和丈夫彼得以拙劣的方式改变了我的生活，他们赐予我那些我从未想过的奢华生活，若是仅凭自身，我绝对负担不起（出门旅行一向选择乘坐头等舱；迅速穿过机场的快速通道和优先通道；登机之前，坐在贵宾室中休息，享受着免费的饮料和食物）。如今，我不可能再两手空空地去女儿家中。我亏欠她的实在是太多了，这些年我一直缺席女儿的成长和生活，我需要对她作出的补偿实在是太多太多。在前往女儿家中的那天晚上，我买了一瓶拉弗格，因为女儿喜欢喝，这瓶酒并不稀有，价格也不昂贵，这是我在那家地下室的杂货店内以高价买下的，它散发着不那么醇厚的酒香。

我按响门铃，前来开门的是我女儿梅雷迪思，那一瞬间，我震惊了。我的天啊，她的装扮！对于一位父亲来说，见到她那身装扮的时候，我感到惊愕万分。她身着一件精致华丽的黑色礼服，脖子上戴着一串珍珠项链，黑色头发披在肩后，除了她的眼神以外，简直堪称完美。她注视着我，从她的眼神中，我看到了不安和惶恐，我猜想她之所以邀请我前来并非出于欢心，而是因为她在应对今晚的聚会时需要帮助，这次见面于我俩而言本该是非比寻常的，现在却只是一场平淡无奇的商业晚宴罢了。为何梅雷迪思在一开始没有邀请我？我只能猜测或许她认为我会感到无聊，或者是彼得不同意，或者是这么多年我都没有参与过他们的生活，所以他们根本没有想过要邀请我，虽然我们过去几个月以来一直频繁见面，我认为他们在某种情况下或在某种层面上做出了一个有良知的决定。显而易见，因为彼得在这段婚姻关系中自诩为“老大”，因而我不应该出现在这种场合。

我把手中的鲜花和威士忌递给女儿梅雷迪思，她倾身亲吻了我的两颊。我们两代人之间如今变得多么矫揉造作啊。我的父母绝不会以如此欧化的方式与他人问好。在我正准备进门时，两个穿着西服的安保人员出现了。

“不好意思，爸，你知道的，今天晚上所有进屋的人都必须通过检查，你很清楚这个流程。”

安保人员拿着金属探测棒在我身体四周来回移动，当他们最终确认我身上没有携带任何武器，不会对房间内的人员造成任何威胁时方才允许我进屋。我跟随女儿走进了厨房，里面站着一位主厨，房间内挤满了随时等待被召唤的服务员。我回到纽约后，事实上，自从两年前女儿梅雷迪思和彼得结婚后，我便从未看到过她做任何家务，哪怕是烧水泡茶。通常情况下，负责烹制晚餐的是屋主，但对于当晚这样的盛事而言，她和彼得需要的不是自己精心烹制，而是更多的服务人员。直到后来我才明白那天晚上的意义有多重大。从某种意义上说，女儿梅雷迪思在最后决定邀请我出席，她为此承担了极大的风险。（我后来才知道，在晚宴临近开始的时候，彼得的一位同事因其子女出现食物中毒而突然打电话来取消了出席，于是，如命中注定似的，我代替那个人的名额，出席了晚宴。）我不知道梅雷迪思是否出于对晚宴出席人数的考虑而邀请了我，但我宁愿认为事实并非如此，我宁愿认为我和女儿梅雷迪思之间始终充满着爱意，她因为我们父女之间这种相互依赖、相互支持的情感而动容，她渴望带我走出内心的孤寂。

“爸，你能来我真是太感激了。我需要你的帮助。”

“别说这种傻话，这是我莫大的荣幸才是。”

“你说话变得好英式啊。”她微笑着紧了紧我的领带，说道，“你想喝点什么吗？我这里有香槟。”

“喝点香槟也是不错的。”

“天啊！太英式了。”

“亲爱的宝贝，我怎么英式了？”

“美国人在这种场合下不会用‘也是不错的’这种说法。”

“我这样说不对吗？我应不应该试着改变一下说话方式呢？”

“不！当然不需要改变。”女儿说完便朝着我的方向点头示意一位服务员递酒，接过酒后，她将那杯香槟递给了我。

“今晚到底是哪个大人物大驾光临啊？你现在可以告诉我了吧？”

“之前遮遮掩掩的，真是对不起，这是一场为彼得、艾伯特·福格尔夫妇和福格尔的母亲举办的工作宴，剩下的这些人都是彼得的同事，”说到这里，她忽然压低了声音，“这里面大多数人让我无法忍受，但你知道的，他们都在同一所私立预科学校上班，而且全部是百万富翁，是真正使我们这个国家得以运作的人，不过大部分时候，他们往往不清楚自己的影响力有多广泛，但这就是我们生活的世界啊。”

听到女儿话语中的疲累，我有些心碎。我想，造就这一切的罪魁祸首应该是女儿嫁给了金钱，而非我和她妈妈，尤其是她妈妈的贫穷。我不得不说，女儿梅雷迪思上过大学和私立学校，而一部分寻求才貌双全的有钱男子之所以对她如此青睐，就是因为她良好的教育背景，以及她身上与众不同且复古的美——她有着弗美尔般的容颜，马奈般的肌肤，除此以外，她还有着聪慧的头脑和独特的品位。那些家财万贯的年轻男子知道，我女儿出生时虽未受百般宠爱，却也在后来受到了良好的照顾和培养，思想睿智且冷静，对另一半而言，梅雷迪思将会是一个稳定的伴侣，至少在其事业生活的前十年会是如此。几年前，我在牛津大学的一位同事在听到梅雷迪思的婚讯后嘲弄了一番，他说希望我们能在彼此子女结婚十周年的庆贺宴会上见面，倘若这个时间再拉长一点，便会显得愚昧甚至傲慢，因为感情恒久不变的年代早已一去不复返。

那天晚上，纽约的新任市长艾伯特·福格尔坐在餐桌的一边，身旁是梅雷迪思的丈夫彼得，另一边则是市长的妻子和我的女儿梅雷迪思，而我则必须忍受着身旁一直自诩为艺术家的卡罗琳，她是市长艾伯特·福格尔的寡居母亲。餐桌上的其他人便是彼得的同事们，其中大多数人要么是彼得所在杂志社的编辑，要么是其他杂志社或报刊社的编辑，不过我好奇的是，他们如今是否真的会用如此老旧的名字来称呼自己的出版物，他们是否早已摈弃了这种说法，而认为自己是“大型新闻机构”或“信息平台”甚至“媒体生态系统”的巨人。

“你是从事什么工作的呢？”卡罗琳吃完一条鲛鳒鱼后问我，那之前的一个半小时，我一直听她喋喋不休且充满激情地介绍梅雷迪思了不起的事业，她夸耀说梅雷迪思已经成为了一颗闪亮的明星，她甚至表达了希望我在女儿面前替她多美言几句的请求，因为她能在某些大型画廊举办画展已足够幸运，且她并没有就此淡出江湖，而是依旧在进行艺术创作，如今她正在准备一系列与年老人体有关的画作。“我现在正在准备以我自身身体部位为主题的自画像。杰里米，你在做什么研究呢？”

“我研究的是二十世纪的德国历史和政治思想，也包括一些政治理论，我写了一本关于为斯塔西提供情报的东德人历史的书，”福格尔夫人点了点头，但我感觉出她对我所说的这些丝毫不感兴趣，“现在我教授一门专门研究影视作品的课程，我想这是我目前最感兴趣的事，或许这意味着我的头脑开始渐渐萎缩，因为我对那些繁杂的档案工作已经失去了耐心，我宁愿看看电影。”

“电影啊，真有意思，”她敷衍地回答道，我确定她已经对我们的聊天内容彻底失去了兴趣，“我的第一任丈夫是个导演，他总是想拍摄我的裸体，我最终还是甩了那个蠢货，后来我和艾伯特的父亲结了婚。他是律师，总是喜欢刺探别人的生活，不过没有那么带有侵略性。我觉得他可能是双性恋。你别那么惊讶！他对性爱，甚至是对看见我赤身裸体这种事始终不太感兴趣，不过说实话，这对我来说也没什么，但是天啊，最让我受不了的是他想了解我的所有想法。这一点简直让我无法忍受，不过他说服我搬到了康乃狄克州，那里可真是人间天堂啊。”

“你不喜欢纽约吗？”

“纽约这座城市太脏，生活太忙碌了，我讨厌那些狗在人行道上拉屎，这让我觉得很恶心。”

“我在牛津待了十年，现在刚回来。”

“你为什么会想要回到纽约这边呢？牛津那边风景优美，安静祥和，我曾经梦想过拥有一间四周被草坪环绕的英式茅草小屋，就像《霍华德庄园》里描述的那样，周围树林茂密，小狗欢快地叫着，这一切是多么浪漫，多么英式的生活啊。你为什么会抛弃这些，回到纽约呢？纽约没有那样的生活，而且美国的乡村太野蛮，太危险了。哪怕只是深呼吸一下，就有可能摔下去，然后直接送命。”

“我觉得其实也没有那么糟糕吧。”

“反正我喜欢英国乡村的田园生活，喜欢那里的风景，喜欢那里生活的安逸，除了自己犯傻之外，没有什么可以要了我的命。啊，你一提起英国，我就想去了！明年春天我应该计划去旅行一趟，那时正是野风信子繁花盛开的时候。我记得在六十年代，牛津城外有一片蓝铃木，那个时候我感觉自己踏入了人间仙境。那时艾伯特刚出生没多久，我们一家三口在英格兰南部自驾游玩了两个星期，那真是一场愉快的旅行啊。你竟然会抛弃这么美好的生活，怎么受得了啊？”

我想起了在牛津的时候，火车从我房屋前鸣笛而过，虽然那是一条居民街，不过每当火车经过，房屋的窗户便会随之震动；也想起了住在我隔壁的学生经常开派对，吵闹得我不得不报警；还想起了那些牛津东区随处可见的陈腐和丑陋：考利路多年未止的建设施工，满是一平方米的混凝土平板铺设而成的人行道，由于路面不平展，只要一下雨，路面的石板便会下陷，之后又向上翻起，路过的时候，总是溅我一腿泥，更别提四面八方环形公路上的吵闹声。总之，如今的牛津实在是少有安静祥和的氛围。

“我之所以回来，是因为我想念美国了。而且纽约大学给的薪酬更高，工作压力更小。当然了，因为我女儿梅雷迪思和女婿彼得在这里，而且我的母亲住在纽约莱茵贝克镇。我回纽约主要是因为家人都在这边生活。”我之所以告诉卡罗琳这些，是因为人们绝不会想要听到别人说自己抱有浪漫遐想的地方和其他地方一样平凡且不完美，而且，除了我所说的那些缺点之外，牛津这座城市仍旧有它自己独特的美，但我还沉浸在对纽约重新拾起的浓浓爱意中，这是一座跟西方世界的其他地方大不相同的全球化都市，这是一座我挚爱的城市。我不想在那天晚上听到任何人说服我，认为牛津本应是于我完成职业生涯而言更好的地方。驱使我回到纽约的最大动力是对于少工作、高报酬的渴求，是对于盼望与女儿多多相处，不用再可怜巴巴地等待着一年仅两次相见的渴求，是对于重新回到这个曾经赋予我很多东西的城市生活的渴求，除此之外，再无他物。

那时，我还没有想过纽约从我身边夺走的那些东西，譬如我的妻子、我的婚姻、完整的事业，我想到了家的简单意义。我当然知道牛津很美，尤其是在夏季那些神秘的夜晚，和朋友们毫无顾忌地平躺在大学公园内，在查韦尔河边踢球，乘船到海岸边野餐，欣赏着水中拂晓而过的天鹅和山楂树上随风飘落的纯白色花朵。或许正是由于周围的破旧和与田园生活相悖的丑陋，才显得这些留存下来的美丽如此高雅、如此有力，我渴望与这样的美丽融为一体，于是我弱化自己讲话的抑扬顿挫，使用元音。回到美国后，我时常发现很多人对我的看法已经发生了改变，于他们而言，我已经不再是一个美国人了，不过我知道只要我抱着决心，努力摈弃我在英国所沾染的口头和行为习惯，便可能通过这些人的测验，回到最原始的我，或者说是在原始基础上稍有些微改变的我。

“我想你已经发现了在你离开的这段时间，美国发生了很多变化，”卡罗琳将身子侧向一边，以方便服务员端走她的盘子，“自从共和党不再能依靠冷战为所欲为后，他们不得不创造另外一种方式，也就是‘反恐战争’。他们没有想到的是，这场反恐战争无处不在，甚至是在这个国家境内，最终成为新一轮内战的根基。这是那些吸大麻之辈求之不得的，不过他们可能把这称之为‘改革’，但事实上这并不是一场改革。这是这个国家的一部分人决定以另外大多数人厌恶的方式生活并管理整个国家。我并不是很懂这些，我只是一个画家罢了。或许我所描述的恰好就是改革的意义，但并不是所有人都支持这样的改革，无论他们多想将这一切自称为改革。”

随着时间一分一秒地过去，我发现市长的母亲卡罗琳比我初见她时显得更为睿智。她的相貌和说话的语气就好像劳伦·白考尔，我曾经在派克大街上见到过劳伦·白考尔坐进车内的样子。卡罗琳与她一样优雅，说话的声音也同样低沉，要么是她与众不同的外貌衬托得其声音更为低沉，要么是常年抽烟喝酒的习惯练就了她如此一副低沉的嗓子。卡罗琳一定已是八十多岁高龄，和我妈差不多年纪，她那种年迈人的说话口吻令人烦扰，她们总是标榜自己的智慧，并且执意要将自己所掌握的知识传授给那些愿意听她们天花乱坠的人。我之所以愿意礼貌地听她侃侃而谈，是因为看在女儿和女婿的分上，不忍破坏晚宴气氛，而不是因为彼得做了很多讨我欢心的事情，他在我眼里就是一个令人生厌的人，他和牛津布灵顿俱乐部那些高喊着“亨利万岁”的人，和美国那些自以为是，毫不关心普通生活和人间疾苦的花花公子并无区别。不过彼得有一点倒是与他们不同，他的心地并不邪恶，且政治方向正确，换言之，从我的立场来说，虽然彼得家境富裕，但从他除此之外的所有品质来看，我认为把他同上述那些人归为一类并不过分。这类人都是含着金汤匙出生，就如同他们母亲开玩笑时所说的一样，他们在还没有出生的时候就已经开始上税了，他们永远不会理解大多数美国人所面对的艰难现实，永远不会在意世界上其他地方的贫苦人民所面临的艰苦处境，相对于那些贫苦人民，美国那些所谓的贫困人士已经算是生活富足了。

那天晚上我认识了新任市长和市长夫人，我们在喝咖啡时简短地交谈了几句，尽管外面寒风刺骨，所有人还是来到阳台，看着中央公园里明亮的灯光和上东城上绚丽辉煌的大楼。我想，这便是我回到纽约的原因吧，因为再也没有其他任何一个地方可以让我欣赏到如此华丽的都市风光。伦敦是一座美丑兼容的城市，它有着战前的美丽风光，也有着战后的丑陋不堪；巴黎的显赫一成不变且古老陈旧；罗马秩序混乱；柏林就像是大杂烩，但纽约不同，尽管这里的摩天大楼层出不穷，但它打破了某种都市密码，成为这世界上最有活力的大都市之一。不得不承认，我从来没有去过亚洲，我的同事们告诉我，若是想要看到未来都市，就去上海、东京以及其他许多此类城市，这些地方会让我大开眼界。或许有一天我会去看看，不过我成天足不出户，在这些纸上写写画画，思考着我的未来到底会是什么模样，思考着我此番解释的目的，思考着谁将会读到这本书，思考着这本书是否只会成为留给我后人的古怪遗赠，或某一天这本书将被作为证据，而不会被公众知晓，出门旅行的承诺如今变得越来越渺茫。读到这本书的人，无论你是谁，无论有多少，都毫无疑问正在对我作出定论，视线在字里行间穿行，对我做着各式各样的假设，我作何辩解都会显得苍白无力。

福格尔很惹人喜欢，不过我感觉得出他对我的敷衍，在他眼里，我只是一个无关紧要的小人物罢了。他之所以会在喝咖啡时和我聊天，仅仅是因为我是这家屋主的父亲而已，他不过是想要利用彼得和他同事这样的媒体大咖，他需要依靠这些媒体大咖的良好商誉来使得这座城市的人民信服他所要做的事，他打算将这里打造成一个更公平、更平等的地方，他希望人民能相信他的这一计划不会对上任市长的政治决策所带来的经济增长效益产生恶劣影响。我和新任市长福格尔只进行了简短的交流，他表现得对我丝毫不感兴趣，这并不是他的错。我算什么？我只不过是一个搞学术研究的历史学家罢了，我只是一个可能还要在教育领域再坚持十五年或二十年的教授，或许会对一代或两代的学者产生影响，不过如今我的未来，我未来的所有一切似乎尚不可知。我将在纸上写下的每一个字都想象成是我在自由意志支配下写下的最后一个字。

那天晚上，当所有人都离开后，服务人员开始清理餐具，此时的房间里只剩下我、梅雷迪思和彼得三个人安静地坐着。我以为梅雷迪思会打开拉弗格，但她没有，这让我很吃惊，不过一整晚我们都在喝酒，梅雷迪思和彼得为三道菜分别准备了三种不同的白葡萄酒，酒的品质可想而知。

“要不然你就留在这里过夜吧，爸。”

“不了，我还是回家去吧。”

“不要说傻话了，现在已经过了凌晨一点。明天我和彼得没有什么重要的事情，所以你就留下来吧。我们明天早上晚点起来吃早餐。”

“你确定这样没关系吗？”

“我们非常愿意你留下来，杰里米。”

“其实我想跟你们说件事，不过我想我还是等到明天再说吧。”

“你说吧，爸，我现在还不困。”

彼得看上去一脸疲惫。

“如果你想睡觉了也没关系，我不一定非要现在就告诉你们，其实也不是什么大事。”我说。

“不，你请说，你勾起了我们的兴趣。”彼得回答。

“今天发生了一件有点奇怪的事情。我本来要和一名学生碰面，而且我在这周的早些时候已经通过邮件和她确认过见面的事了。昨天我上完课后碰见了她，当时我们还说到见面的事情。后来我如约到了咖啡馆，但是她始终没有出现。我只好回家，正当我准备发邮件给她，询问她为什么没有赴约时，却意外地发现我在今天早些时候已经给她发过一封邮件，要求重新约定见面时间，她也回信说没问题。现在的问题是，我对曾写下那封邮件要求更改见面时间这件事一点印象也没有，我也不记得自己看过她之后的邮件回复，但是这两封邮件确实都在我电脑里。”

梅雷迪思在沙发上坐下，双脚抬到腿下，将一块灰色羊毛毯盖到身上，我记得这块羊毛毯是我去年去斯德哥尔摩参加完会议后带回来给他们的，看到他们还在使用它，而不是将其放在橱柜里完全忘却，或者是转送给其他某个不太富裕的朋友，我感到甚是欣慰。“这样说来的确是有点奇怪。除此之外，还发生过类似的事件吗？”

“没有。在我记忆中没有发生过其他类似的事情，这也就是我要跟你们讲这件事的原因所在。你们注意到什么了吗？我的记忆力是不是正在逐渐衰退啊？”

“不，当然不是，我没有发现这种事情。彼得你呢？”

彼得摇了摇头说：“说实话，杰里米，我发誓你的记忆力比我都好。我没有觉察到任何奇怪的事情。虽然大部分时候你都快要把我逼疯了，但这不是一码事。”他说话的时候面带微笑，我知道，他并不是真正在对我表示厌恶，而是一种戏谑的说法。彼得的这种戏谑使得我在他面前更像一个孩子，我感觉他在与我的相处中越来越放松，他认可我为家庭的一分子，虽然我和彼得的父母只见过几次面。而且我感觉到女儿梅雷迪思和彼得家人的融合度胜过彼得和我们这家人的融合度，或许因为根本不存在“我们这家人”，我的家人就是梅雷迪思、我的母亲以及梅雷迪思的母亲，梅雷迪思的母亲孤身一人，没有任何兄弟姐妹，父母也早已双双离世，所以彼得在我们娘家需要共处的亲戚不多，而我女儿梅雷迪思在彼得家中需要共处的亲戚远远不止如此。在我看来，这是一种损失，事实的确如此，因为我知道从很大程度上来说，导致我家庭破裂的责任在我，而非苏珊，不过任何一段关系的淡漠往往是由多种原因所致，我的前妻也并非毫无过错。

梅雷迪思和彼得试图打消我心中的疑虑，那时已是凌晨两点，我们三人竟毫无睡意，梅雷迪思起身帮我寻找可以穿着睡觉的便服，几分钟后，她回到客厅，手上拿着一套从未有人穿过的睡衣、一支全新未拆封的竹牙刷和一把剃须刀。

“你们真的希望我留下来过夜吗？”

“我们俩时刻都在为任何事准备着。保持十分的戒备。”

“或者说比十分更多。”

“或许还要多得多。”

我好奇的是，他们的客房是否也随时准备着，梅雷迪思是否预期到可能会有留宿的宾客，是否已经要求那位来自多米尼加共和国的女管家换上干净整洁的床单和毛巾。我大可以安心地脱去衣服，换上全新的睡衣，尤其是质量如此高雅的睡衣（“高雅”，这不太像美国人的说法，这是事实，但我始终无法摈弃英式的说话方式，要我说出质量“合意”这个词就像是在我舌头上放了一块神奇面包，十分不习惯），然后盖上那织物密度高且质量好的床单，将羽绒被拉到下巴四周，遥望着公园对面的点点灯光，想着我女儿如今身处上流社会，我余生都不用再为自身安全担忧，随后安然入眠。这一切出乎我的意料，改变来得太突然，一切发生得太快，有时甚至会迫使我对自己和女儿之间的关系产生动摇。她只有二十多岁，似乎才刚刚成人，却已是一名地位显赫的成年女性，有自己的事业、自己的生意，还有一位在美国国内颇具影响力的丈夫，她如此年轻便拥有了这一切，真是不可思议！年轻以某种方式影响着一场没有硝烟的革命，倘若有人认为美国年轻人最终不会掌控整个国家，那就真是太愚昧了。那晚，我可以不顾及任何事，安然入睡，倘若我第二天醒来后不记得前几天或前几周发生过的任何事，或者忘记了我成人生活的所有一切，梅雷迪思和彼得会照顾我。我会被送入东海岸的顶级疗养院内受人照顾，直至死去，永远不用担心自己是否会流落街头，只身在纽约城的下水道边徘徊，或是在铁路隧道里过夜。我记得有一次，在去看望远在北方的母亲的途中，我曾在隧道里看见过随便搭建的难民营地。不论发生什么，我都始终不会沦落为注定悄然死去的赤贫者，无论如今某部分的我多希望这一想法成为可能。

第二天，我们三人迟迟不愿起床，直到早上十点多，大家才终于纷纷从床上爬起，此时，由白色大理石制成的餐桌上已经整齐摆好了管家早已准备就绪的华夫饼、水果沙拉、热咖啡和三份《纽约时报》。然而，我这才明白过来，女儿梅雷迪思和彼得一直在商量着什么，他们好像有什么话要对我说，似乎在我坦白自己记忆缺失这一诡异事件的几个小时里，他们已经做出了一个与我有关的决定（后来发现确实如此），或者说在我看来是如此。

用餐区域四周环绕着玻璃，底下是公园，梅雷迪思和彼得迟迟没有开口，或许是在等待时机，等厨房里只剩下我们三个人。这并不是我第一次与他们这样相处，但我逐渐发现他们生活在一起的时间越久，彼此之间就越形成一种固化的安逸模式，他们追求一种理想的、最佳的方式来品味早餐的美味，感受咖啡的浓香，享受窗外美不胜收的景色，当然还有彼此身上散发出来的迷人魅力。毫无疑问，他们是一对令人惊艳的年轻夫妻，他们二人羡煞旁人的地方并不仅仅在于年轻，而在于他们享受着年轻的特权，无需担忧任何事情，或者说担忧依然存在，不过他们心知肚明，安全将永远伴随其左右，不允许任何变革，这样的认知缓解了他们心中的担忧。

“我们商量了一下，我们想给你安排一位出色的医生。”

“杰里米，我爸之前接受过这位医生的治疗。她是这个城市里最顶尖的专家之一，非常善于处理老人记忆的问题。”

“所以你们的确认为我有病，是吗？”

“不是的，爸，说实话，我们两个都没有察觉到你有什么异样。我们只是认为……”

“杰里米，排除一切坏的可能性难道不是更好吗？难道和早点发现问题并对症下药比起来，你宁愿一直生活在不确定和担忧里吗？”

梅雷迪思和彼得的话语里满是真诚。真诚并不是他们的缺点之一。

“的确，你说得没错。”

“我这周就帮你预约见面时间，可以吗？我确定我们可以让你在感恩节前接受治疗。”

彼得说到做到，他把时间安排在了下周一，那天我不用上课，也没有其他安排，但我和雷切尔早已提前约好要在那天下午四点在我的办公室见面。彼得能为我动用自己的人际关系，我很感激，即使是现在，我也希望在那一切之后，在我初次察觉到压在我人生轨道上的那些奇怪改变之后，我已对彼得的大力相助表达出足够的感激之情。

吃过早午餐之后，我回到自己家中。当梅雷迪思提出让司机开车送我回家时，我没有拒绝，因为我依旧因为昨晚熬夜而疲惫不堪，而且我想继续纵容自己沉迷于这种无需担忧自己无人照料的生活状态，哪怕只有坐车回家的这短短半个小时。倘若我选择留在英国，倘若我当初没有卖掉神之路的住房，而是继续在那里过着有些拥挤却不乏舒适的生活，定期去一些欧洲城市旅行，过着从多方面来看并不那么英式的生活，或者说至少过着与英国大部分居民忍受着的狭隘生活大不相同的生活，那如今的我会是怎样一番模样？我回到纽约并不是因为纽约大学提供给我的公寓比我之前在英国的住房宽敞，事实上相对而言，这间公寓的面积更小，餐厅外也没有花园，而是因为在牛津，偶尔当我独自躺在床上思考着自己有没有锁门的时候，一阵不安便袭上心头，而在纽约则不会出现这种情况。在纽约，作为一个上了一定年纪，身居一定阶层的白人，我总是很有安全感，尽管这座城市充满了不可预知，也充斥着警察贪腐、犯罪及恐怖分子的险恶景象。虽然牛津也不免受到恐怖分子的侵扰，或者说至少受到那些一心想将恐怖主义蔓延至世界上更穷困地区的人的侵扰，但于我而言，这种安全感依然是牛津无法给予的。

黑色的林肯城市行驶在第七大道上，坐在车后座上的我想起了一名来自叙利亚的博士生，他几乎和我同一时间来到牛津，如今我在想，我和他之间的这种浅薄关联是否可能预示着后面所发生的一切。年轻的博士生对我和我的同事们做出过奇怪的威胁，他要求我们给予他特殊待遇，仅仅因为他一直在为位于纽约的联合国叙利亚代表团工作。当我们断然拒绝他的要求时，他对我们整个部门的人都给予了威胁和警告。起初没人将此事放在心上，但当他的威胁越来越恶劣时，我便给英国设立的恐怖主义热线打电话举报了这名年轻男子，自那之后没几天，他便消失得无影无踪，再也未曾听说过有关他的任何消息。

我始终不后悔当初选择了这样的做法，后来他人间蒸发的事实使得我确信向有关部门举报他是正确之举。如今我突然想到，一次简单的密告，一通不超过五分钟的电话能何等轻而易举地改变一个陌生人的人生。我和那些甘愿向斯塔西告密的普通东德人有什么区别呢？我假定那位年轻的叙利亚男子是一个威胁，但除了自身的怀疑和恐惧之外，我没有任何其他证据。我记得他在电话里跟我说过这样的话："这里的一切将会发生改变。你会明白谁才是真正的掌控者。"或许这并不能代表什么，只不过是一个年轻人在自我吹嘘罢了。事实上再仔细想想，那听起来只是考虑欠周的虚张声势而已，只是一个即将摆脱上级权威的人可能会对他所遇到的下一个弱者做出的威胁，很遗憾，我能想象我自己可能也会对当初哥伦比亚大学的上级同事这样自吹自擂。或许那个年轻的叙利亚男子并不可疑，反倒是英国的安保服务部门应该自我反省，因为他竟然就此消失了。可能他并没有被有关部门控制，而是选择了离开。那个星期天，我再次回想起了这名叙利亚男子的脸，而当车子正开往布里克街时，突然有一群正在过马路的年轻中东人环绕在车的四周。我在牛津生活的这些年，对身边的黄色人种或多或少都有些免疫，尤其是为了能居住在一个离学校最近的地方而买下神之路的房子之后，每天行走在考利路上，随处可见巴基斯坦人和来自其他阿拉伯国家的居民，他们在这条街上组建家庭，经营商店生意或者前去清真寺朝拜。从我的后花园中可以看见中心牛津清真寺的圆顶和白色尖塔，还时常能听到隔壁花园的派对音乐声，以及一些异国的旋律和节奏，我若身在拉合尔或伊斯坦布尔，或许会痴迷于这种节奏。在纽约和华盛顿遭受袭击重创后前往牛津生活就好比是用某人最为恐惧的东西浸洗其全身。

我所在的大楼有很多门卫，那个星期天执勤的是来自波多黎各、面部轮廓清晰的拉法。

"奥基夫教授！您的包裹。"

坐在桌后的拉法指着堆满包裹的地方，旁边是信箱和窗户，在这个窗户边可以看见三座大楼之间的庭院。星期天竟然会有包裹，真是奇怪，不过或许这个包裹在星期六就已经送来了，只是我当时没有前来确认。

“拉法，这是昨天寄来的包裹吗？”

“我也不清楚，我今天早上十点过来上班的时候它就已经在这里了，昨天值班的是伊格纳西奥，明天你可以问问他。”

包裹箱被棕黄色的纸缠绑着，大小和我母亲年轻时曾用过的老式化妆盒差不多，如今已经无人会将这类化妆箱带上飞机了，不过它曾是女性的主要装备。我记得母亲在化妆箱淡出潮流前曾用过的最后一个是蓝绿色的塑料箱子，带有黄铜色的箱锁和扣件。这起码得追溯到1960年代了，在我母亲不再用其来梳妆打扮之后，那个化妆箱就变成了照片存储盒，里面存放着那些未曾做成相簿的照片，如今母亲将这个化妆箱放在了床底下。据我所知，她每天依旧会照常打开这个箱子，箱子里散发着以往化妆品的味道，以及日渐腐蚀的塑料和混入蓝绿色染料中的其他有毒化学混合物的气味。我收到的这个包裹箱便跟化妆箱差不多大小，倘若装满瓶瓶罐罐，也跟化妆箱的重量相差无几，当我抱着这个包裹箱乘坐电梯上三楼时，我仔细看了看包裹上那不熟悉的字迹，上面写着杰里米·奥基夫教授，我想象着里面可能装着些什么。包裹上没有寄件地址、没有寄件人信息，没有邮票，也没有邮戳，因而我实在无从判断它的来处，至少在我没打开一探究竟之前，我无法判断。

回到家后，我将包裹放在客厅的咖啡桌上，或许是我忘记了它的存在；或许是这个突然到来的神秘包裹让我心烦意乱，致使我害怕打开一探究竟；抑或是因为梅雷迪思打电话告诉我彼得已经和塞巴斯蒂安医生将时间定在了下周一早上十点，如此一来我便有充足的时间在下午四点之前返回办公室与雷切尔见面。“也许，”梅雷迪思在电话中说，“你应该买一部智能手机，这样一来，你就可以随时随地收发邮件，像这种事以后可能就不会发生了。”

“我会考虑的。”

“算了吧，我知道你说这句话就意味着你不会考虑。”

“好吧，亲爱的，我明天或者改天就去买一个，这下你满意了吧。”

“我只是觉得一部智能手机会让你的生活更加轻松。”

“我不认为一部智能手机可以给昨天发生的事情带来多大改变。我依旧会前往那家咖啡馆，如果我有一部智能手机的话，或许我不会为了在那里等她而耗上一个半小时之久，因此可能会节省我的时间，但是这种错误依旧会发生。”

“我知道这件事让你很不安。”

“如果你觉察到了什么异样，或者是你和彼得记得我曾经出现过这种健忘的情形，而不仅仅是忘记名字什么的如此简单，那你们必须告诉我。”

“我会的，但是我和彼得后来又仔细回想了一下，都不记得发生过类似事情。我们觉得你很健康……只是有一点孤独。”

那一瞬间，我竟哑口无言，一阵落泪的冲动涌上心头。她说到孤独的时候，我很吃惊，想起每次我们见面的时候，我总是表现得热情洋溢，努力掩饰着内心的失落与孤寂。我咽了咽口水后说：“是的，最近我确实感到有些孤独。我想念远在牛津的那些朋友，我在那里有很好的朋友。”

“你在纽约也有认识的人啊。”

“但是没有一个亲密的朋友。而且我在牛津认识的所有人在我离开后都出乎意料地没有跟我取得任何联系，仿佛他们对我的离开充满了怨恨。梅雷迪思，你是我唯一能敞开心扉的人，如果我表现得太过需要你，那么我向你道歉。”

“你不需要跟我道歉！有你在身边，我觉得挺好的。你不用为想见我这种事而道歉。”

“但如果我给你打电话，而你又很忙，或者是因为其他事情不方便接电话，我希望你能如实告诉我，我不想成为你的负担。”

“爸，我的生活其实没有那么忙碌，我发誓。”

梅雷迪思给了我那个医生的地址。塞巴斯蒂安医生并非在医院上班，而是在家庭办公室里接待病人，我猜想，这大概是因为那一周刚好是感恩节，或者是因为专门治疗老年人记忆力问题的专家医师都不会选择在医院工作，抑或是他们认为对于初步阶段的治疗而言，让患者处于一个更放松的环境之中并不会构成威胁，行走在从进门处通向检查室的走廊，患者不会感觉自己将被常年关进痴呆患者病房。塞巴斯蒂安医生的地址位于上西城的西区大道上，我在在线日历上将预约见面的事记录了下来，以便在下周一早上能自动接收邮件提醒。

在和梅雷迪思交谈过之后，我花了些时间浏览新闻，并整理了邮件（个人账号里没有任何邮件，工作账号中却有很多，我并不想看），我决定打开电视消遣一下，看看西部老片甚至是足球比赛什么的，只要找到能稍微勾起我兴趣的就可以。就在这时，我隐约看见了咖啡桌上的那个神秘包裹，并不由自主地想打开它一探究竟，虽然有时候就算银行结单完好地放在那里好几周或是好几个月，我也不会主动拆开来看，但这个包裹勾起了我的兴趣。从前我经常在收到一封信后（那个时候的信件还是由邮差亲自派送），由于不想阅读而任由其存放几天、几周甚至是好几年。我记得有一次我收到了一封来自大学时候法国前女友的信件，直到信封褪色后我才将其打开，原本蓝色的信封褪成基色，直至最后褪成了粉红色。我起身回到厨房，拿出刀具划开了包裹表面缠绑着的棕黄色纸，里面是一个由棕色捆包带缠着的纸箱，纸箱上依旧没有任何字或标记。我盯着纸箱看了一会儿，甚至犹豫过是否报警，因为我完全不知道里面到底装了些什么，有没有可能是一枚炸弹呢？毕竟每个教授都曾有过对其不满的学生，我开始迅速在头脑中搜索当初在牛津未了的零星问题，也许这次正是某些残留之事找上门来了。我将耳朵凑近纸箱，里面什么声音也没有，纸箱表面没有任何泄漏物，也没有其他预示着纸箱里装着不祥之物的迹象，我拿起纸箱摇了摇，依旧一无所获，摇动纸箱时，没有听到任何小件移动的声响，里面似乎被塞得满满的，在几经尝试却徒劳无获之后，我拿起小刀划开捆包带，打开了顶部的纸箱盖。

对于孩子而言，拆包裹总是一件让人乐在其中的事情，但随着年龄的增长，人们逐渐发现，或许有些包裹并不会带来任何愉悦，并且会频繁地传递失望或焦虑的心情，当一个人看着眼前的包裹时，尤其是如我一般在感恩节前夕收到如此神秘的包裹，心中不免有一种隐隐约约的担忧，甚至是惧怕之感。在我看来，包裹里的物品可能要追溯到我刚搬往牛津之际，在我前往牛津的六周后，船运集装箱终于抵达了英国口岸，那些于我而言必不可少的生活物品（如书、音乐、一些艺术品和衣物，但没有一件家具，因为我那时候并不认为我会永远留在牛津）由货车运载到了牛津大学的门卫处。在牛津大学工作的第一年，我居住在大学的集体宿舍，学校门卫帮我将摆在前庭的箱子搬至顶楼，我的房间在屋檐之上，房间内部已进行过装潢，在房间的窗户边可以俯瞰砂岩墙壁。当我拆开箱子时，心中的怨愤立刻取代了之前的满心期待与喜悦，箱子里某些有价值的书的封面破损了，有些相框表面的玻璃也出现了裂痕，那一瞬间，浓烈的思乡之情扑面而来，我悔恨万分，绝望无比。从我的行李中、我的书中，尤其是我的衣物中，我不仅感受到了纽约的气息，而且回忆起了我们一家三口生活过的那间上西城的公寓。因为明白我和妻子的婚姻已经走到了尽头，所以我自愿背上行囊，离开了那间公寓，虽然说出我们的婚姻已无可回头这句话的是我的妻子苏珊，而且我们在一年之后才正式离婚，但最终选择离开的人是我。坐在牛津大学的那个房间，面对着雪白的墙壁和统一的家具，我被四周惨不忍睹的箱子层层包围，这些凌乱破碎的箱子让我想到了自己被抛弃的人生，我哭了，哭得撕心裂肺。邻居穿过走廊，寻着哭声走来，他是一位来自日内瓦的博士生导师，也是我的同事。他带着一瓶葡萄酒敲开了我的房门，之后，因为他的敏感和热心，成为了我初到牛津那年最亲密的朋友之一。他帮我从行李箱中拿出书籍并摆放到书架上。倘若那时是我独自整理行李，那我不会将那些书放到书架上。自那之后，一个捆满胶带的箱子于我而言便更像是威胁之物，而非渴望或期待。

我打开咖啡桌上那个纸箱的箱盖，看到物品的一瞬间，我断定里面应该是类似于文件盒的东西，因为里面完好无损地堆放着印有 $8\frac{1}{2}\times 11$ 的纸张，纸张上密密麻麻地印满了数千个网址。起初我以为从最上面的一页可以找出一些端倪（里面大概有两千五百多页），但是我翻了翻，里面的每一页几乎一模一样，每张纸上都印满了网址，密密麻麻地一个接着一个，每个网址之间仅有一个小小的逗号分隔，没有回行，也没有段落。我认为这里面一定有某种信息，不过我起初并没有单独翻看里面的每一页，因为这得要花上好几天时间。然而，我一无所获，这些纸上并没有任何信息，直至后来，我才明白这些看来毫无用处的纸对我而言意义重大，不过在当时我并不知晓。纸上的某些网址很熟悉（全是新闻和杂志的网址），但另外一些我从未见过，看起来就像是完全由数字和随机的字母组合而成。这是一个谜题，但由于没有任何信息和解释，所以我对解开这个谜题并不是很感兴趣。我不适合解谜题，字谜或数字游戏对我来说毫无乐趣可言，我从未玩过纸牌或西洋棋，我宁愿用看书或看电影的方式来打发时间。我想这只是某个人寄错了包裹，无论这些网址的内容是什么，都与我没有任何相干。我将那些纸张放回箱子内，关上箱盖后，便将整个箱子放到了桌子底下靠墙的位置。

我打开电视，正在放映的是由弗朗西斯·福特·科波拉执导的《窃听大阴谋》，恰好是我这学期在高级研讨班要讲解的电影素材。由于我最近没有看过这部电影，于是我舒适地躺在沙发上，准备好好享受其中。持续两个小时的影片让我心情极度放松，渐渐地，我睡着了。我曾在孩提时期看过《窃听大阴谋》，那是我第一次接触这部电影，倘若说是这部电影让我进入了梦乡也不无可能，至少在电影刚开始时我就睡着了，因为它节奏缓慢，即使是在剧情开始变得紧凑，当哈克曼冲马桶时发现水中有鲜血时，依旧看起来像是刺探他人生活的严重后果（这种后果是精神层面的，也是有形或实际的），这样的后果意义深远，刺探者变成了被刺探者，当自己不断完善的技巧开始与自己为敌时，便被逼近疯狂。距离我上次观看这部电影已有些年头了，期间我看了《窃听风暴》，在我看来，这部电影与科波拉的《窃听大阴谋》存在些微相似之处。两部电影中的主角各自为人情冷漠的机构或公司卖力，他们距离其各自组织中的高层地位只有一步之遥，任由上级摆布，任由他们发号施令，直至电影快要结尾时才发现所有那些他们自以为明白和了解的事情，所有支撑其对工作的热爱甚至激情的智慧都与其高尚的道德目的幻想联系在一起，这种幻想的破灭被文化的恐惧所掩盖，最终，这种恐惧将其自身置于极其危险的境地，不过当他们明白这一切时为时已晚。弗洛里安·亨克尔·冯·多纳斯马克执导的电影和科波拉类似，他将主角刻画成掌控权力的疯狂修道士，他将操控他人生命视为自己的使命所在，他以无辜或罪恶之人为目标，这些人罪恶（倘若他们真有罪恶）的源头在于法律本身的荒唐可笑。在科波拉的电影中，罪恶的源头在于一个黑暗的阴谋，不过斯塔西所做的事本身可被视为是一场黑暗阴谋，无论在其眼中，他们所背负的使命何其正直高尚。渐渐地，他将这一切打造成艺术，打造成一种个人的精湛技巧，但只有他自己才能完全欣赏。吉恩·哈克曼电影中扮演的主角哈利·科尔疯狂执迷于维护自己的隐私。

无论我换到哪个频道，播放的都是《窃听大阴谋》，这部电影结束后，安东尼奥尼导演的《放大》便开始了，我点了一份越南食物的外卖，准备继续这样耗费时间，试图将下周一与医生的约见抛之脑后。点外卖已经成了我回到纽约后最大的乐事之一，这使得我能在任何时间吃到任何想吃的食物，而且是有人送货上门。外卖送到的时候，电影剧情正好进行到大卫·海明斯将在公园里拍的照片放大这一幕，画面不断放大，图像渐渐模糊，当摄影者所捕捉到的恐怖画面正要显露之时，照片却模糊到难以辨别，这一画面便是瓦内萨·雷德格雷夫参与谋杀被害男子的一幕，和辛迪·威廉姆斯一样，她在多年后成为美国白人中产阶级酒店房间的女杀手。当海明斯这个角色初次出现在电影中时，我对他所扮演角色的性格特质一无所知。离开小旅馆后，海明斯坐上了自己的车，他一边开车一边接受一个广播节目的采访，他的话语暗示其身份可能是间谍或卧底警察，随着电影情节的不断发展，我才逐渐发现他不过是一个阴险的摄影师，是另外一种形式的间谍罢了。身穿浅色牛仔裤、蓝色衬衫和硬底鞋的海明斯散发着似魔鬼又好似天使般的魅力，我一直想要模仿这种魅力，渴望借助这种魅力去吸引那些我梦寐以求，却又在我壮年时期对我散发出的书生气不予理睬的年轻女性。海明斯恶意拍摄的这些几乎赤身裸体的模特是对监控他人的隐喻，提供了一个我们自认为想看的视角（或者是导演安东尼奥尼认为我们想看的视角），那些越发暴露在外的肌肤使观众注意到摄影师海明斯对窥探他人的掌控心理，海明斯代替了观众的视角，观察着那些被观察的人，而观众们则观察着海明斯。

我一边看着海明斯装腔作势地走过昏暗的伦敦南部，一边享受着美食，我的吃相并不优雅，我喜欢看这些 1960 年代的英国模特在照片上赤裸上身的样子。雷德格雷夫在试图让海明斯归还照片时隐约显露出怪异的欲言又止的表情，她总是将手指放在嘴边，这比我想象中更具力量。

在电影《放大》的最后，一群人假想打网球的哑剧表演情节差强人意。我身边的某些朋友和同事始终认为《放大》这部电影经不起时间的推敲，而在我看来，这部电影却取得了巨大的成就，因为在那个特定时刻，这部作品无可非议，如同《窃听大阴谋》一样，它讲述了人们在那几十年里的心理成见和狂热。为收集情报以及其他更为穷凶极恶的目的而监视他人的方式开始对电影观众的集体潜意识产生影响。

看完两部电影，我因为长时间对着电视屏幕而感到有些浑身麻木，我准备上床阅读历史学家托尼·朱特的文集，虽然我们彼此认识，但只能算是点头之交，在经过长达一个半小时的辗转反侧后，尽管已阅读了一两篇短文章，我却依然毫无睡意，所以我接着将那本文集看完了。虽然那时已是夜半时分，而且我清楚地知道第二天早上还要和塞巴斯蒂安医生见面，但我还是从床上起身走向了客厅，站在窗户边上，百叶窗敞开着，我感受到我的T恤和短裤中有一股从窗户玻璃敞开处钻进来的气流。因为客厅很黑，所以我能清楚地看见外面的休斯敦大街。突然，我隐约感觉到有人正站在远处偷看我，或者说他早已站在那里等待着我的出现，而当他察觉到我已经发现他时便立马装作若无其事地走向百老汇大街。或许我已经神志不清了，但我的大脑隐约记录下了这次事件，我对他点了点头，而他则略显慌张地继续前行。我脑子里有个声音在说这不过是一场巧合，他并没有抬头看我，只是刚好对着手机屏幕在阅读邮件或查询路线而已，但我确信我们彼此之间想法一致，我冲他点头意味着在向他示意我看见他了，我们互相看着彼此，仿佛在说：嘿，那个看我的人，我看见你了！我知道你在做什么！

发生了这件事后，我再次确认了一遍公寓门窗是否锁好，当我回到床上的时候，甚至还条件反射地反锁了卧室门。有人或许会认为我得了被害妄想症，竟然将我自己牢牢地反锁在两扇大门之后，况且这栋大楼还有门卫看守以及CCTV的摄像机监控。如果有人擅自闯入，学校安保部门甚至是纽约警察局会出面解决，一切便会归于往常。然而，我躺在床上，回想着那个男人站在街道上的黑暗影子，回想着他对着我所在方向的视线以及我们之间无声的交流，我的点头之举似乎是致使他向前逃走的原因。这个人会是谁呢？到底谁会监视我？

和那个男人之间的无声交流使我想起了最近在牛津发生的所有事，虽然我自己当时也不明白为何会如此。或许是因为我在英国最后那几年复杂生活的影响不知为何跟随着我一同穿过大西洋，来到了纽约。

如今，从我周围发生的种种怪异现象来看，答案似乎是肯定的。

当彼得把塞巴斯蒂安医生的地址给我的时候，我就应该认出它，但如同我生活中其他的碎片信息一样，我自我屏蔽了西区大道这个地址可能触发的联想，因而在星期一早上到达约定地点的时候，我惊讶地发现塞巴斯蒂安医生的办公室就在我离开纽约之前曾和前妻苏珊居住过的公寓的拐角处，它位于一栋改造过的赤褐色砂石建筑的顶层，公寓街道对面有一所学校，每当星期六，我总是在黎明之前被周围垃圾车的声音吵醒。

我已有十多年没有回过75号大街了，自从那个夏季我搬出公寓，前往莱茵贝克镇和母亲短居后便再也没有回来过，自那之后不久，我便去了牛津。我在搬出公寓时几乎没有带走任何一件家具，这也是为何我在前往牛津的时候甚至连一盏灯具或一台茶几都没有的原因。在我准备离开的时候，曾试着向苏珊索要烤面包机，不过我并未抱着不达目的誓不罢休的心态，那台烤面包机是我在几个月前刚买的，因为我厌倦了用烤箱烤面包，但当我看见女儿梅雷迪思的脸突然一沉的时候，我明白了失去一台烤面包机于她而言似乎难以承受，失去父亲和失去在想吃烤面包时使用面包机的权利会迫使她走上青少年违法犯罪的道路。离开家时，我的行囊里仅仅带着衣物、书籍、照片和一些属于我自己的艺术品，这些艺术品是我在和苏珊结婚之前便已经持有的，其中大多数（包括一幅尼奥·劳赫的早期作品，这是我在这幅画作还未疯狂涨价前购买的）是用我父亲遗留给我的钱购买的，因此在这件事情上我绝不退让。这些艺术品是我的传家宝，我用其中一部分钱买了公寓，后来我将公寓拱手让给了前妻苏珊（不过我说服自己，这是留给女儿梅雷迪思的），如同那台烤面包机和我最喜欢的落地灯，甚至是我父母在我高中时期送给我的那把黑色原声吉他，梅雷迪思曾将这把吉他命名为“波波”，真是令人费解的名字，她经常将吉他带去河滨公园的舞会和三五好友一起弹奏，舞会现场传递出一种我和苏珊均难以言传的怀旧嬉皮士氛围，是我们太年轻了吧。

十一月那个星期一的早上，我提前到达了约定的见面地点，在塞巴斯蒂安医生的休息室看了一个半小时的杂志后，我走到75号大街上散步，在经过前妻苏珊如今依然居住着的那栋公寓时，心中没有一丝波澜。我知道今天是她的休息日，或许她现在正待在公寓里，我差一点就按下了门铃，然而经过慎重考虑，我确信她不会想和前夫若无其事地聊天，于是我放下了试图按响门铃的手。必须公平地说，我和苏珊决定在离婚之后依然保持朋友关系，而且从很多方面来说，我感觉除女儿梅雷迪思之外，她便是我最亲近的人，梅雷迪思和苏珊的关系一直不太融洽。在梅雷迪思高中毕业，前往波士顿上大学后，即使我那时远在千里之外的牛津，苏珊仍旧会跟我打电话讨论女儿的事情，因为那段时间，她们两人正因为梅雷迪思的高中男友以及她选择攻读艺术史专业的事争执不休，两人关系一度恶化。在苏珊看来，攻读艺术史专业是一个极其违背现实性的选择，而且梅雷迪思无需在真正进入大学之前便对自己想做的事作出决定。事实上，苏珊认为梅雷迪思应该攻读商务，最终，梅雷迪思没能选择艺术史专业，但她也没能按照苏珊的预期选择商务，而是选择了艺术管理专业，为此，两人之间的关系再度恶化。这让苏珊觉得平时总是看似生活在自我想象世界中的女儿体内依然存在现实倾向。“你还想要一个经济学家怎么样呢？”我曾经对女儿梅雷迪思说过，“你妈妈所关心的是逻辑、方程式、余额、期望值和期货。”我记得梅雷迪思听后一脸不快地回答说：“就是不关心我的快乐。”

那天早上的天气有些寒冷，但我还是决定去河滨公园散散步，我将外套向上拉扯，紧紧包裹住脖子。我经过遛狗的道路，我曾经在无数个清晨和夜晚带着我和苏珊养的小狗乐天到这里来遛弯儿，每当乐天在上厕所时，闲来无事的我便不得不和一些本不会碰见的人闲聊，有一次我甚至在这里与演员凯瑟琳·特纳聊过天。那些和我一样每天定时在这条路上遛狗的人试图表现出一副特纳只是普通人的样子，我想这是为了给她一些私人空间吧，不过所有碰见过她的人肯定都在心中暗自庆贺，庆贺自己能在现实生活中看见她像普通人一样遛狗，过着平常人的生活，仿佛变成了其他不属于她的身份。我情不自禁想起几年前她在剧作《轻率之举》中的表演，在那之前，她还曾出演谷克多执导的《可怕的父母》，特纳在里面扮演的是伊冯一角，是袭德·洛扮演的剧中人物迈克尔几近疯狂的母亲，在这部剧作中，一个不知名的角色在第二幕时从浴室走出来，全身湿润，赤身裸体地站在舞台上，引得台下一片轰动。这是一场以不同形式的赤裸为主题的演出，其中大部分形式都是精神上和情感上的。演出中，虽然特纳衣衫完整，但却如同舞台上的其他人一样赤裸。这场戏带给观众的震撼甚至比大部分演出更为剧烈，这种震撼来源于观看一场偷窥狂的公共演出，体验了一个家庭将其精神创伤炫耀于众的精彩表演。演出的最后，布景裂开了，墙壁和天花板纷纷倒塌，一道刺眼的光照射进来，我突然想到这是观众自身对演员们进行集体观察的象征：是观众们集体审视的尖锐目光让主角们的家庭分崩离析。

那天早上来河滨公园遛狗的人寥寥无几，其中大多数都是上了年纪的女性，其中一名女性牵着六七条比熊犬走在河边的人行道上，那些比熊犬看上去好似一团雾在移动。狂风在哈德逊河上方呼啸，我感觉脖子有些冰冷，于是决定往回走。如今的我已不再年轻，我害怕会因为感冒而在床上躺一个星期。巧合的是，塞巴斯蒂安医生当天并没有其他预约病人，我刚一进门便被她带去了咨询室。我记得那间咨询室很空荡，里面只有白色的墙壁和现代家具，如此苛刻的空间使人无法在头脑中触发任何联想。

“通常来说，每年的这个时候我都不会接诊，但既然你是彼得的岳父，那我就破一次例。”塞巴斯蒂安医生微笑着说道。她跟我年纪相仿，来自英美以外的其他国家，不知为何，这让当时的气氛显得更加严肃。我意识到了自星期六那件事发生过后我内心的担忧，更确切地说，是自从我将心中的疑虑告诉彼得和梅雷迪思之后所产生的担忧。我明白，我真正希望的是女儿和女婿能够坚定地告诉我无需为此担心，给予我足够的鼓励，而不是他们自己仍旧从容面对生活，却将我推给一位可能发现我的脑部运作系统存在严重漏洞的记忆专家。我知道所谓的“记忆专家”只是一种委婉的说法，这个女人不过是一位神经科专门医师而已，但这个词语总让我感到心悸。我人生第一次接受神经科专门医师的治疗，只是因为我最亲近的人怀疑我的脑子有问题。我怎么能因自己出现的小失常而责怪他们呢？刚开始是某些突然的变化，不能使用日常语言，频繁忘记一些常用词语，对最近与他人的对话或通信完全丧失记忆，履行着根本未作出的决定，像事先已经过排练一样做着根本未讨论的事情。

“你先告诉我你自己觉察到的一些异样吧。”坐在桌后的塞巴斯蒂安医生说道。她使用的钢笔看上去像是一个古董，除此之外，她还拿出了一本类似于记录金融账户以及盈亏情况的账簿。

我将自己周末的遭遇一五一十地告诉了她，就像之前对梅雷迪思和彼得讲述的一样，我再次向塞巴斯蒂安医生讲述了我对与雷切尔见面之约的疑惑。

“那之前呢？之前出现过类似情况吗？”

“在我的印象中没有。”

塞巴斯蒂安医生一边点头一边埋头记录，然后她又问了我一连串问题，以探明我是否患了痴呆。她询问我年份、季节、月份和日期，她想大致而又精确地知道我对时间的断定。她说出了三个词语让我记住，在之后的对话中要求我回忆这些词，她先让我拼写许多其他的词，之后再让我拼写之前重复的那三个词，随后，她又让我辨别并说出她从箱子里拿出的许多日常用品的名字、重复一些特殊短语、写下完整的句子、听写以及画一些简单的几何图案，我感觉自己就像是一个小孩子。在这一切都结束后，我逗趣地向塞巴斯蒂安医生询问我刚才的表现如何。

“很完美，你的表现很正常。我想建议你做个脑部扫描，看看头脑内部是否存在任何异常，以排除中风或肿瘤之类的病症。”

“中风或肿瘤？”

“你听我说，奥基夫教授，”她伸出双手，手指交叉着对我说，“可能未必如此，但是因为你出现明显的记忆缺失或认知问题，所以我想确认你的头脑内部没有任何问题。你的家庭成员里面有过帕金森患者吗？”

“没有，从来没有。”

“阿兹海默症呢？”

“据我所知，也没有。”

“你的家庭成员从来没有提起过谁患有健忘症的吗？”

“我家里去世的每个亲人都是死于癌症、心脏骤停或是由于年纪太大导致的自然死亡。”

“你的意思是？”

“有些上了年纪的亲戚在熟睡中去世了，所以我猜想他们的死因是心脏骤停。”

塞巴斯蒂安医生点了点头，她说倘若我不介意的话可以在星期二进行头部扫描，不过这最终还得征得我的同意。会诊结束了，不过我想得到的是确定的结果，而不是更多的问题。

“但是如果我没有精神方面的问题，那又意味着什么呢？”

塞巴斯蒂安医生不停旋转着手上的钢笔，她躲避了我的视线。

“那我们就必须想想是否可能存在某些心理原因了。”

塞巴斯蒂安医生抬眼看向我，目光透过眼镜最上端，这让我想起了严肃上课或给予学生警告的老师。倘若是在其他情形之下，我除了表现出该有的谦卑和尊重外，绝对不会对眼前这个女人产生任何兴趣。她手上没有结婚戒指，虽然我知道这并不一定表示她是单身。她办公室的桌子和墙壁上也没有摆放任何照片，只有她在哈佛大学的学历证书，被端端正正、整整齐齐地挂在墙上，所有专业人员都会这样做。塞巴斯蒂安医生如此精益求精的性格以及她的穿衣打扮（黑色毛织西装裤、黑色鞋子、米白色丝织衬衣，全身上下除了银色金属手表之外，没有任何其他配饰）使我想到了我一直深爱着的一个女人，我甚至希望我和塞巴斯蒂安医生的第一次见面不是在这样特殊的环境下，我希望我在没有被前一周的经历折磨得狼狈不堪的情况下与她相遇。

“我就当你的意思是说我可能疯了吧。”

她抬起下巴看向我。

“不，奥基夫教授，我不是那个意思，我的意思是人的头脑有很多完全清除某些事件的方式或者说存在诸多原因。”她来自哪个国家呢？我很好奇。德国吗？有可能。如果是来自德国的话，那我们完全可以用德语交流，这样会容易得多。“把这些事情讲述给其他人听是很有意义的。你已经看过其他医生了吗？”

“我没有接受过任何治疗。”

“你有认识的医生吗？”

“在纽约没有。”

“我可以给你推荐一个。”

“我考虑一下吧。”

我起身离开了塞巴斯蒂安医生的办公室，思考着到底是什么心理原因可能导致我的记忆缺失。走在通往 72 号大街地铁站的途中，我试图回想可能触发我丧失记忆的精神创伤，但一无所获。雷切尔这个学生诚实可靠，不大可能激起我任何强烈的情绪或精神回应，我不明白为何与这样一个学生见面会引发我的创伤性健忘症。我也不确信这是否是塞巴斯蒂安医生所表达的意思，我甚至不知道人的大脑到底是否按如此方式运作。之后我猛然想到或许是那个星期六下午发生了一些事，出现了一些和雷切尔无关的创伤，而我因为试图忘记那个可能发生过的创伤，所以才将与雷切尔的邮件通信也一并忘记了。虽然有这种可能，但这种假设似乎难以令我自己信服。

走在熟悉的街道上，我想起了曾经的日子——无数个下班回家的傍晚，在经历一天的工作后，我从哥伦比亚大学下班回家，经过费尔威杂货店时，我会停下来买点杂货，随后在奇塔雷拉超市买点新鲜鱼肉或牡蛎，再顺便买点饭后甜点，之后返回家中和妻子、女儿共享晚餐。我的思绪回到了当时，回到我还拥有这般美满家庭生活的时候，虽然婚姻生活中免不了小吵小闹，但那时我以为这样幸福美满的日子会一直持续到我离开人世的那一天，我的父母没有离异，我也相信我和苏珊终能白头偕老。苏珊的父母并没有相伴终生，不过我曾经愿意相信我和苏珊的爱情会至死不渝，我相信随着时间的流逝，我们会找到适应彼此的方法，调整自身的行为以满足对方不断改变的需求与渴望，倘若果真如此，在每日入眠的时候，在同床共枕的夜晚，我们彼此的心中将会充满希望和安全感，或者说即使没有希望，我们彼此也会逐渐敞开心扉，加深对彼此的了解，我会更加了解她的喜好和渴求，更加了解她的身体。那时我无法想象苏珊会对我失去兴趣，也无法想象这会危及到我的职业生涯，最终迫使我离开家庭，甚至离开这个国家。

独自在牛津大学集体宿舍生活的第一年，在学生们痛饮狂欢的夜晚，我毫无睡意，那是在大学毕业之后，我第一次感到躺在单人床上难以入眠，我因苏珊对我失去兴趣而心生怨恨，当我快被这种怨恨所吞噬时，当我突然意识到自己已经连续好几个星期日疯狂酗酒时，当我看到我家教辅导的学生在踏进房间后那夹杂困惑和厌恶的眼神时，我决定在自己走向毁灭前改变这样的生活状态。于是我戒掉了酒精并开始跑步，无论刮风下雨，我都依然坚持着，跑步能使我重新振作，回到从前的自己。我不会像某些男性学者一样，任由岁月摧残，于是我开始在一些女性同事身上寻求动力。年纪越大，她们便越在意自己的容颜，住在我隔壁的一位女性虽已年过六旬，看起来却像是四十五岁的模样。我曾经就此事向她询问过，我想知道她为何如此在意容貌，为留住美丽所做的努力究竟是为满足自己还是为取悦伴侣。她回答说："学生们认为我们已经是老古董了，那我们为什么要火上浇油呢？"

我的办公室位于华盛顿广场上方的连排房屋内，当雷切尔敲响房门时，我正在思考是否应向她表示我的疑虑，我不知道是应询问她关于我们之前的约定，还是假装一切都没有发生过。和大多数毕业生一样，雷切尔一直在准备各种面试，无论在什么场合，总是身穿套装（和塞巴斯蒂安医生一样，我一直无法忘记她），保守的长裤和衬衫搭配上潇洒的黑色低跟皮靴，这样的装扮象征着权力和专业，却又不会让如我一样的男性没有安全感。

我对雷切尔的个人背景一无所知，和学生谈论家庭财富并非易事，但她看上去像是生活在中产阶层家庭，虽谈不上家财万贯却也应该生活富足。周一她前来赴约时所穿的那身套装质量不错，或许是她的父母或祖父母买给她的。雷切尔在专业性和努力程度上有微弱的优势，她仿佛明白自己必须工作，以得到梦寐以求的终身职位，如今要寻找具有终身职位的工作比以往更加困难，因为譬如纽约大学和哥伦比亚大学这样的教育机构所提供的终身职位日渐减少，它们更多需要的是短期合同工，如此一来，为了维持生计，这些合同工除了在多所大学身兼数职以外，别无选择。面对如此艰难的工作形势，我想雷切尔会在心里默默对自己说："我不会变成这样。奥基夫教授，我要成为像你们这样的教授，我想让你知道，当明年写推荐信的时候，你会对我的雇佣者说‘你不雇佣雷切尔，那就是愚蠢之举。’”在本科生眼里，雷切尔是一位受人喜爱的助教，换句话说，有多少学生抱怨雷切尔太过苛刻，就有多少学生赞许她是自己遇见过的最好的老师。正因为如此，再加上雷切尔渊博的学识，我确信我会在推荐信中告诉雇佣单位雷切尔是我所教的所有博士生中最能胜任工作的一个。即便如此，雷切尔也似乎不大可能马上被聘用，还得再熬上好几年，或许她职业生涯的第一年将在路易斯安那州、犹他州或阿拉巴马州度过。

“奥基夫教授，您周末过得怎么样？您在邮件中说发生了点事情，一切还顺利吗？对不起，我并不是要打探什么消息，我只是想确定您没事。”

我一直希望雷切尔不要问个这个问题。

“那天我女儿举办了一场商业晚宴，她想听听我的建议，”我撒谎了，“对不起，我不是一个随便改变约定的人，但那天的晚宴对她来说非常重要。”

我越是辩解，越觉得自己愚蠢。雷切尔一边听着我的解释，一边眯缝着眼睛，她的反应使我焦虑，在我解释完后，她重新睁大了双眼，之前的疑惑开始转变为惊讶，或者说至少她看上去很惊讶。

“您的女儿也住在纽约吗？我以前还真不知道呢。”

“这就是这个工作吸引我的地方之一，在离开女儿那么多年后，我可以再一次回到她身边，年纪越大，想要和子女亲近的渴望就越强烈。我也无法解释，既想着离子女近一点，万一有什么事，子女也好给予帮助，也想着能在他们遇到困难的时候助其一臂之力，当然这并不意味着我上了年纪，需要子女的帮助，也不是我的女儿需要我给予任何援助，你应该懂我的意思吧。”

雷切尔连连点头，试图和我进行眼神交流，但我的眼神已经游离到了窗外的华盛顿广场公园。这个公园在我离开的这些年里发生了极大变化，可我也说不上来到底哪里变了，仿佛还是从前那个公园，只不过更干净整洁些了。一名男子在穿过街道后停住了脚步，他抬头看向我办公室窗户的方向，在将近二十多秒的时间里，他就站在那里一动不动地盯着，之后便继续向前走去。

“搬回美国后感觉怎么样？”雷切尔问道。此时的我正专注地看着街道上的那名男子，他穿过公园，然后转身往回走，再次从我的窗户外经过。我感到惶惶不安：又来了吗？这是第二次了吧？还是第三次了？我觉得我需要一个账本，用来记录每次我感觉奇怪或可怕的时刻。继星期六和星期天所发生的一切之后，这是我只能用“离奇”来形容的又一桩让人匪夷所思的事件。“奥基夫教授？”

“啊？你刚才说……”

“我说回到美国的生活困难吗？您觉得还适应吗？”

倘若是在英国，我会尽量减少这样的闲聊，我和雷切尔之间是师生关系，我无需以朋友的身份与她聊天。我和雷切尔今天之所以见面是因为我要对她的论文提出指导和修改建议，这是我的职责所在，我希望我在专业领域渊博的学识能够给予雷切尔或任何一个学生帮助，使得他们在让其他学者看自己的论文时不会显得很白痴。不过雷切尔不会遇到这样的情况。她做事刻苦认真，并且具备一种提前发现问题的超能力，一旦她意识到问题即将发生，便会立刻调整自己的方向，全力避免或掌握必要的方法以在问题来临时妥善解决（譬如说为了阅读恩斯特·布洛赫的原文而努力提高自己的德语，为了阅读贝尔纳·斯蒂格勒的文章而苦学法语，为了阅读海登·怀特的文章则下了更大的工夫）。然而，或许她问我的那个问题才是致使我心生恼怒的罪魁祸首，因为她的话语表示出她未能明白我只是拥有英国公民身份，而并非完完全全的英国人这一事实。有人可能甚至会说我的英式化只是一种法律层面的虚构，我确实是英国公民，这一点毋庸置疑，但这种虚构的合法性使我产生了一种虚构的归属感或文化植入，这对于如今的我而言无异于是白日做梦。当我还居住在英国的时候，我认为自己可能会在那里度过余生，或者至少在那里完成职业生涯，这或许只是自欺欺人，甚至是痴心妄想。

“怎么说呢，回到美国的感觉就像是回家了。”

当我说话的时候，雷切尔再一次频频点头。我想知道，倘若我说了什么荒谬可笑的言论，譬如说我们生活的地球只是由无形的电脑操控着的模拟星球，所谓“自由意志”不过是我们的错觉而已，或者脱口而出种族歧视或性别歧视，雷切尔是否依旧会如此机械地表示赞同。

“哇，真有意思啊，”雷切尔微笑着说，“我想那是因为美国文化在全球处于领头地位的缘故吧。”

“不是这样的，雷切尔，因为我是美国人。”

雷切尔一脸疑惑，她的表情几乎近似厌恶。“但是听您说话很像英国人。您的父母是英国人吗？”

“不是，我们都是地地道道的美国人，世世代代都生活在美国。我母亲是英国血统，但是他们在十七世纪末就来到了美国，我父亲则来自爱尔兰，和很多人一样，他们在1840年代来到了美国。”

“我只是猜测，因为您的口音……”

“我没有英式口音。英国人不会认为我是英式发音。他们觉得我的发音很像美国人。”

“但是您的发音一点也不像美国人。”

“这是语调的问题。你听听我发的元音，完全是美式发音。只是我使用的措辞、重音或者是词汇有些不同而已。”

雷切尔一直在摇头，不过那时我已经无法忍受她这令人厌恶的执着了，所以我用比较英式的方式（我采用了委婉保守的方式）打断了她，让她明白如果我们不进入正题，这次见面便毫无意义，最后我们都会认为讨论结果不尽如人意。在接下来的四十五分钟里，我们将之前的疑惑抛之脑后，转而开始探讨雷切尔的论文。当听到我说论文几乎不需要修改时，雷切尔松了一口气，雷切尔在整个交谈中都显得疑惑不解，仿佛她大脑的某一部分仍在继续思考我的发音和我说话的方式，她在仔细听我的元音发音以及我说话时所使用的词汇和习语，当雷切尔试图拼凑她对美国人说话方式的观点时，却发现我并不符合她头脑中美国人特性的模型（虽然一个人可能在各个方面都具有美国特性，但并不一定是以英语为其母语）。

“这不仅仅是语调的问题，我觉得这是说话韵律的问题。”她在交谈快要结束时对我说，“是您说话韵律和音量的问题，您的韵律和音量比大多数美国人都要柔和。除此之外，还有句子结构和词汇使用的问题，您说得没错，您使用了一些美国人不会使用的句子结构和词汇，这也是为什么我们大多数人认为您是英国人的原因所在，当然了，因为您只是之前在牛津生活过，所以才会沾染英式说话方式的习惯，您懂我的意思吧……”

我点了点头，但我并没有注意听雷切尔在说什么，我的注意力完全在华盛顿广场公园里的那名男子身上，他又一次在我的窗户外停了下来。在昏暗中，我无法看清他的脸，即使是在公园的灯光照射下依旧无法辨别，但显而易见他已经在那里站了很长时间，以确认我是否还待在办公室里。在雷切尔说话的时候，我起身关上了百叶窗。

“……正是因为如此，因为您在牛津生活过的这段经历，所以才会有这样的英式发音。去年春季，您在这里接受面试时我听了您的演讲，您那时的口音听起来就很像是英国人，可能因为您刚从牛津回来，而且已经有很长一段时间没有和美国人待在一起了吧，您懂我的意思吗？我们都假定您是英国人，我的意思是并不只有我一个人这么认为，一定还有其他人误认为您是英国人吧？”

“确实有一些，不过都是些陌生人。”

我想表达的是倘若雷切尔花五分钟看看我的教员网页信息，那她的疑惑便能迎刃而解，因为网页上清楚详细地写着我的学术生涯。然而，这是我在雷切尔这一代人身上发现的问题，这一问题在更为年轻的学生身上表现得更加明显，即无论他们唾手可得的信息资源有多丰富，相比于年长的几代人来说，他们更愿意作出假设，或者是等着别人来对其未能理解或未能探明的事物作出解释，然后继续生活在不确定或错误的信仰中。这一点令我很吃惊，然而即使是在牛津，也会出现这样的情况，有时我的学生因不知道某些词的意思而对某一作品产生了错误的理解或诠释，尽管他们可以在线免费查阅牛津词典，但也不会这样做，而是停留在肤浅的层面上继续阅读，以至于最终对所述作品做出极其错误的定论。我曾希望回到美国之后不会出现此类在学术方面的懈怠和懒惰，学生不会对事物丧失好奇心。但我不得不说，雷切尔不明白我是美国人一事让我对她大失所望，或许我在美国的时间比她更久，我身上的美国人特性比她更多，但她无法理解。坦白说，我有些恼怒，我想到了星期六在咖啡天堂的那名男子问我的那两个问题：放我鸽子的学生是男是女以及那位学生是否惹人喜爱。不，她穿着得体，打扮干净，但她并不惹人喜爱。在与雷切尔见面的那个星期一下午，坐在雷切尔面前的我如是对自己说。遗传特征没有偏爱雷切尔，我羞于承认她的粗野（这是一个令人疑惑的词语，在英式英语里的意思和在美式英语里的完全不同）加深了我和她近距离接触时的苦闷，而这个粗野、聪慧、前途无量的女孩却让我不由得疑惑起来，我不明白我的话语为何在见识狭隘且毫不专业的她眼里听起来不像美国人，原因何在？

在送雷切尔出门时，我转身说道："雷切尔，你知道吗，美国最美好的事情之一，也就是我想回到美国的原因之一就在于任何人在这个国家都可以用任何口音使用任何语言，而依旧会被承认是美国人。"

雷切尔的脸一下子通红，她喃喃自语着我无法理解的话语，像是在道歉，但我几乎感受不到半点歉意，我的某些英国朋友可能也会做出和她一样的反应。

"对不起，我没有听清你在说什么。"我对雷切尔说。这是事实，不过我明显注意到了她的崩溃，在那个瞬间，我突然对自己产生了厌恶，我已经很久没有对人态度如此恶劣了。

"很抱歉，奥基夫教授，"雷切尔咕哝着说，"我发现，我也不知道怎么说，我只是……我觉得和他人相处有时真的很困难，因为，我猜是因为其他人都不怎么坦率吧。"

"你应该搬去德国，德国人很坦率，如果他们讨厌你，就会直接告诉你。"

雷切尔转身跑进十一月寒冷的夜色中。我本不想如此刻薄，但雷切尔所不知道的是，我当时想起了几年前在牛津大学埃克塞特学院的一次高桌晚宴上所遇到的事，那时我的国籍问题被问及过无数次，我已经拥有了双重国籍，之所以如此，是因为这会使得我往返英美两国时更加容易和便捷，那时一个与我年纪相仿，从小生活在伦敦的女同事问及我的国籍，我回答说："我是美国人，但如今我也是英国人，我有双重国籍。"她听后摇摇头纠正我说："不不不，你是美国人。"我反驳道："并不是这么简单，我已经在英国生活了十年之久，而且已经有了一定程度的文化植入，而且我也不打算回到美国。"她再次摇头驳斥着说："不，你从始至终都是美国人，即使你余生都待在英国，也永远不会成为英国人。"当时的我十分恼怒，这位英国教授自己的家人全是 1930 年代的澳大利亚移民，在之后的晚宴中，我便再也没有同她说过一句话，且在那之后的几年里，即使在大街上与她擦身而过，我也会选择视而不见。我没有想到相似的对话竟会在美国再次发生，更没有想到一个土生土长的美国人会对一位在美国已生活了数十年之久且已是美国公民的移民者说他不是且永远不会成为一名美国人，这样的立场与美国国家身份的基础理念背道而驰。

雷切尔的这番话语之所以激起我的愤怒，是因为自我从牛津回到纽约后，同样的对话在我和陌生人之间已出现了无数次，他们总是在初次见面时便认定我是英国人，有好几次，几个不够机敏的陌生人甚至在我对自己的个人经历和情况进行一番解释后，依旧坚称我对自己的国籍产生了混淆，我实际上并非美国人，或者说我的父母一定是英国人。有时候这种对话会转变成冲突，我开始在派对或其他社交场合中大发雷霆，酒精或许给这段争论火上浇油，最后我不得不跟对方说："听着，我出生在纽约，我的父母也出生在纽约，我的祖父母出生在缅因州和宾夕法尼亚州之间的某个地方，我从小生活在纽约，我出生在这个州，也在这里上学，在年近四十岁之前，我都一直生活在美国，之后由于工作变动，我偶然前往英国工作，之后便在那里生活了十多年。有些居住在国外的美国人不会改变自己的口音，但我并不是其中一个。你叫我变色龙也好，说我装腔作势或假装内行也罢，随便你，但或许是下意识地，也或是有意地，我努力尝试着融入英国生活，因为我厌倦了在我说出某个词语、短语或整个句子时，由于我的美国口音、所用词汇或是两者兼并的原因而引起他人误解，从而多次被问及我所表达的意思究竟是什么，所以我在很大程度上改变了自己的说话方式，只是为了让那些东道主能更好地理解我的意思。因为我做出了这样的改变，所以我的说话方式对于你和像你这样的人而言像是外国人，但我和多年前搬往英国生活之前的那个我一样是一名美国人。”因为我不小心提到了前往牛津生活的具体年份，致使我与这些质疑我国籍从而惹怒我的人之间的气氛变得愈加紧张，然后对方会说诸如此类的话：“哦，你是在恐怖袭击发生之前还是之后离开的？”随后我便不得不说我是在纽约和华盛顿惨遭袭击的几个星期后离开的，虽然纯粹只是一个巧合。在少数情况下，这些人会用尖锐的目光看着我，愤愤不平地说：“如果我是你，我不会为了自己的工作而在那种紧要关头抛弃自己的国家。”说完这番话后，这些人会拿起饮品和食物转身走开，仿佛我的任何反击都不会改变他们的想法。这种事情令我沮丧万分，而持续发生的此类事件，包括雷切尔让我回忆起的那个牛津大学埃克塞特学院的英国女教师，统统在我和雷切尔交谈的那个星期一下午涌入了我的脑中。人与人之间的对话，尤其是那些意外引发冲突的错误传达或误解的对话，必定是由对话者记忆中其他以相同或相似事物为主题并最终发展成公开冲突的对话所触发的。有时，仅仅是对话方的一个肢体动作便可触发这一回忆过程，或许是对方摇头的动作，也或许是对方伸出手指将头发拨弄到肩后的动作，抑或是对方不经意的一个词、一个短语或是说话语气让另一方想起了和另一个人在另一个遥远地点的对话。之后过去所发生的那一幕便随之扑面而来，侵蚀当下说话的人，因此，在这特殊的情况下，我不仅是在回应雷切尔的疑惑和顽固，也是在回应之前那个英国女教授以及曾经那些试图将我归于英国人之列，那些似乎认为自己比我更了解我自己的美国人的粗鲁和执拗。

毫无睡意的我本应到华盛顿广场公园内去散散步，但我并未选择如此，仿佛被之前那个经过我办公室外并一直原地来回绕圈的年轻男子所驱使，我绕过了公园的东边和北边。秋天时节，白昼比以往更短，虽然公园内灯火通明，且总是有来来往往的人群，他们或是回家，或是遛狗，抑或是赶着上班，而我却难以在黄昏之后大胆进入公园。这里似乎不再是我记忆中那个犯罪和淫乱事件的多发之地，那时，每走一步，都会有人上前兜售毒品或是提供卖淫服务。

在公园周边散步时，我突然为自己对雷切尔刻薄的说话语气而感到后悔。那不像我，我开始在脑中盘算着发信息给雷切尔，为之前的冲突行为表示道歉，并详细地向她解释我对之前的对话恼羞成怒的原因所在，确信她不会过多计较此事，最后表达我希望自己没有令她失望的诚挚情意。我愈发思考此事，便愈发意识到那些由于对方认为他们比我更了解我自己的疑惑和执拗并非是引发我心生恼怒的全部原因，真正让我恼怒的是备受刺激的我在得知自己未能得到哥伦比亚大学终身教授职位的时候，出于绝望而接受了牛津大学提供的工作，那次失败似乎彻底结束了我在美国的教学生涯。在做出这一决定后，我便无力再加以改变，我不能待在美国，只能委曲求全地到某些不太起眼的机构甚至是社区大学，更糟的情况是屈身某所高中，成为一名高中历史老师，整天面对着一群对历史毫无兴趣可言的青少年，他们会对一位年事已高的老师怀有更多的敌意，天知道我会不会患上癌症，而我的工作所提供的低额医疗保险也许根本无法负担治疗费用。那时，我不会像电视剧里荒诞的剧情一样去制作冰毒，我可能会做出与此不相上下的违法行为，譬如利用我所掌握的语言和历史知识进行谋反，换句话说，我会成为一名间谍，虽然我越想越觉得这愚蠢至极，似乎我根本无法接触任何政府文件或机密，而且我的满腔忠贞从未改变过（虽有所消磨），这腔从稳健批判中表现出的真诚情怀从未动摇过。我什么也不是，只是一个寂寂无闻的高中历史老师，手中鲜有海外政府想要掌握的情报。事到如今，我仍旧一无所有，没有情报，没有机密，没有关系（至少我认为如此），我所拥有的那些只能维持自我生计，或许除了对我的后代或是少数学生和同事来说会有点用处以外，不能再为其他任何人所用。我掌握的知识和我知道的信息不足以使得想要瓜分这个世界的掌权机构对我产生丝毫的兴趣。

我是幸运的，在哥伦比亚大学事件之后，我还能在牛津大学找到合适的职位。我不得不做出这样的选择，在薪酬低廉的中学教书或走向违法犯罪道路的人生太过可怕，除了离开这个生我养我的国家，去别处寻求更好的生计以外，我别无选择。正是因为如此才迫使我对家这个词有了更为复杂的理解，我也因而心生怨愤。

无论如何，我必须在第二天发邮件向雷切尔表达我的歉意，然后彻底忘却此事，因为在春季来临之前，我都不会再有机会与她碰面。

当我回到家的时候（很奇怪我竟会把这栋公寓称之为家，因为多年来，家在我眼中就是那栋维多利亚风的红砖房，不算宽敞的前庭里有一棵遮挡住客厅窗户的山毛榉，从街道外无法看清窗户里面的情况），我又收到了一个大小和第一个差不多的包裹箱，包裹箱上的字迹也与之前无异。倘若我将这个包裹箱上交给警察处理，法院会介入调查吗？寄件人在操作这一切时有没有戴手套呢？我能信任警察吗？

我抱着这第二个包裹箱走进了电梯，如同第一次一样，我打开了包裹箱，里面大概有两千多张印满各种网址的纸张。我将它放到第一个包裹箱旁边，思考着究竟应该如何处理。这两个包裹箱上均没有邮戳，收件人都是我，毫无疑问这就是冲着我来的，但这些纸张究竟意味着什么呢？或者说寄包裹的人到底会是谁呢？我无从知晓，于是我打电话向门卫马努询问，试图弄清楚究竟是谁送来的包裹。

“奥基夫教授，实在不好意思，我不知道这个人长什么样子。”

“你的意思是？”

“他看上去像是一个自行车信差，而且他戴着网状的排气罩，跟防毒面具一样。除此之外，他还戴着墨镜和帽子，所以我根本看不清他的模样。”

“他有留下什么话吗？”

“只是让我确保你会收到包裹。”

“没有其他的了？”

“没有了，他的态度不大友善。你知道的，大多数信差，即使是赶时间或者是当天过得很不顺……啊，不好意思，奥基夫教授。”

“没关系，你说。”

“我的意思是大多数的信差，即使他们那天真的过得非常非常不顺，也依然会表现得彬彬有礼，但是这个人却十分不礼貌。他就是一个混蛋。”

在谢过马努的回答后，我挂断电话，拿出酒瓶倒了一杯红酒，但是我越想越好奇，于是我再次拖出包裹箱，放到我的座位前面，我翻阅着箱内的那些纸张，我想我应该每一张都看，至少将每张纸上的内容都浏览一遍，即使这会耗费我一整夜。住在一栋设有门卫的大楼里也就意味着这栋大楼是我的私人空间和外部世界的媒介，这样的生活给我带来了许多舒适和安全感。住在牛津神之路的后果之一是我搬进公寓后极度缺失的安全感，在那里生活太容易受到他人的干扰和伤害，那是我在因为上大学而离开家后第一次感受到有人突然到访的不安感，我和外界之间连内部通信设施都没有。比这更糟糕的是，我与苏珊和梅雷迪思住在 75 号大街时，时常有醉汉在夜半时分按响门铃，将我们从睡梦中吵醒。有时我醒来后发现女儿梅雷迪思正在门边哭泣。有一次，苏珊和女儿一同前往阿姆斯特丹享受母女之行，而我则独自留在公寓内，凌晨三点的时候，有人不停按响门铃，我相信这并不是某人认错了家门，即使按响门铃的这个人（后来发现是名男子）当时喝醉了，他也绝对清楚自己所在的位置，事实上这是真的，因为在几番按响门铃却依旧无人应答后，那名男子回到了人行道，他摇晃着身体，目光看向我的公寓，虽然他并没有叫喊，因为在深夜，这一举动会惊扰邻居或附近的警察，但他伸出手指指向公寓，不断来回晃动。他越是不停重复这个动作，我便越是相信他一定是我之前得罪过的某个学生，或者是我在某些方面诽谤了他，致使其失去了攻读研究生的机会，某些学生会变得极其反复无常，他们会做出出人意料甚至是危险的举动。

在牛津，对我私人领地的入侵更为严重，任何人都可以走到我在神之路的住房门前，按响门铃或用拳头捶打房门，抑或是如同某些英国人热衷的方式一样，猛敲信箱，不过这是商人或信差常做之事，在我看来，这是最扰人的行为，因为这些陌生人的双手不费吹灰之力便可以入侵我的家门，入侵我的私人空间。最后，心烦意乱的我在房门前挂上了写有“请按门铃”的标示牌，而在那之后，猛敲信箱的行为却更为频繁了。然而，在大多数情况下，倘若我没有邀请任何人来家中做客，或者是来人没有事先打电话或发短信告知其到访之事，我便不会开门。在做出这个激进的决定之前，我无数次遇到过令我不悦的访客。有时是态度和蔼的市政委员会成员（或者用美式英语说就是市议会成员），他们为了拉选票而前来看看市民有无任何担忧或困难；有时是参与竞选的政治活动家；有时则是些筹募善款的人，他们要求我签约加入他们的组织，并提供自己的银行账户明细，以便每月定期向其组织付钱。上述这些情况均不会令我过度烦忧。而在某些情况下，却会有满怀恶意的人来访，我经常遇到来自某一企业、公共事业单位、宽带供应商或诸如此类的访客，他们不会因为遭到我的拒绝而就此罢休，而是开始与我争论，问我为何宁愿缴纳如此高昂的费用也不愿更换能源供应商，或是问我为何不愿意以特价享受更快捷的宽带速度，当我告诉这些人即使我选择更换能源供应商或宽带服务商，也宁愿通过电话或网络进行更换而不愿通过这种亲自上门逼迫的方式时，通常情况下他们会被我的言辞激怒，好像我是在驳斥他们，暗示他们不值得信任。事实上确实如此，我始终难以对陌生人产生信任。

此外，还有一些来意不明的访客。有一次，一位自称是艺术系学生的波兰籍女子来到我家门前兜售她自己的画作，均是些以小动物或英国房屋为主题的拙劣画作，当时我拒绝购买，但此后的一周内，她每天都会前来卖画，直到我告诉她倘若她再来，我便打电话报警，她才终于放弃。我后来发现周围的邻居们也同样受她所扰，甚至是某些居住在牛津其他街区的同事也遇到过这名女子。这件事发生在大量波兰人刚刚搬往英国的时候。还有一次，那天我很虚弱，甚至可以说是情绪低落，或许我只是厌倦了生活在美国以外的地方，在美国，这种事情似乎不会发生，至少在我身上从未发生过。那天，两名中东男子按响了我的门铃，我没有通过猫眼探明访客身份便打开了门，当我看到站在眼前的这两名男子时，我下意识地往后退了退，他们满脸胡须，微笑地看着我。我当时首先想到的是他们可能来自当地的清真寺，挨家挨户地开展拉进社区关系的活动，但随后，他们解释称他们前来为反抗叙利亚政权的活动筹集签名和捐款。我点头让他们进屋，他们站在我家五彩斑斓的维多利亚风瓷砖走道上，向我讲述叙利亚本国独裁专政以及滥用人权的事情。说实话，因为对他们二人有所害怕，所以我在他们的请愿书上签了字，并且现场开了一张 25 英镑的支票，捐给某个听上去无伤大雅，以“民主”自居的组织（我已经不记得准确的组织名称）。对方在一周内就兑现了这张支票。这两名男子离开后，我握着支票簿站在走廊大厅，不自觉地浑身发抖，那一瞬间我想过取消支票，但我害怕他们在发现后会再次折回，谁知道他们为了得到我自愿给出的那 25 英镑会采取什么行为呢？我始终认为阿拉伯人，以及生活在阿拉伯地区的人民对待钱的态度十分滑稽，或者说他们对于金钱的伦理标准与基督教或犹太教徒大相径庭。倘若我不自愿给钱，他们可能会认为我是违反了叙利亚法律，虽然这样的法律体系并不存在于英国，但在英国待了些日子之后，我认为英国比我初来时更加具有阿拉伯特色。这两名中东男子一定是在伦敦遇袭后才来到我的公寓门前，那时，我想起我曾在牛津现代艺术画廊中见过一幅海报，描绘的是牛津转变成为天堂的画面，圆顶尖塔建筑在牛津城市的上空升起，大街上随处可见身穿袍子、戴面纱的女性。不知为何，那幅海报激起了我本能的愤怒，连我自己都无法理解或解释。那时，我鲜有阿拉伯朋友，除了反恐战争爆发初期在众多西方媒体报道中所看到的那些残暴画面以外，我对阿拉伯几乎一无所知。如今我明白了跟有很多不同的基督教徒、犹太教徒、佛教徒或印度教教徒一样，阿拉伯人之间也有很多不同。我想，倘若今天也发生了同样的事，我的反应也许会截然不同，这归功于我所交到的阿拉伯好友以及我认识的那些出色的中东同事，我尊重他们的成就和才华，此外，还归功于我在几年后拥有的一段亲密关系（这段亲密关系还存在吗？这个问题我不做回答），这段关系超乎想象地改变了我对阿拉伯人的看法。但当时，我对牛津、对基督教传统和学习的虚构想象转变成为阿拉伯国王统治的军事基地，这种统治于我而言荒唐丑陋，仿佛某人将麦加描绘成为福音教堂或某个中西部特色商场的归属地那样，我开始遐想牛津重建的假象和到访家门为叙利亚而战的那两名中东男子，这两者之间的联系让我近乎崩溃。

我坐在纽约的公寓内，头脑一片混乱，随意翻看着纸张上的数万条网址，就在这时，这些一开始在我看来并不起眼的网址开始引起我的警觉。我似乎认得其中一部分网址，引起我警觉的原因并不仅仅在于我注意到了诸如《纽约时报》、美国公共电台、《纽约客》或《卫报》以及其他一些我经常浏览的网址，而在于我看到了我最近所浏览过新闻页面的完整网址，之后我又看到了一些让我惶恐不安的浏览地址，不仅是因为在这些网址中出现了我的名字，还因为这是两个邮箱网址，其中一个是纽约大学服务器中的邮箱地址，另一个则是谷歌邮件系统的网址。我打开笔记本电脑登录我的谷歌邮箱账号，然后依次进入纸张上罗列的网址。打开这些网址后，出现在电脑屏幕上的竟是我所接收和发送过的所有邮件信息，此时，我吓得浑身直冒冷汗，心也开始怦怦直跳。我知道，眼前这些成千上万甚至成百上亿的网址正是我所有的网页浏览记录。这两千五百张纸，倘若第二箱里的纸并非第一箱的复印件的话（我检查过了，这两箱纸完全不同），这五千张纸代表了我多少日、多少周、多少月甚至是多少年的上网痕迹。呈现在我眼前的是我多长时间以来的生活？而又是谁将这些包裹寄送给我呢？他们究竟想告诉我什么？除了让我知晓他们对我的行踪一清二楚，且有人长久以来一直在掌控着我所有的活动以外，还想表达些什么呢？这种数据监控本身并不让我感到惊讶，但显而易见，政府绝不会向被监控人展示他们所收集到的任何信息。我确信，这是某个私人团体所为，或许是某个对我心怀不满的人准备以此来勒索我的钱财。我知道，我突然感觉，甚至可以说是十分清楚地知道这极有可能，因为毫无疑问，我所进行过的所有网上活动极有可能暴露我在过去十年中的秘密，某人可能会以此来对付我，或是让我在众人之下蒙羞。这确实很有可能，不过我很确信我从未做过任何与人口舌的恶毒之事。除此之外还有一种可能，那便是某人试图让我丢掉工作，不过这种可能性相对较小，为何会有人希望我失去工作？我不知道。我跟之前在哥伦比亚大学的同事没有任何积怨，和牛津的同事也相处融洽，不管是在整个校园还是在历史系，都从未与人发生口角，进入纽约大学工作以来，我对周围所有的同事印象极佳，他们在我眼中均是具有渊博专业知识且待人友善的高级知识分子。

那天晚上，我花了好几个小时查看我自己的历史浏览记录，说是查看，其实我几乎对这五千张纸上的内容没有任何印象，因为我在知道了这些纸张上所列网址的意义后，脑海里的冲动便占了上风，我努力搜寻对这些网址的记忆，想要确认上面是不是有我所接收和发送过的所有邮件。（令我震惊的是，这些网址记录开始于我收到第一个包裹箱的一周前，不过我在看第一遍的时候并没有注意到这些网址开始的追溯点。）在逐条查看我的最近活动时，我感到这只是浪费时间的无用功而已，随即油然而生出一种恐惧，一种被监视的恐惧，我明白，即使这件事的幕后主使并未掌握我所做过的所有事，但他一定记录下了我在网上的一切活动，包括我写过的邮件和浏览过的网址，以备将来不时之需。我不想再继续往下想了，我敏感地认为这一切都是真实的。我在那个寒冷的星期一晚上所体会到的入侵感如同遭遇强奸那般痛苦，但强奸只是我首先想到的一种比喻。这种侵犯就好比是一只手生生穿过我的胸腔，紧紧捏住我的心脏。我无法入睡，头脑中反复出现一个场景：某个匿名的政府实体记录下我所有的线上活动，随后令某人将这些活动白纸黑字地打印出来，将其放在纸箱内，用棕黄色纸包住纸箱，在箱子上写上地址，交给邮局递送，或是自己乔装打扮一番后亲自递送到我家中。

渐渐地，时间已到了星期二的黎明，我依旧难以成眠，这样下去，第二天我不可能有精力去上课，广播中，《今日民主》正在播报新闻，联合国安排了与反叛分子以及叙利亚政府的和平重要谈话，与此同时，巴基斯坦政府正在对美国的无人机战争进行反抗，据《华盛顿邮报》报道，美国中央情报局似乎已稳定住了当前局势。我打开《纽约时报》的网址，阅读了有关埃及明令禁止街头抗议行为的新闻，由于猛然想到在网上阅读文章会留下追踪线索，更重要的是，我本身对这则新闻并不十分在意，于是我关掉了电脑。我望向窗外，看着十一月昏沉的日光，在我的脑海中，在那些记忆投影后面浮现的乌云中，我看到了那张脸，那是我一直试图忘记却始终铭记在心的脸庞。

由于这周是感恩节，而且一场大型暴风雨正席卷着东海岸，因而即使我取消课程，也无人会因此而埋怨，于是我毫不犹豫地取消了今日的课程安排。无处可去的我一整个早上都瘫在床上，一边听着广播，一边看着有关埃及、叙利亚、伊朗、巴基斯坦和也门的新闻，即使当时，我并不想去思考与这些地方相关的任何事情，此时我的周围堆满了记录我最近生活的纸张，我一边听着广播一边看着新闻，有时会因报道内容而一阵发抖，甚至哭泣。这些纸记录了我的很多生活轨迹，有些甚至连我自己都已忘却，并非是我做过什么与人口舌之事。我孤身一人居住在这偌大的公寓里，甚至没有任何一个成年人与我交流，哪怕是以一种遥远但真实的方式进行的匿名交流都没有，由于当下看色情片的人很多，而我这些年所看过的色情片与他人所看并无区别，因而没有什么事会使我遭受危险。自己的幻想和渴望被如此严密监控，这令我羞辱无比，我甚至不敢离开公寓，我害怕这种羞耻感会流露在我的脸上，我害怕被所有人看穿。

这些纸会不会是我现在所教的某个学生寄来的呢？难道是雷切尔吗？在前一天我们见面的时候，她的表现有些出格，雷切尔是与我关系最亲密的学生，也是在我回到纽约任教以来认识的最优秀的学生之一，倘若她因为我之前在指导她论文时说出的某句话而心生反感，也不无道理。可能是我不经意触发了她的愤怒，所以她试图迫害或者威胁我。我不得不承认，此类事件在我于牛津大学任教期间也曾发生过，事实上还不止一次。

我无法解释为何这些年来我总是能遇到此类学生。在牛津大学任教的第一年，在我的一个辅导小组中有一名姓贾扬提的学生（或许我所辅导的学生占了整个大二学生的一半），贾扬提是整个辅导小组中最不认真的一个，有时甚至毫无准备便来上课，她不完成我布置的阅读作业，也不对她所要陈述的内容做任何事前准备。在为期十八周的课程上到一半时，麻烦事发生了（我记得当时是米迦勒节，正是树叶变黄凋落的时节，我走在路上，脚下满是腐烂的落叶）。贾扬提开始旷课，她每次旷课后，我便会给她发邮件进行提醒，并询问她的身体或精神状况是否良好，最后我还会提出希望她下次能准时参加辅导课程的要求，并提醒她课程辅导是强制性的，且她应将未交的作业发送给我。通常情况下，我会沿袭高级导师对待此类情况的方式。起初，贾扬提总是慎重回复我的每一封邮件，她在邮件中向我表示歉意，声称自己身体不适并向我提供医生所开的证明，还会请求我弥补她未能完成的课程，不过我并无义务弥补因学生旷课而导致的缺课，并且我认为我和贾扬提之间除开正常辅导以外，未曾有过任何会面。

几周之后，贾扬提重新回到了课堂，不过她依旧对学习很懈怠，且她所写的那些文章看起来就好像是出自他人之手。在辅导课程只剩最后两周的时候，那时正值圣诞节前夕，贾扬提再次旷课，这一次，她没有发邮件对其旷课行为作出任何解释，于是我再次沿用高级导师的方式给她发了一封语气坚决但不失专业的邮件，提醒她无故旷课的事实，并再次说明进行课程辅导是学校规定，倘若身体不适，无法上课，则需要提供医生所开的病假证明。

那个时候，真正的麻烦事便开始了。几分钟后，贾扬提回复了我的邮件，她在邮件中指责我撒谎，声称她来过辅导房间，但却发现里面空无一人，她一边不断敲门一边喊我的名字，房间内无人应答。这完全是凭空捏造，或者是她自己走错了，去了其他房间，抑或是这些都是她自己的幻想。她斥责说我这一整个学期都对她“极为苛刻”、目中无人、专横跋扈、自视高人一等等等，全是些毫无根据的指控。在邮件的最后，她甚至威胁称要从教学楼顶上跳下，或是从叹息桥跳入泰晤士河自尽。因为贾扬提将邮件内容复制下来，分别发送给了高级导师、学校校长、财务以及我在历史系的许多同事，因此学校对我的行为展开了调查，在调查中，学校花费大量时间问询我的学生，令我欣慰的是，我的学生们都在问询中说贾扬提在撒谎，我虽要求严格，但却是一位公平且尊重学生的老师，且在那天的辅导中，他们全都坐在辅导房间内，自始至终没有听到任何人敲门，更别提叫我的名字了。学校在期末前结束了对我的调查，但我却独身一人过完了那之后的假期（英国人总是喜欢将假期说成“vac”，我总是听成真空［vacuum］，我在牛津的第一年，总是分不清这两个词）。我独自在房间中消磨时间，这个假期对我而言漫长且黑暗，我在这座不为圣诞节狂欢的城市找不到容身之所，绝望之下，我不得不花钱去伦敦观看画展，或是参加音乐会。我从未曾感到如此孤独，那是一种前所未有的落寞感。我想念妻子和女儿，想念我的母亲和继父，我思考着自己当初为何选择只身一人来到英国，为何未曾想过在圣诞佳节回到家乡，即使这意味着我只能在纽约某个朋友家中的沙发上入睡，或是与我的母亲一起在她莱茵贝克州的家中庆祝佳节。自那之后，我便再也没有犯过相同的错误，无论开销多大，我都会在圣诞节这天回到纽约。

贾扬提一事令我心烦意乱，我甚至差点因此辞去工作，虽然我在哥伦比亚大学遭遇过诸多问题与不顺，这些问题都是毫无事实依据的，但却从未曾有任何一名学生指控我行为不端，也未曾有人如此不知廉耻地对我撒谎，甚至因为我的授课而威胁称要结束自己的生命。如今在我看来，整个事件中最使我痛苦的部分在于一位年轻女性的心理状态竟是如此混乱不堪，以至于她会以自杀对我进行威胁。值得称赞的是，学校领导谨慎地处理了此次事件，贾扬提被留校察看。贾扬提最终没有完成学业，中途辍学后，她选择继续留在牛津，与她同在牛津大学的男友一起居住，之后的几年，我时常会不合时宜地碰到她，我开始思考她是否一直在跟踪我，是否试图将她未能受到更高教育一事怪罪于我，并因此对我实施报复。

或许我曾和贾扬提邮件来往的那些网址如今就摆在我的眼前，就在那五千张纸的某一张上，也许是最底部的那几张，我将那些纸翻转过来，呈现在我眼前的是一片白纸黑字的海洋，纸张原本的顺序被我打乱了。这并不重要，我知道在我眼前的是什么，知道这些纸代表着什么，我也知道某个人，或许是我身边某个十分亲近的人，想让我明白我正生活在他人的监视之中。

在社会中成长的很大一部分，或者说，在任何社区中成长的很大一部分包含从懵懂的婴幼儿时期到出现被监视的经历，这是一种文化适应过程。或许有人会说人类生存的条件之一就是被监视。事实上，不受监视被视为是一种犯罪，是犯了父母失职或遗弃子女之罪。不被监视的孩子遭人遗弃，无人管教，他们与狼群为伍，成为狼孩，通常在青少年时期才被人发现，社会强行做出各种尝试，试图让他们重返人类社会，逐渐适应被掌控、被监视的生活，迫使其按照社会为保持合理的人口数量所要求的一些行为模式生活。我回想起我儿时开始意识到自己生活在他人目光之下的时候，回想起我第一次注意到父母关心我在做什么的时候，他们观察着我的一举一动，倘若我做出某些他们认为不可取或“调皮”的行为，便会遭到责罚，不过我必须澄清一点，我的父母不是“黄金棍下出好人”的追随者，他们从未对我实施过任何形式的体罚。他们所采取的惩罚方式是让我回到房间自我反省。对于一个并不热衷于反思的孩子而言，这是相当有效的惩罚，不过父母总是有理有据地教训我说：“杰里米，请回到你的房间好好想一想你的所作所为，等你准备好做一个文明人的时候再出来。”因为自己的所作所为被视为调皮或野蛮，这让我既愤怒又羞愧，于是我跺脚走进自己的房间并关上房门。我很快便学会了不能摔门这一点，因为这只会招致父母更为严厉的惩罚，譬如擦拭银器餐具、给我母亲的花园除草，或是捡光落在草坪上的所有树枝。进入房间后，我要么坐在书桌边画画，要么躺在床上，起初我会因情绪激动而大口喘气，但渐渐地，我拿出书本让自己冷静下来。在画画或阅读的过程中，我开始思考自己到底做错了什么才招致父母责罚，我记得有好几次我都因父母竟发现了我如此微小的错误而感到震惊，因为在那时的我看来，那些行为完全不会引起任何人的在意。

我明白了每个人的行为都在受着他人的监视，倘若我在厨房的洗涤盆中放入蜗牛，我的母亲立马便会知晓这是我干的，而不是蜗牛自己爬进去的（我认为母亲可能会这样想），这一过程意味着我逐渐学会了自我纠正，或者说是学会了掌控我自己的行为，在我父母所认为的“文明”界限中行事。偶然之下，我发现了父母对于“文明”一词的定义非常狭隘，至少相对于广阔世界而言是狭隘的，因此在我进入学校的时候，老师们都认可我是一个“好孩子”，因为这样的夸赞令我感到愉悦，而且我对这种强化的观察和监视过程反应积极，所以我继续按照规定行事，表现良好，唯恐自己成为“坏孩子”或“淘气包”。

学校对于学生们的行为监视和掌控比在家里更甚。被关注着的不再仅仅是我的行为，甚至连我的智力成果和创造力都要受人审视，老师们会对此进行分析、批判甚至评分等等。这种任由自己的努力和成果受人评估的过程更加促使了我想要成为“好孩子”和“好学生”的渴望。我知道我在班上所写所画的任何东西都会被他人审阅，当时，班上某些同学不知因何原因并未感受到这种动力，与他们不同的是，我力争在每一件事上尽善尽美，尽量做到准确完美，我总是知道问题的正确答案，我所画的任何画作，不管是事物、人物，还是动物都追求生动逼真，甚至是现实主义，虽然我在上大学之前并不了解这一词语的真正含义。

自不必说，来自同伴的监视也是适应监视文化过程的一部分。我知道凯利、杰森、艾米丽和乍得都在监视着我，我也同样在监视他们，倘若我在老师的监控范围外做了某些调皮或不文明之事，我的某个同班同学极有可能，几乎可以说是一定会向离他最近的成年人告密。我之所以如此明白是因为我自己也是一个告密者，虽然学校文化对告密这种行为的评判总是处于一种模糊地带，因为老师们一边严厉谴责这种搬弄是非的行为，一边却又以各种非物质的形式对那些揭露同学严重错行的告密者进行奖励。因此，老师一边教导我们要时刻观察他人并向老师报告，一边又向我们灌输搬弄是非之人无异于告密者，而告密者则无异于间谍的观念，间谍以欺诈为生，他们极易被对方策反为监视我们自身的敌对势力，老师教导我们不能做出向他人告密这种近乎肮脏的行为。我向老师打了谢莉的小报告，但当我再次看到她做出错误举动时，谢莉为了让我保持沉默而给了我一笔钱，我毫不犹豫地接受了她的贿赂并替她保守了秘密，倘若施托伊弗桑特老师着手处理正在发生的一切不正当行为，或许我会继续监视谢莉，那一瞬间，我成为了学校里的间谍，违背团体文化的最佳利益，违背学校监管系统的权力，因为我向自己证明了我是一个被自身软弱所困扰的实实在在的间谍，或许这种软弱只是我想要受人喜爱，又或者因为我渴望得到某些我想得而不可得的东西，但有了谢莉给我的钱之后，我便可以得到自己的心中所想，这种渴望使得我背离了更深厚的文化。儿童在一起单独玩耍便是处于监视他人和背叛他人的训练艺术之中，虽然远离了成年人的监管，但这些成年人最终会回来提醒他们这世上没有任何形式的自由。人生而为人就是要生活在他人的监视之下，成为社会的一分子，因为人类是社交动物，但我们并不愿意让社会或政府监管侵犯私人生活。我们合理地相信只要不做违法犯罪之事，政府便不会无故侵犯我们的私人领地，监视我们在自己家中的行为。然而执法机关和情报部门的行为却屡次证明，这种合乎常理的想法大错特错。

那是 11 月 26 日，感恩节前的星期二，那天我食欲欠佳，除了上厕所和早上起来喝咖啡以外，其余时间都瘫倒在床上。早饭我吃了一碗谷米和一些水果，午饭只吃了一片三明治，晚饭我点了一份春卷和素河粉。我躺在床上享用着晚餐，如同一个生活放纵的君主，沉思着自己的一生，审视着那些关于思想与虚妄的记录，那些琐碎的往事，那些记录我一生成败的陈词滥调全都冰冷地印在纸上，散落面前。

我记得我上一次在床上吃饭还是十多年以前，那天是我初到英国后第一个郁郁寡欢的圣诞节。那时，我依然不确定我和苏珊的婚姻是否彻底走到了尽头，我也不确定这样两地分居的生活是否最终会转变为离婚，更不知道倘若再次敞开心扉，我和苏珊之间是否还有重归于好的可能。我决定和其他人约会，或者说我和苏珊彼此同意在分居期间，双方可以，用她的话说便是“最大限度地探寻自己的渴求”。我对女人的品味比较局限，因此开始寻找与苏珊大不相同的女性作为交往对象。

我在牛津大学结识了一位二十来岁的女同事，她聪慧好学且待人温和。作为一名博士后，她所研究的领域是战后英国历史，不过我从来没有真正明白这一学科的内容或意义所在，这一学科似乎比史学更具哲学思想。在一次高桌晚宴的狂欢后，时间已是凌晨三点，我和她独自站在前庭，那是我们第一次相识的情景。我们的房间在两处相对的楼梯上，不过均是在顶楼，因而天气温和的时候，我们都会坐在阳光下的屋顶上，之后，凡在教员休息室里碰见，我们便会彼此攀谈。十一月的某天，我和她一起纵情狂饮，那时我们已经开始亲昵地称彼此为杰里米和贝唐。我确定首先迈开这一步的是贝唐，坐在贝唐的房间内，她再次给我倒上一杯酒，我随她走上楼梯，那时的我因为酒精作用，已经有些不大清醒，贝唐拿出钥匙打开房门，此时的房间里只有我们二人，她的房间和我的很像。贝唐给我和她自己分别倒上一杯威士忌，由于不胜酒力，当时我已无法再继续了。我们紧靠着彼此，半躺在沙发上喝酒聊天。贝唐脱掉鞋子，缓缓撩起她的黑色长裙，一小时后，我们睡着了。沙发空间很大，因而我们可以舒适地紧挨着彼此，我们就这样一直睡到了第二天黎明。由于那天是星期六，因而并未有前来打扫房间的清洁员，清晨的阳光将我们从睡梦中唤醒，至少当时我醒了，我睁开双眼，此时贝唐正轻抚着我的背部。她慢慢靠近身来，我们亲吻相拥，感受彼此急促的呼吸和嘴唇上残留下来的晚宴味道，当时的我们都意识到，倘若再进一步，情况或许会变得复杂。

“也许我们应该谈谈。”贝唐点了点头，此时传来一阵敲门声。

我从沙发上一跃而起，转身溜进了厨房。前来敲门的是大学里年龄最小的门卫罗伯特，他对贝唐一直心怀好感。罗伯特手中拿着当天早上刚送到的贝唐的包裹，通常情况下，这些包裹都会被放在门卫室里，等待收件人自己亲自领取。我和贝唐的第一次约会就这样不了了之，但在那之后，我们开始试着在大学校园外约会，我们一起喝喝咖啡，共进晚餐，享受着这种不以性爱为目的的老式约会方式，贝唐似乎并不急于和我上床。虽然她有着迷人的长腿和姣好的面容，但并不能称得上漂亮，她的美丽程度远不如苏珊。我对她并无太大激情，也并不渴望通过与年轻同事做爱的方式来丰富我在牛津大学或历史系的新生活。倘若性爱是我唯一想念的东西，那么我可以等。

那个圣诞节，我独自一人留在这偌大的城市里，在英国，所有店铺和娱乐场所在圣诞节当天均不营业。曾经，在我和苏珊的婚姻还未破裂的时候，看电影是我们一家三口在每年圣诞佳节的必做之事，而如今，我却孤身一人，连在这样的团圆之日去看场电影都成为了奢侈。我陷入沉痛的悲伤之中，我必须在这样的特殊日子逃离牛津，这里没有壮丽的雪景，只有覆盖在人行道两边的薄薄的冰层，此刻，这些冰层恰好将我内心的悲伤映照得一清二楚。我知道贝唐已经回德比郡去了，此刻她正和父母在一起欢度佳节，但我还是打了一通电话询问她的近况。我承认我当时期待着贝唐能邀请我前往跟她一起共度节日。我的学生们统统去度假了，而我独身一人待在牛津这座城市，孤独，落寞，无所牵绊，电话里，我向贝唐倾诉着内心的苦闷。

“要不你来我这儿吧，我们一起庆祝新年。”她终于发出了邀请，“我家有很多空房间，但新年夜会有迪斯科舞会，你得做好心理准备。”

贝唐的父母在峰区经营着一家旅馆，他们一家人住在旅馆后面的公寓内，公寓下方是厨房。这似乎是一次发现英国生活另一面的机会，不过贝唐提醒我说她的父母最近正在闹分居，或许会走到离婚的地步。贝唐的父亲嗜酒成性，他和贝唐的母亲已经开始分房睡了，她的母亲睡在贝唐的房间里，而贝唐则只能睡在起居室的沙发上，倘若恰好有空房，则睡在旅馆的空房里，不过前提是她必须在第二天早上醒来后负责清理房间。

贝唐家中经营的旅馆靠近查茨沃斯庄园，我从牛津乘坐火车前往切斯特菲尔德，贝唐开着她母亲的那辆梅赛德斯前来车站接我，那是一辆新款的银色轿车，我看到这辆车子后很是吃惊，因为贝唐曾提起过自己家中经济困难，虽然附近总有源源不断的酒徒，但他们旅馆的经营依旧困难重重。很显然，贝唐一家并未成功打开针对漫步者和背包客的有利市场，这类人偏好比“雄鸟与靴子”旅馆更有特色的旅馆设施。贝唐家所经营的这家“雄鸟与靴子”旅馆地处村庄的边缘，俯瞰山林的优美景色，但里面的设施看上去却更像是20世纪80年代时期，丝毫没有18世纪90年代的陈旧感，缺乏了旅客所追求的品质，缺乏了旧时期英格兰的独特氛围，美国人尤其渴望这种氛围，许多美国人，包括我自己在内，均以为英格兰整个国家看上去会如同电影双人组伊斯梅尔·莫昌特和詹姆斯·伊沃里在电影中所描绘的那般古旧，如同简·奥斯汀在其作品中所呈现的那般有风韵。

贝唐的父母五十来岁，和我年龄相仿，我不知道贝唐在我到来之前是如何向其父母介绍我的，或许她会说我是孤身在牛津过节的可怜美国同事，在英国没什么朋友，没几个人会邀请我一起共度节日，因而不得不邀请我过来。贝唐的父母对我很热情，我后来才知道那是英国北部工薪阶层对客人表示友好的方式，倘若不细细深究，则虽简单平凡，却真实诚恳。贝唐的父母只是简单地询问了一下我的个人情况，我逐渐发现，或者说是自我推测，如同贝唐父母这样的人并不倾向于对他人刨根问底，而美国人则不然，美国人试图在他人介绍自己的那短短几分钟里完全掌握对方的社交、出身和职业情况。正是因为如此，贝唐的父母起初并没有对我表现出丝毫兴趣，他们只知道我是其女儿的朋友。在我到达的当晚，贝唐便开车带我到附近的村庄单独共进晚餐，她带我来到了一家酒馆，酒馆餐厅的正中间有一口废弃的枯井，井口被透明塑胶封住，从井下射出一束光线，光线旁边的墙壁上有一块小饰板，那道光线仿佛是 19 世纪后期被当地人淹死在这里的逃亡芬尼亚勇士的亡魂，它萦绕在那块小饰板四周，穷追不舍。

我给贝唐补上了一份圣诞节礼物，是一本以保罗·克利为主题的书，贝唐对保罗·克利的作品很感兴趣，书上有一张卡片，上面写着：致贝唐，你并没有被忽视，有人在乎你。爱你的杰里米。贝唐曾在电话中向我抱怨称她的父母因二人之间即将破裂的婚姻关系而闹得不可开交，似乎完全忘记了她的存在。当我将那本书作为礼物送给贝唐时，她的脸一下子变得通红，她开始惊慌，并坚持要请我吃晚饭。我知道我不该这么做，我和贝唐之间并非处于互送礼物的友谊阶段。不过在美国，情况却恰恰相反。英国人与美国人所怀抱的期许不同，我不清楚英国人的考量界限究竟是什么。

那天晚上是我第一次在贝唐家的旅馆过夜，也是第一次我和贝唐及其母亲佩吉三人酩酊大醉的夜晚（之后还有一次）。我们三人在旅馆里畅饮，贝唐的父亲汤姆则警惕地在四周来回走动。汤姆身强力壮，虽只有一米六五的个头，却肌肉健硕，从他健壮的手臂和宽厚的胸膛来看，我以为他曾是一名拳击手，倘若有人令他不满，如今他依然可以挥拳将那人赶出旅馆。当我喝完酒想要付钱时，汤姆伸出手拒绝了。

那天晚上我睡在贝唐家的一间客房里（当我再次掏钱准备付款时，他们又一次拒绝了我），我本以为贝唐会趁其父母睡觉之后偷偷溜过来看我，但并不如我所愿，那晚我独自成眠。第二天早上八点，我从房间下来准备吃早餐，却发现厨房里空无一人。由于饥饿难耐，我打算出门到村庄里找点吃的，不过街道上没有一家店开门营业。我不知道这是否因为当天是新年的原因，或者说这本来就是英国小村庄的真实生活，一无所获的我索性饿着肚子回到了贝唐家的旅馆，汤姆正准备开门营业，此时，我不仅饥饿难耐，而且头痛欲裂，汤姆抬头看向我。

“我给你做点早餐吧。”汤姆喃喃着说。

“那真是太好了。随便做点就可以了。”

汤姆没有回答便转身钻进厨房，几分钟后，他将一个装有煎鸡蛋、腊肠、甜豆、烤西红柿和吐司面包的盘子摆在吧台上。

“看起来很好吃的样子。”我撒谎了，那个盘子里简直装满了油脂。

“我经常做早餐，我太太不会做饭。”

在我吃饭的时候，汤姆仔细擦拭着吧台后的玻璃杯。他下颌上扬，像斗牛犬一般，他一边全神贯注于看似忙碌的手头活，一边不停留意着我的一举一动。

“你喜欢我的女儿吗？”汤姆背对着我，开口问道。

“她人很好。”

“她是个好女孩。和她在一起的男人都是幸运的。”

“她是一位很聪明的女性。”

汤姆转头看着我，嘴边带着一丝假笑，他转了转脖子，放下手中的玻璃杯，掰了掰手指关节后伸出手转动右边的威士忌酒瓶，好让酒瓶上的标签与架子上其他酒瓶的标签对齐。

“你说我女儿对你很好。我希望你也对她好。”

我不确定他在暗示些什么。这是一种隐晦的表达方式，他虽没有直接询问我的意图，但却让我更加不适。

“谢谢你的关心，但是我们才刚刚认识，还在试着了解彼此。”

“你说你结过婚。”

“是的。”

“还有一个女儿。”

“没错。”

“我打赌你一定很爱你的女儿吧。”

“我非常爱她。”

“所以你能够理解我。”

他不经意说出的这儿个词听起来却像是一种威胁。

“是的，我确实能够理解。”

汤姆没有再说话，他好像在思考，虽然他给我的印象并非是一个善于思考的人。或许他在默默沉思，在头脑里不断考量，反复思考之后才在适当的时候说出口。“奥基夫，你是爱尔兰人吗？”

“是的，离这里很远。”

“我哥就是死在伯明翰的那场大爆炸中。”

“抱歉，贝唐没有跟我提起过这件事。”

“这件事发生在贝唐出生之前。是爱尔兰共和军。”

“你一定很伤心吧。”

“我哥死的时候我还很小。”汤姆说，仿佛因为我是爱尔兰人，所以使得他失去哥哥的悲痛愈加沉重，仿佛我是爱尔兰人这一事实加深了他在小时候就不幸痛失哥哥的悲伤情绪。“那是 1974 年，我哥当时正在桑林酒馆喝酒。”

汤姆睁大双眼盯着我，脸涨得通红。

“我想你应该一辈子也不会忘记这件事。”

汤姆许久都没有回答我。我盘子里的油脂凝固了。

“你的女儿在纽约？”

“是的。”

“你一定很想她吧。”

“非常想。”

“我不会自己独自离开的。我的意思是，如果我是你，我就不会离开她。”

他的这番话触动了我内心最敏感的部分，我愧疚无比。

“我在那场袭击发生之前就已经接受了在牛津大学的这份工作，而且当时我已经和妻子分居了。”

当时的英国酒馆并不禁止抽烟，汤姆从口袋里拿出一包香烟，他点燃一根，猛吸一口后，对着天花板吐出烟云。我吃完早餐后便将盘子放到吧台上，用餐巾纸擦了擦嘴，随后转身回到自己的房间。

我为何会忍心丢下纽约年幼的女儿，在这座城市有史以来最危难的时刻选择孤身前往牛津呢？不过苏珊和梅雷迪思丝毫未受那场袭击的影响，她们在上西区过着舒适的生活，她们没有理由离开59大街，冒险向南迁移。每每想起当年的选择，我便愧疚难当。袭击发生的时候，我已经离开纽约两个月之久，当时我正准备从北部搬往莱茵贝克和母亲一同居住。即使是在那里，当我想到自己将在十天之后离开美国，也依旧惶惶不安。当我和母亲在半夜被哀鸣的警报声吵醒时，我们以为可怕的恐怖分子已经找到了这里。在前往牛津后的第一个月里，每每听到警报声，我的血压便会升高。没人曾告诉过我英国有篝火之夜和盖伊·福克斯之夜，每到十月末，十一月初的那一周，英国人便会大放烟火，于我而言，这种烟火声不是欢快的庆祝，却更像是令人胆寒的爆炸声，以至于当我躺在大学集体宿舍的单人床上，听到外面的袅袅烟火时，会猛然坐起身来。当附近响起类似迫击炮弹爆炸的声音时，我时常会用头猛撞床架。

我的一个朋友总是喜欢沿着格林尼治街道慢跑，他居住在翠贝卡地区，当第一架飞机袭击纽约时，他已经进入了位于市中心的工作地点，因而未能幸免于难。那是我对那场恐怖袭击感切最深，也是最真实的一次。在接下来的几天里，我慌乱地收拾着行李准备离开，突然心头一颤：我怎么能丢下女儿不管呢？如果恐怖分子再次袭击怎么办？如果这个世界突然陷入末日怎么办？

和汤姆的那场简短对话再次激起了我内心的歉疚。在之后的时间里，我和汤姆彼此再没有说过一句话。我承认我竭尽全力在躲避他。是我自己内心的孤寂将我置于这样一种奇怪的境地，我甚至觉得待在这里比独自坐在牛津大学集体宿舍的房间里更加孤独，更加格格不入。

在那天尴尬无比的早餐过后，我和贝唐来到乡村散步，我们穿过查茨沃斯庄园，在贝克韦尔镇的一家小酒馆吃了午饭。这里居住的人们除了早餐不喝酒以外，其余时间都离不开酒精，这是我永远无法适应的习惯。夜幕在下午三点半降临，当周围的人们早已酩酊大醉，我开始思考自己当初为何离开纽约。我当然知道我别无选择，至少在当时，我没有其他任何合乎情理的选择。

“雄鸟与靴子”旅馆的新年迪斯科之夜充满了伤感，而贝唐的不敬行为使得那晚的我更加悲伤。贝唐假装成一个无礼之人，她将聪慧和努力抛之脑后，那一晚，她完全沉浸在纸醉金迷中，我觉得我再继续待在那儿已毫无意义。我没有道一句晚安便回到了自己的房间，第二天早上，在其他人还没有醒来时，我匆匆离开了贝唐家，只留下一张道歉纸条，借口称自己因突发状况必须立即返回纽约。实际上，我坐出租车前往切斯特菲尔德车站，坐最近一班的火车回到了牛津，我躲在集体宿舍的房间里，一个人做饭，一个人吃饭，静静地等着其他人返回学校。

我和贝唐默契地认为无需再多言，我们之间曾经的火花已不复存在。我所害怕面对的尴尬局面并没有出现，至少我没有丝毫察觉。在我离开牛津的时候，贝唐和一位来自波西米亚的神学教授结婚了，男方的家人在 Park Town 给他留了一套别墅，贝唐变成了一位牛津北部的女学究，一个月洗两次澡，对子女的卫生也同样不讲究。

我独自躺在纽约公寓的床上，所有这些回忆扑面而来，这些重现的往事使我口中酸水直冒，消化道一阵绞痛，不过这或许是那些越南食物所致。在重新躺回床上之前，我在空荡的公寓里走了一圈，望着窗外漆黑的休斯敦大街，心中油然而生一股怀念之情，我想念牛津，想念那个多年来被我视为是被迫前往的放逐之地。或许像我这样的人，像我这般性情的人总是向往除自身所在以外的其他地方，向往以一种超越平凡的状态生活，与他人疏离开来。

我站在窗边，看着这座城市，我回来了，这座城市却还没有真正接纳我，即使现在的我正站在这片土地上，却依旧与这里格格不入。我注意到人行道上有个男人停下脚步，抬头望向我房间的窗户。这次我不再抱有怀疑。他注视着我，而且他知道我也正在注视着他。我们隔着窗户玻璃，站在远处，毫不掩饰地互相望着彼此，灯光和周围的倒影模糊了视线。这个注视我的男人到底是谁？监视我生活的那个人又是谁？是同一人所为吗？房间里漆黑一片，因此我能清楚地看到他，但却无法辨认他的脸，因为他戴着滑雪面罩，只露出两只眼睛，在霜冻严寒的夜晚闪着光。

星期三早上，我前往派克大街做脑部扫描，彼得、梅雷迪思和塞巴斯蒂安医生都坚持要我来这里，虽然我没有看到账单，不过毫无疑问，这次扫描一定开支不小，这笔钱本可以不用花。我躺在不断发出锤击声音的白色机器里，听着耳机里的音乐，头上戴着类似头盔的东西，上方有一块镜子，透过镜子，我可以清楚地看见旁边的医护人员。我怀疑扫描结果上不会出现任何显示我头脑功能异常的标志。又是一场观察和评估，我忍不住好奇，这些技术人员到底花了多久时间创造出这样一台比人类自身更能读懂自己思想的机器？

或许因为我前一晚看见了站在人行道上的那名可疑男子，因而我相信自己并没有任何异常，而我对于周六与雷切尔见面一事的疑惑也烟消云散，换句话说，我确信虽然那封要求与雷切尔重新约定见面的邮件的确发送自我的账户，但我并没有写下这封邮件，也没有按下发送键，我更没有收到雷切尔确认其收到那封我从未写过的邮件的回复。毫无疑问，有人在玩弄我的生活。我更改了邮箱密码，但并未关闭邮箱账户，我着了魔似的一遍遍检查，以确认一切正常。我要确保没人正在假扮我给其他人发送邮件，也要确保没有出现任何提醒该账号在其他地方登录的警示信息。

做完脑部扫描后，我在回家的途中买了一瓶红酒，准备在感恩节当天送给梅雷迪思和彼得。彼得和梅雷迪思主动提出举办一场大型的家庭庆祝会，早上，站在他们的阳台上俯瞰阅兵式，若天气太冷，就在日光浴室里观看。我刚走出卖酒的商店门外，角落一名身材高大、身穿西装革履的黑人男子便大声喊道："请等一下！先生！先生！"

我意识到那名黑人男子是在冲我叫喊，于是我立刻转头看向他所在的方向。在我看来，拥挤不堪的城市空间是人性最大的神秘处之一，人类究竟是如何在如此人来人往的都市里通过他人说出的一句称谓或一个简单名词所包含的语气、音色和对声音来源的方向感知中得知自己便是对方所指向的对象呢？我看着这名黑人男子，想着或许他是要提醒我，我的裤子拉链开了，或者我的钥匙、钱包、收据不小心掉到了地上，抑或是我买的那瓶价格不菲的红酒快要从棕色购物袋中掉落下来，但并未如此，他一脸关切地看着我，我被他关切的眼神吸引了过去，他仿佛是要告诉我，我正在被某个街头访问节目秘密录像，他们专门拍摄街头那些装模作样的人，而我在卖酒的商店与收银员发生小口角，以及我叫他"混蛋"并和其讨价还价的画面已经被全部记录下来，成为了百万观众的笑柄。在我靠近这名黑人男子后，他慢慢靠过身来，虽然他说话的声音很轻，但在正午嘈杂的车流声中依然能听清，他压低声音对我说："我想我应该告诉你一声，有人在监视你。你从商店出来的时候，他走进了列克星敦市方向的角落，但是他一路都在跟踪你，你在商店里面买东西的时候，他一直盯着你看。也许是我看错了，但这实在是很诡异。我想应该让你知道。"

我睁大眼睛看着这名男子，他看起来不像是幻想狂，也不像是受了什么刺激。并不是我对他有所怀疑，只是他刚才所言甚是唐突，我想就算我认为他可能精神错乱也不足为过。

“谢谢你告诉我，非常感谢。只是……我觉得你说得没错。”

我转入街角，扫视着前面的街道，想看看周围有没有什么可疑人物，但五十九街上人烟稀少，于是我冒着严寒天气快步走进了地铁站。一路上，我不停回头望向背后，我明显感觉到这个监视我的男人一直在等我穿过街道，现在他正在跟踪我，当他留意到我开始转身时，便快速钻进了地铁出入口。酒廊门外的那名黑人男子并没有胡言乱语，我的脑袋开始快速运转，更准确地说，我开始意识到自己神志正常的界线，或许这是我人生有史以来的第一次，我感觉自己正在边缘地带行走，也可以清清楚楚地看见不远处的迷途。这次经历或意识最警醒之处在于神志正常和神志不清之间不存在明确的界线，我所需要做的只是迈出一步，跨过那道警戒线，我心知肚明，走出理智虽轻而易举，如同迈出那一小步，回到另外的方向，重新回到神志清醒的领域，离开神志不清的范围那般简单，神志不清本身必然包含更为理性的领域，但一种千疮百孔的状态，一种神志不清在两种精神领域中占据上风，而意识清醒仅仅只是这其中独立的孤立点状态（就像是罗马教廷或圣马力诺，或是生活在德意志民主共和国威胁恐吓之下的西柏林），是平凡之辈远不能达到的，这种努力或许只有超人可以做到。倘若我纵容自己跨过边界，离开理智王国，那我可能永远也回不来了。

我所面临的问题是应该对谁倾诉这一切，我害怕告诉梅雷迪思和彼得，我担心在脑部扫描结果正式出来前，他们会认为我疯了，而即使扫描结果显示一切正常，他们甚至也会带我去看精神病医生，而那时，我还得努力使他们信服我并没有产生任何幻觉，这一切都是真实存在。

回到家后，我坐在书桌前，试图清醒地思考这几天以来发生的所有事，审视自己的心灵（倘若可能的话），看看自己到底是不是疯了。那两箱记录着我近来所有网上活动的纸张，那些记录着我访问过的每个网址和发送过的每封邮件的纸张，似乎推翻了我神志不清这一结论，但我并不想排除这种可能性。有没有可能这两箱纸是我自己寄给自己的呢？有没有可能是我自己不知为何保存下了近几年来所有的历史浏览记录，将这些历史记录存至一个独立文字处理文件，在公寓里打印下来，包装好，写上地址，然后安排快递服务直接送到我的公寓，而如今我却完全忘记了自己的这一系列举动呢？我想，我能找到自己待在学校办公室时的监控记录，譬如安保摄像记录和门禁刷卡记录等。倘若可以证明我上周大部分时间都待在办公室里，譬如上周星期五晚上，而我自己又完全不记得在办公室待了这么长时间的话，那么上述推测便可能成立。或者还存在另一种可能性，即我对自己看着这些纸张，阅读纸张内容的记忆本身就是自我虚构。

我重新拿出放回箱子的那些纸张，我想确认它们是否只是一堆白纸，上面是否根本什么东西也没有，这一切都只是我的自我想象。令我感到解脱的是，这些纸张跟我记忆中的一模一样，不过此时我心中又不免感到害怕。即便如此，依旧不能排除或许这一切是我自己所为的可能性，或许是除了现在正在写作的另一个我，除了这个在感恩节前夕坐在书桌前的另一个我，这个我为了保存记录，或清查存货，或警示自己，抑或是提醒自己那些我努力试图忘记的一切，而向如今的我自己（如今几周之后正在写作的这个我自己，这个坐在书桌前对自己人生的扭曲困惑不解的我）寄了这些纸张。当我盯着其中一张密密麻麻印刷着各种网址的纸时，一幅画面开始在我脑中浮现，那是一条若隐若现的弧线，接着被一条明亮的分割线分裂成了两条，还有一张由滚动的丝线形成的嘴，当我越来越靠近这幅画面时，眼前那张脸却在一瞬间化为了泡影。

我尝试着对这一切置之不理，我不想再去思考究竟是自己神志不清还是有人在迫害我，于是我打开无线广播收听当天的头条新闻。埃及一位检察官对两名带头示威并反抗议法的激进分子提起控告，而其他参与示威抗议活动的也均被处以拘留。据美国的检举人表示，美国国家安全局一直在收集多位阿拉伯人在网上观看色情片的有关信息，有人怀疑，他们希望通过此种方式向这些人的追随者证明，因为沉溺色情，这些人不应再被奉为圣人，不过美国国家安全局是否已使用其掌控的这些信息还尚不知晓。与此同时，联合国正在商讨由德国和巴西提出的决议草案，他们在草案中指出，公民有权不屈从于其自己国家或其他国家政府的无端监控。我好奇的是，“无端”的定义究竟是什么呢？从严格的法律术语角度来说，这意味着任何监控行为都需要授权令吗？或者从更为广泛的意义上说，这意味着监控行为未经法庭的证实、准允或授权吗？国家内部的法律权威人士是站在何种立场允许其情报工作在法律允许范围外开展的呢？

将近傍晚时分，电话铃响了，是当天值班的门卫埃内斯托，他在电话中说我有一个包裹。不会又来一个吧？我想着。我走下楼去，眼前的这个包裹看上去和之前那两个一模一样，我感到心脏一阵战栗。

“你能告诉我送来这个包裹的人是谁吗？”欧内斯托瘫坐在接待处后面，我不得不承认，我始终分不清这几个年轻的门卫，伊格纳西奥、拉法、马努和埃内斯托，他们几个在我看来实在是太相像，我只能辨清体型比较肥硕的乔治和德卷，不过他们每一个都待人礼貌且态度友善，以至于我在那些孤独的晚上会选择坐在大厅里（虽然大厅里的座位很小），和值班门卫闲聊一两个小时，消解心中的苦闷，但我要确保没有同事或学生会看见我的这一举动，我不能让熟人看见我满怀期待并充满感激地与门卫聊天的情景。

“是自行车信差送过来的吗？我觉得我收到的上一个包裹就是自行车信差送来的。”

埃内斯托摇摇头说道：“这个人，他就那样走进来然后将包裹放在了桌子上，过程中一句话都没有说。真的很没有礼貌。没有一句你好，也没有一句再见，我的意思是，这很奇怪，不是吗？我当时对他说‘祝您生活愉快’，但是他甚至都没有回过头来看我一眼，他就那样直接冲出去了。”

“他当时真的是冲出去的吗？”

“可以这么说。他当时走得很快，我想，但是外面很冷，所以……”埃内斯托顿了顿，欲言又止。

“但是什么？”

“我也不知道，只是，这个时代，没有人会像那样扔下一个包裹，然后一句话不说就走掉。我们怎么知道里面装的究竟是什么呢？如果这个送包裹来的人看上去行色匆匆，而且包裹上没有寄件地址也没有邮戳，那你就要谨慎对待了。这就是我打电话给你的原因。”

“你的意思是说这里面有可能装着一枚炸弹。”

埃内斯托坐回椅子上，仿佛在我说出来之前，他并未想到这一点。

“你认为我们应该打电话给校园警察吗？”

我举起箱子，思考着它在我眼前爆炸的可能性。这个包裹箱和前两个的重量差不多，我拿起箱子摇晃了几下（在椅子的脚轮上滚动了几下，埃内斯托一把将椅子推开），箱内的响动说明里面不可能装有任何可导致身体伤害的物品。

“这里面只是一箱纸而已，”我继续说，“或许是我带的某个博士生的论文什么的。”我抱起包裹，向电梯的方向走去。

“如果我听见爆炸声，我就打电话报警。”埃内斯托笑着回答道。纽约人一直以来都是以这种幽默方式来化解尴尬局面的吗？还是说这是最近才兴起的？

上楼后，我差点将手中的箱子一把扔进垃圾槽，但在好奇心的驱使下，我最终还是打开了箱子。这次的包裹箱表面同样是被熟悉的捆包带缠绕着，只不过里面的纸张上不再是数不清的网址，而是一连串通话记录，包括打电话方的号码、接电话方的号码、通话日期和通话时长。我一眼便认出了梅雷迪思、彼得、梅雷迪思的画廊以及我在纽约北部住所的电话号码，再次仔细查看时，我母亲家中的电话号码、我在牛津居住时的家庭电话号码、我在牛津、伦敦、柏林、海德堡、汉堡、慕尼黑、莱比锡、耶拿和德累斯顿等地的许多朋友的电话号码也映入眼帘。这是我近十年来的历史通话记录，这上面记录了我在这期间打过和接过的每一个电话，包括每一通电话的通话地点以及通话时长。这一切似乎不可思议，为何会有人关注我的日常活动如此之久？为何会有人如此详细地记录下这一切？难以置信。我越是细想，便越是认为政府必定牵涉其中，或者更确切地说，这是某个归属政府管辖的情报收集方所为，因为如此详细地收集我的通话记录与收集我的网上活动不同，后者只需一名黑客便可轻松做到，但除非黑客本身就有接触他人通话记录的渠道，否则前者便不可能是出自黑客之手。我知道这种推测的可能性极大，再加之最近的一些启示，我实在难以想象我的政府，或某个密切关注我近年来通话记录的情报机构为何会对我如此感兴趣。此外，我也无法想象为何那个情报机构中的某人会改变主意，将这些监控我的证据寄送给我呢？我可能会将这些证据公之于世，以向众人揭露自己所受到的侵犯已到了何等难以忍受的程度。当然了，前提是这些纸上的内容不会致使我颜面扫地，不过对于这一点，我想我只能自我猜测。或许这种猜测并不困难。唯一令我感到欣慰的是这第三个箱子似乎证明了我的精神是正常的，我不可能自己平白无故地掌握这么多通话记录，除非我将每天接打过的每个电话都记录在案，不过我确信我从未做过这种事。

此时，电话铃再次响起，是大厅的埃内斯托。

“奥基夫教授，我想打电话来确认你一切正常，我没有听到爆炸声……”

“谢谢关心，这里面只是一些文件而已，是我前妻寄来的一些以前的信件。我的四肢还在，完好无损，请放心。我为那个送件人的粗鲁态度向你表示道歉。”

“没关系。教授，如果我待会儿没看到你，那你一定是去庆祝感恩节了。你要去看看你的家人吗？”

“明天我会去我女儿和女婿家。你呢？这个感恩节打算怎么过？”

“我和住在皇后区的姐姐一起过。”

“那预祝你感恩节快乐。”

“星期天再见咯，教授。”

所以，我并没有疯，我是清醒的，我一边想一边挂断了电话。有人在干涉我的生活，或者说至少在掌控着我的生活，或许这种干涉以及对我邮件的胡闹行为只是一个开始，这不过是他们的小把戏而已，目的就是要让我知道“他们”可以为所欲为，因为“他们”对我的所作所为了如指掌，包括我做过些什么以及什么时候做的。此刻我需要做的便是逃离这座城市，由于我不能在感恩节当天逃走，于是我决定星期五一早便前往我在纽约北部的住所，在那边待上几晚，理清自己的思绪，远离电话和网络。当我正准备在网上买票时却突然想到，倘若有人正时刻监视着我的一举一动，那么我并不想让他们得知我要离开，或许这是某种测试。我会在星期五早上去往宾夕法尼亚车站，用现金购买车票，然后消失。倘若我回到这里之后发现逃脱成功，无人知晓我逃跑一事，那么或许我能重新找回理智。

我将这三个令我厌恶的警告包裹（无论寄这三箱东西的人是出于善意还是恶意，但除了视其为警告之外，我还能怎么想？）放进了客厅的壁橱后面，眼不见为净。那天晚上，我试图转移自己的注意力，于是我开始做晚餐、听全国公共广播电台新闻，在将餐具放进洗碗机之后，我坐下身来，打算看一本出自于斯塔西档案馆的照片集。某些照片上是穿着滑稽的特工和员工，每个特工的面貌都截然不同，看上去像是色情电影里的演员，而另外一些则是杰夫·沃尔、辛迪·舍曼甚至是莱涅克·迪克斯特拉的作品回忆录，全是一些技艺笨拙却略显精巧的画面。画面上那些人巧妙的动作和分布位置显示出作者的意图并不在于与集权主义社会更广泛的思潮保持一致，在这样一个社会中，意图性无处不在，它贯穿于在意识形态、人类需求以及冲动支配下的私人和公共生活之中。虽然我对这些画面极感兴趣，但那三个箱子里的东西却一直在我脑海中挥之不去。我究竟为何会成为政府情报机构的目标？国家安全局（不然还能有谁？）为何想密切监视我的一举一动？在我离开美国之前，并未出现过此类事件，我不是政治上的激进分子，我的父母也同样不是，我甚至不记得他们在我家前院内挂过任何政治活动的标志，虽然我知道他们总是靠着本能的忠诚精神进行投票，忠诚于民主党，更忠诚于美国，这种一心一意的忠诚源于他们出生在20世纪50年代，在总统罗斯福和杜鲁门的领导下成长，他们是劳工组织工人的子女。我想他们身上所具有的政治性平淡乏味，政治在其精神和社会生活中无关紧要，他们只是认真做好自己的本职工作，力图不把我培养成为政治动物。我也参加投票，且一直以来都有自己坚定的立场和强硬的意见，但我从未曾参与过任何政治活动。或许我搬往英国的举动是致使我成为情报机构监控目标的罪魁祸首，或许所有前往海外的美国人都生活在这样的监视之中。

还有另外一个问题。那天晚上，我不停思考着我所信赖的政府如此密切关注我一举一动的原因所在。但个中缘由只能解释当下，而这样的监控行为显然已持续多年。我一心扑在这个谜团上，并未思考自己正在做的事。我不得不承认，此类情况时常发生，我的大脑和身体四肢貌合神离。我走到卧室的窗前，之前见过的那名男子再次出现在窗外的人行道上，他一动不动地站在那里，抬头望向我的窗户。这次与以往不同的是，我公寓里灯光明亮，因此他从所站的位置可以清清楚楚地看见我，而我却不大能够看清他的模样。我举起手冲他挥了挥，而那名男子却摇了摇头，他始终戴着滑雪面罩，双眼在街道灯光的照射下闪着光，随后他便同往常一样朝着百老汇大街的方向走去。为何街道上没有人看他？为何没有人想过他可能是一名恐怖分子并打电话报警？倘若你看见的是一位身穿长袍且戴着面纱的女人，而恰好你又是一位善良的自由主义者，那么你不会认为她是一名恐怖分子，可一名穿着正常却在大街上戴着滑雪面罩的男子如今看起来好像犯罪分子，或许他正打算抢劫银行或便利商店，甚至更糟，或许戴着黑色皮手套的他正在策划一场谋杀，用藏匿的刀子或消音手枪杀害某人，甚至是徒手快速实施谋杀，然后钻进百老汇大街拥挤的人潮中。

我一把抓起钥匙和外套冲出门去，不停拍打着电梯按键，进入电梯后，我烦躁不安，电梯开门了，我迅速冲出电梯，从门卫埃内斯托眼前跑过，我来到大门外，沿着休斯敦大街和前往百老汇大街方向的人行道快步行走，但却始终不见戴着滑雪面罩的男子的踪影。我知道他或许溜进了某栋大楼内，甚至可能是安格利卡电影中心，或者，他摘下面具后继续在人行道上行走，如此一来我便不能轻易将其辨认出来。我试图回想他的穿着，但却只记得他身穿黑色外套和黑色裤子，或许还穿着黑色皮鞋或皮靴，戴着黑色滑雪面罩和黑色手套。

我从美世大街跑到布利克大街，再沿着百老汇大街到了王子大街，一路上，我注视着眼前的每一个人，但却没有一个人看上去像是那名可疑男子。当意识到自己可能快要失去理智时，我放弃寻找，走回了集体宿舍。进门时，埃内斯托抬起头来注视着我。

“教授，你还好吗？”

真是一个亲切的家伙。当看到埃内斯托身旁放着一把空着的座椅时，我冲他点了点头问道：“我可以坐吗？”

“当然，请坐。”

“我觉得有人在跟踪我。”

“我一直都有这样的感觉，我也总感觉有人在跟踪我。”

“不，我是说真的有人在跟踪我。今天在派克大街，一名男子拦住了我，他说他看见当我在商店里买东西时，一名男子在商店外一直盯着我。刚才，有一名戴着滑雪面罩的男子站在休斯敦大街的人行道上，他就站在那里抬头看着我的房间。我知道他在注视着我，因为我当时冲他招了招手，他摇摇头后便跑开了。而且……”我迟疑了一下，我不知道是否应该将我之前收到的那些包裹的事告诉他。思考片刻后，我决定自己保守这个秘密。“而且还发生了一些其他的事情。”

“教授，这件事听起来很严重。”

“叫我杰里米就行。”

“老板，你说了算。”

“请别叫我老板。”

“好吧，杰里米。”他微笑着和我握了握手，仿佛那是我们初次见面。

“你觉得我是不是疯了？我担心我的神经有点不正常。”

“不，你没有疯，这件事听起来真的很严重。我的意思是，我也觉得有人在跟踪我，但那只是我的前女友，她真的是个疯女人，所以我跟她分手了，我知道她一直在跟踪我，但你的情况不一样，你所说的这些听起来像是，我不知道怎么说，这都是真的吗？”

“是的，恐怕都是真的。”

“是你得罪了什么暴徒之类的吗？”

“不，不是这样的，这并不牵涉任何犯法的事情。”

“那我真的不知道该说什么了。要不我们报警吧？”

我们互相看着彼此，我突然笑出声来。

“我问问你，你能不能不要将这件事告诉其他任何在这里上班的门卫，悄悄帮我一个忙？”

“当然可以，什么忙都行，你尽管说。”

“如果再有人来给我送包裹，你能不能帮我拍张他的照片，但是尽量不要让对方有所察觉。在他离开或者走到门外经过窗户的时候趁机拍张照片。”

“可以，这个忙我可以帮。”

“谢谢你，埃内斯托，祝你和你的姐姐感恩节快乐。”

我从钱包里掏出50美元递给埃内斯托。虽然他抬手拒绝，但我摆了摆手示意他收下后，便转身上楼回到自己的房间。我知道我从这一举动中所得到的满足感是一种廉价的愉悦，而且如今50美元的价值已远不如从前，尤其是在纽约这座发展迅速的大都市内，因而我内心应更添愉悦之感。我下定决心要在圣诞节那天给予埃内斯托更多回报。我何时竭尽所能地给予过他人馈赠呢？或许除了我的女儿梅雷迪思之外，我从未满足过任何人。即使是对梅雷迪思，我也亏欠得太多太多，这些亏欠是我远不能弥补的。如今我想明白了，我对她的亏欠源于我竟在她最需要我的时候选择了离开。对于当时正处于青少年时期的梅雷迪思而言，一年与父亲仅仅一或两次的见面远远不够，她一生都在渴望得到父母的关爱，但我却将这份慰藉、保护和监管掠夺一空，哪怕是连烦忧和叨扰都不曾给予。而如今，梅雷迪思得到了众人艳羡的一切，她拥有幸福的家庭和稳定的事业，而除了每次或是安抚或是激化矛盾的见面以外，我再无其他能够给予。这本书，这些文字也许是我所能留给她的唯一馈赠。

感恩节那天早上，为避开人流高峰，我提早出了门，虽然天气预报说感恩节当天将有狂风侵袭，却依旧阻挡不了笼罩在节日气氛里的涌动人潮。我坐上一辆出租车，沿着第10大道行驶后，在第62大道的阿姆斯特丹下了车。在步行经过林肯中心的途中，我回忆起与梅雷迪思在这里一同度过的那些美好时光。在女儿梅雷迪思小的时候，我时常带着她到这里来看歌剧和芭蕾舞剧，那真是一段耐人寻味的回忆啊。我穿过百老汇大街，准备从世纪大厦的侧门进入，以避开人潮拥挤的中央公园西大道。在我刚好穿过百老汇大街时，我看到了林肯广场电影院，我已经有十多年没有来过这里了，我在这里看的最后一部电影要么是拉斯・冯・提尔的《黑暗中的舞者》，要么是拉乌・鲁兹那部奇特却精彩的《追忆似水年华》，整部电影采用特殊的移动场景，演员马切洛・马扎雷拉在电影中饰演的主角马赛尔是一个喜欢窥探他人生活的怪胎，他暗自偷窥着身边朋友的生活。这时，我转念想到，倘若彼得和梅雷迪思的派对太无聊，或许我可以早点溜出来看一场音乐会。

当我正专注于眼前的电影海报时，突然注意到了身后的他。是上周六在咖啡店遇到的那个二十来岁的小伙子，他就是雷切尔未能赴约当天在咖啡天堂与我聊天的那名年轻男子。我记得他当时称自己是“公司的托儿”，还好奇地问过我雷切尔是否漂亮。没想到他也出现在了林肯广场电影院，且和我看着同一张海报，不过现在我已记不清当时的海报内容，或许是某部意大利片，抑或是以美国独立分子为题材的电影，我并没有过多在意，我只记得我转身对着那名年轻男子说道："感恩节快乐。"随后，那名男子转身惊讶地看着我说："好巧啊！我们又见面了。"他轻松活泼的语气使我认为这真的只是巧合而已。这种巧合在我前往牛津之前时常发生，但在我回国后的这几个月里，这样的巧合却并不多见，或许因为即使是只在牛津生活了短短一个月，出门时也随处可见熟识之人，要么是同事，要么是学生，有时甚至是镇上认识的人或其他学科的教师、学者，其他时候，还会碰到牛津大学阅览室的常客，或许这就是生活在一座仅十三万人口的小城市所不可避免的事。而当这种偶遇发生在纽约这座人口密集的大都市时，则必定是别有一番意义了，仿佛是发生了什么惊天动地的大事。尤其是当你在这座城市的各个角落三番五次地碰见同一个陌生人时，就仿佛是命运所使，或是如某些人所说，是上天在向你传达旨意，他在暗示你：这便是你应结识的人，你应该多加注意，你们两人的命运连在一起，你们持续的相遇并非毫无缘由，别想着会有纯属巧合这回事。我记得在我前往牛津的前一年，有一次我前往耶鲁大学参观一场艺术展，那是一场齐聚布卢姆茨伯里画家的展览，在前往纽黑文市的火车上，一位女性正在阅读利顿·斯特雷奇的《维多利亚名人传》，虽然我当时期待着能在画展上看到她的身影，但未能如愿。几天之后，我在地铁上再次见到了她，她依旧在阅读斯特雷奇的那本书，接着没过几天，我们竟然又遇见了。她大概比我年长十岁左右，在我们第三次遇见时，我走向她，对她说：我们一周之内竟偶然地在同一列地铁上遇见了三次，每次我都看见你在阅读斯特雷奇的作品，这似乎并不是普通的巧合，因为我最近几周一直都在阅读罗杰·弗莱和约翰·梅纳德·凯恩斯的书籍。那名女性听后一脸惊恐地看着我。

“你是在跟我开玩笑吗？”她冲我问道，“你是不是一直在跟踪我？你到底想干什么？”

“没，没什么，”我反驳道，“我只是觉得能在短短几天之内连续遇见你三次是很有意思的巧合，而且我们似乎志趣相投。”

她看着我的手冷笑着回答道：“你已经结婚了，滚回去找你的妻子去吧。”

我根本没有任何非分之想，但当她从座位上起身，在下一站下车后，我的脸一下子涨得通红，四周的人纷纷看向我，像躲瘟疫似的往后挪了几步。感恩节的那天早上，站在林肯广场电影院外，面对着眼前的这名年轻男子，我机警地避免表现得太过友好，唯恐他也认为我是在挑逗他。最后，这名年轻男子开口打破了沉默。

“你找到你的丑女孩了吗？”他一脸自信地看着我问道，仿佛对跟陌生人之间的粗鲁对话乐在其中。

“不好意思，你说什么？我不确定……”

“就是那个本来要在星期六去咖啡天堂和你见面的女学生，那个没有出现，你也找不到对方电话号码的学生。”

“你为什么要叫她丑女孩？她长得一点也不丑。”

“星期六那天，我问你她长得漂不漂亮，你回答说‘不，不是很漂亮’，然后我就回答说‘那她来不来也没什么关系’。”

我完全不记得自己说过类似的话，不过回想一下当天的对话，我似乎确实曾给予过这样的暗示。一想到我竟被引诱着说出如此不堪入耳的断言，说出如此对女性带有些微歧视的话语，我便羞愧难当。回首过往，我似乎在成为一名父亲之后便再也没有说过这样尖酸的话语，每每想到我当时对待雷切尔的粗鲁态度和内心的卑劣想法，我便心头一紧。“你不应该这样妄下断言。”

那名年轻男子的脸上始终挂着一丝微笑，他那洁白整齐的牙齿要么是天生如此，要么是曾做过价格高昂的牙齿矫正。在我们第一次见面时，我并未太过注意他的外形，如今我仔细打量着他。他中等身高，身材较同龄人偏瘦，发质柔软，面有饥色。他身穿黑色羊毛长裤和黑色的双排扣短呢大衣，脚上是一双黑色的鞋，穿着周正且价格不菲（虽然我不大关注时尚，不过我能看出他所穿的都是名牌服装），他说话的口音听上去像是来自有教养的东海岸家庭，或许他是彼得的圈中好友，甚至可能是彼得的老友或同班同学，或许他也是常春藤联盟的成员之一。虽年近三十，却一直未婚，或许是害怕承诺，抑或是因为性情古怪而未能讨得女孩欢心。

“我本身就是一个粗鲁的人。她到底难不难看？”

“不，她不难看。我确定我从来没有说过她很难看这种话。”

“但是你说她不漂亮，你绝对说过这句话，意思就是她要么是个肥婆，要么是个多毛怪。”

客观来说，这名年轻男子的样貌算不上俊俏，不过其长相也与雷切尔不相上下，换句话说，他既不俊俏也不丑陋，恰如雷切尔一般，既不漂亮也不难看，两者都是相貌平平，皆是普通世界中的一名普通人。这名年轻男子太过消瘦，实在谈不上帅气，他的下巴轮廓太过尖锐，脸颊凹陷，看上去仿佛是一个瘾君子，或者是患了饮食紊乱症，不过饮食紊乱症在男性之中较为罕见。他的体格看起来并不健壮，没有跑步健将或者自行车骑手的健硕身躯和肌肉，或许这也是他脸颊消瘦的原因所在。他所穿的紧身裤恰好显露出他太过瘦弱的腿部，他那纤细的脖子看上去不堪一击。他的直发偏向一边，全部向后梳高，我知道这是当下的流行发型，这种发型最早出现于20世纪30年代，那时希特勒式发型在伦敦和纽约部分地区十分常见，对于一位研究20世纪德国历史的学者而言，对历史一无所知的年轻人推崇带有法西斯主义特色的发型实在令我感到厌恶，在他们眼里，这样的发型只不过是对以往一种引人嘲讽的模仿。或许他们根本不了解这种发型风格和法西斯主义之间所存在的关联（我猜想大部分留有这种发型的年轻人都不知道）。但我希望他们在了解了这种关联的真正意义后可以改变发型，把自己打扮成先进分子的模样，这是反击全球困境的颓废放纵，不过大多数法西斯主义倡导者的再度涌现均伴随着一场极端民族主义者的政治运动浪潮，有些人不禁放胆引述历史不断重复的古老箴言。

我不想再跟他耗费时间，但我隐约觉得他可能是个狂躁分子，随身携带秘密武器，时刻准备挟持我作为人质。在我看来，他衣柜中那些价格高昂的衣物全是通过行凶打劫而来，因此我试图在丝毫不激怒他的情况下找借口脱身。“今天是感恩节，我们互相也不认识，对彼此的情况一无所知，而且刚才的对话并不是很愉快。总之，我等一下要到别的地方去，我就先走了。”

说罢，这名年轻男子脸上的假笑更明显了，他向右歪斜着嘴冷笑地问道：“你是要去阅兵派对吗？”

“算是吧。”

“我也是。是我的一个朋友在世纪大厦举办的派对。”

那一瞬间，我竟想要取消赴约，或者告诉他我在去派对之前还有一些事情需要处理，只是为了避免同他一起，但是没人会在感恩节早上紧急处理事务，我知道这个谎言会被立马识破。“真是巧啊，我要去的地方也是那里。”我提醒自己，这根本不是什么巧合，在短短几天之内多次遇见同一个陌生人，在同一周内两次跟一名陌生男子讨论私人话题，在事先完全没有预计的时间和地点与陌生人出现上述对话，尤其是在这两次见面期间知道了有人正在监控着我的一举一动，绝不仅仅是巧合那么简单。不，这绝不是什么巧合。这些想法在我脑子里飞速转动，但我却无法得出一个准确的结论。我看着眼前这名瘦弱的年轻男子，心中的怀疑又多了几分。在我说话的时候，他一直面带微笑，然后笑出声来，好像发现了什么极其有趣的事情。精神错乱，情绪不稳定，已经跨过了他神志正常的狭小边界，我在心里这样想着。

“不开玩笑！如果我们要去的是同一个派对的话，你不觉得很有意思吗？”说完又是一阵笑声，我也强迫自己保持着微笑。

随后，我们一起转过街角，来到第 62 大街。我感觉自己刚刚遭遇了一场抢劫，或者说与这名陌生男子的见面，从某些方面来说，于我而言是一种侵犯。当我们一同靠近大厦的侧门时，我努力试图忘却刚才的想法。

梅雷迪思所在大楼的门卫全都认识我，因而我点头向他们打了个招呼后便径直走向了电梯。在等电梯的时候，我听见身后的那名年轻男子对门卫说他是受彼得之邀前来参加派对的客人，虽然我想着事实可能就是如此，但我始终感到惶惶不安，因为事到如今，这一切看上去仿佛是这名年轻男子预谋潜入我生活的计划。我没有听见他的名字，但门卫在给楼上的彼得打了电话后便允许他进入了大楼。很快，这名年轻男子便走到了我身边，这时，电梯门打开了。

“我想我们去的应该是同一场派对。”我皱了皱眉，回想着那个星期六下午的对话，寻找着更多与他或他的真实意图有关的线索。“我是派对主人的父亲，杰里米·奥基夫。”

“我猜到了是你，我参加了彼得和梅雷迪思的婚礼。我和彼得是研究生时期的同学。我叫迈克尔·拉姆齐。”

他的名字与我对他身世背景的印象完美契合，他或许出生于陈腐的新英格兰家庭，不过这只是我的个人定论，要判断一个人的出身并非如此轻而易举，但这些家族的威望在当今社会已大不如前。迈克尔·拉姆齐身上的高傲令我反感。我在与迈克尔·拉姆齐的两次见面中表现出的小心翼翼只是对其说话语气的本能厌恶，而此次，我却对他入侵我本以为是家庭聚会的派对活动而感到怨愤。事实上，我知道彼得和梅雷迪思期待着参加此次派对的客人能达到五十个，其中很多人都是他们两人的同事，而最后留下来共享晚餐的可能只有二十个，我想，这些留下来的人可能都是密友或家人。我试图在到达梅雷迪思家门口前让自己冷静下来，确保我自己的主导地位，我才应该是那个按响门铃并第一个踏进门的人，而迈克尔·拉姆齐，不管他是谁，最好有点自知之明。

从对客人们的介绍来看，显而易见，虽然迈克尔受到了派对邀请，但他并不是梅雷迪思的圈中好友，而且我发现彼得似乎与他也不是很熟，或许迈克尔先生只是一个跟彼得同学校的奉迎者，他试图挤进朋友的生活，只因他自己的生活实在是单调乏味。

“你是在哪里找到他的？”我把梅雷迪思单独拉到客厅的角落询问道。

“他和彼得曾经在同一个俱乐部里待过，不过有一段时间没联系了。几年前，他突然出现，彼得说他也不是什么坏人。他看上去挺友好的，你不觉得吗？”

“他看上去像是脑残。”

“爸，别这么大火气，喝杯香槟降降火吧。”说罢，梅雷迪思示意服务员拿酒。随后，服务员端着放满玻璃杯的托盘走了过来。

“我觉得迈克尔先生在跟踪我。”

梅雷迪思转头看向我，一脸愁容。

“他根本就不认识你。况且你之前也从来没有见过他。”

“不，我们见过。”

梅雷迪思的脸上再次出现愁眉苦脸的表情，或许是不相信，更确切地说，是惊慌和疑惑，是完全的难以置信，仿佛这些话语暴露了我是一个妄想狂的事实（这不是没有原因，但当时她并不知道，至少我依然相信，我愿意相信她确实毫不知情），我的这一席话使得她认为我损毁了作为一名父亲和一名家长的形象，她总是对我报以信任，就算在我踏出家门，远赴海外的时候，这份信任曾变得何等脆弱（我们从未讨论过这一问题）。

梅雷迪思从托盘中拿起一杯酒递到我的手上，也顺便给自己拿了一杯。我们碰了碰杯后，她便转头看向公园的方向，仿佛想无视对我的不信任，或许我早已不再是她心中所想的那个我，她无法忍受看着如今的我的模样，甚至她可能认为站在她眼前的这个男人忽然变得不像她心中的那位父亲，因此她不想再多看我一眼。她转移了视线，只为保护她内心所想的那个父亲形象，那个曾经的我，那个依旧年轻且神志正常的我，那个根本不会想象精神正常这种状态有可触界线的我。

我后悔说出之前的一席话，梅雷迪思显然正沉浸在这场派对的欢乐气氛中，她很快乐，因为她有能力举办一场盛大派对，宴请那些穿着华丽且家世体面的富人宾客，这种机会是我和她的母亲永远无法给予的。我并不是说梅雷迪思是一个趋炎附势的人，她是我所认识的最平和的人之一，我知道，因为职业性质的原因，梅雷迪思有很多机会能接触众多上流社会的富豪，而这意味着她可能会获取常人难以企及的，甚至可能是永远无法达到的成功。彼得承担了梅雷迪思画廊的租金和启动资金，而且还介绍了很多收藏家，但梅雷迪思独到的眼光、品位和商业头脑成就了她今天所拥有的一切，这点毋庸置疑。如同星期六的晚宴一样，这场感恩节派对不仅是社交生活，更是商业交流。梅雷迪思在被我的奇怪话语打断后，试图重新找回派对的欢乐氛围，当看到她这副模样之时，我突然明白了在她和彼得的世界里，工作和私人生活之间的界限微乎其微。他们把家视为是商业场合，是那些为达到其职业追求的关系和事件的立足地。这与我的观念大相径庭。他们的家不仅仅是为自己而开放，除了家人以外，任何人都可以进出，这种做法与我的想法背道而驰。平常、主流的社交是我和苏珊的一贯原则，虽然成长环境不同，但在我们各自成长的家庭中也是如此。邀请三五好友来家中共享晚餐和早午餐，节假日时节邀请亲戚前来家中做客，但把家作为商业来往之地却实属少见，或许因为我们的父亲并非处于公司官阶地位，也不是雄心勃勃的奋进者，他们都是埋头苦干、凭借努力获取上进的普通劳动者，他们认为那才是最可靠且最稳固的力量，而不是想方设法巴结老板或上司，因而受父亲之邀前来家中做客的那些同事都和他地位相当，至少在我童年时期确是如此，而每次聚会皆是朋友间的一场欢聚，而不是为了巩固自身职业地位才蓄谋已久的企图。

“你说你们见过，这话是什么意思？”梅雷迪思一口喝掉了杯中的香槟，我明白，倘若我继续将那些与拉姆齐先生有关且极有可能属实的想法告诉她，便很有可能毁了她今天的雅兴。因此我什么都没有说，一边细细品尝香槟，一边观察着迈克尔。他在阳台附近徘徊，没有与任何人交流，而是全神贯注地看着街上的壮丽景象，他仿佛对此感到震惊不已，像是一个孩子，对于这个世界以及窗户外那些因为大风疾驰而随风摇动的大型充气卡通人物充满好奇。他专注地凝视着，仿佛从未见过如此景象，但只要是过去几十年来在美国生活的人都已对这番场景见怪不怪了，因为每到国庆佳节，中央公园西路上都会有随风摆动的巨大充气卡通玩偶以示欢庆，除非那人生活与世隔绝，完全无法接触媒体，否则不可能没有看见过这种景象。

在牛津生活的这些年里，感恩节当天的思乡情怀最为浓烈炙热，然而每到这天，我都会一如既往地在学校里上课，这更是火上浇油。通常情况下，我的学生中至少有一名是美国人，于是我们在课堂上互相望着彼此，以表宽慰，在这个重要的节日里身居异乡，不得不独自想念过去在感恩节与家人欢聚的那些场景。倘若我的学生中没有美国人，则某些考虑周到的英国学生也会在课程结束时向我表达感恩节的祝愿，并询问我是否会在晚餐时外出庆祝。有时，我会在课堂上讲解感恩节的来历。感恩一词最早出现于1533年的英国，是由廷代尔首次提出。我的牛津英语词典上将其收录为thanks givying，两年之后，即1552年，这一词在《圣经》译版的《公祷书》中被写为thankesgeuynge，之后，莎士比亚于1598年在剧本《爱的徒劳》中也曾使用该词，1621年，朝圣者开始有了自己的感恩节，直至此后，林肯将感恩节定为国家性节日。牛津的某一两所大学（当然不是我所在的大学）会为了迎合校内美国人的思乡情怀而在感恩节当天举办火鸡晚宴。我曾多次参加过此类活动，但我逐渐发现这非但不能慰藉我的乡愁，反而使其更加浓烈。放眼望去，身边全是英国人的身影（许多英国人似乎认为这场火鸡晚宴简直愚蠢至极，他们对于在这片大陆诞生的任何传统、节日或说话方式都嗤之以鼻），叫我怎能不思念家乡？我发誓我今后再也不会参加此类聚会，在接下来的一年，我可能也会拒绝接受类似邀请，不料却发现独自待在英国，心中不怀任何期待地过完感恩节甚至比一场并不完美的庆贺更令人难以接受。在某种意义上，感恩节对于我而言，只是在失望中独自煎熬的一天，在这个本该欢庆的节日里，某人总会以无礼的玩笑或冒犯的举动彻底激怒你，但为了维护场面气氛却不得不委曲求全，或者说因为对方是你姐姐的新男友，或是你女儿的丈夫，倘若是在牛津，则抑或是掌控你职业生涯的上级同事，由此也只能默默隐忍。毕竟感恩节是在内战时期被正式化的节日，或许从其最宽泛的哲学影响而言，感恩节是一个特殊的场合，它使得内斗的对立双方暂时停止战火，一起坐下来享受美食，扯下餐桌上已经死去的火鸡的四肢，欢庆佳节，这是一个建立在对首个殖民者成功开拓殖民地致以谢意之上的节日传统。

这是我回到美国后的第一个感恩节，我宁愿只和家人一起度过，带着梅雷迪思和彼得前往我母亲的住所，甚至是前往彼得父母在东汉普顿的家（他们和我母亲在今天晚些时候会前来参加派对），而不是像一个妄想狂或抱怨狂一样站在一个满是陌生人的房间里，这群人只对潜在的交易对象感兴趣，他们欣赏着窗外的阅兵，享受着似乎无限供应的香槟和肉桂卷。我不想生活在一个充满虚假丰裕的世界，人们似乎相信只要有人心怀渴望，便没有任何事物会消耗殆尽。我的父母出生在经济大萧条时期，在稀缺意识伴随下成长的他们生性节俭且脚踏实地，这种朴素和实际有时甚至连我都无法忍受，但他们总是尽情享受好的事物，对生活的大小馈赠均抱以诚恳的欢欣。环顾客厅四周，毫无疑问，房间里充满了欢愉的氛围，但这种欢愉源于对奢华生活永远可得的期盼。我转眼看向迈克尔·拉姆齐，他正一刻不停地享受着美酒佳肴，时不时和彼得闲聊，两人如同旧识好友般开怀大笑，在场的大多数人都沉浸在无比欢快的派对气氛中，所有人于对方而言都可以是旧时相识，倘若有此机会，他们会成为永远的好友，当然了，前提是这个人必须值得这场相遇，能够向对方提供某种利益以交换友情。

当我正准备向女儿梅雷迪思解释我如此偏执的原因所在时，苏珊进门了。梅雷迪思和母亲苏珊热情地握手问好，我能从梅雷迪思轻微颤动的手看出她对于我和苏珊的此次见面心怀担忧，这是我和苏珊自梅雷迪思婚礼之后的第一次见面，虽然我们当初选择好聚好散，在离婚时并未大动干戈，但梅雷迪思似乎依旧有所顾虑。在我看来，我和苏珊在女儿的婚礼上相处得不甚和睦，仿佛我俩都认为可以和对方平和相处，甚至某天我们或许会破镜重圆。我在心里提醒自己，我是为了梅雷迪思才来参加这场派对，这个派对房间里的世界并不以我为中心，在二十五岁时，我可以认为自己是宇宙中心，生活里的每件事，每段关系都是关乎于你，但如今年过半百的我已对这样的角色变迁习以为常。梅雷迪思希望我来参加派对，这点我很确信，她希望我在她母亲面前给予她支持，于是我走到梅雷迪思身边，我想我的出现便是对她的支持，即使我心里清楚，倘若离她远一点，我便不能忍受自己在这场派对上孤立无援，也不能忍受和陌生的拉姆齐先生单独多待一秒。侥幸的是，虽然梅雷迪思走开了，但苏珊站到了我旁边。在我们分开后的这些年里，她几乎不曾变老，仿佛仍旧是我们分开时四十岁出头的模样。

“杰里米，你妈妈呢？她来了吗？”

“他们派了一辆车去莱茵贝克镇接她了。她可能下午才会过来。”

“真是遗憾啊，她看不到这些充气玩偶了。”

“你知道我妈一向都不太喜欢阅兵。”

“她还是那么愤世嫉俗吗？”

“和她一直专心致志栽培非洲紫罗兰一样，她也始终在培养自己的厌世情绪。”

“如果她能试着喜欢别人的话，会快乐得多。”

“她一直都很喜欢你啊。”

“但是我以前对她那么不好。”

“她认为那是你对她的尊重。”

“我总是对那些把我吓得要死的人很刻薄，这点你很了解。”

说完，我们看着彼此笑了，那一瞬间，我突然觉得过去的那十年时光从未出现，当派对结束后，我和苏珊会一起回到74号大街上的那栋公寓，当我入睡时，躺在我身边的是苏珊，这一切都显得自然寻常，没有对于过去的假设，只有对于过去的延续，仿佛我在牛津生活的这十年只不过是一种短暂的错觉。这些画面层层堆积，在这个晚上逐渐明朗。

然而，我心里明白，苏珊对于如今的生活现状很满意，她没有想过回到我身边。或许我有幻想症，但我绝不是一个痴心妄想之人。苏珊品尝着手中的咖啡，我看着她的嘴唇靠近咖啡杯，她小心翼翼，唯恐洒下一滴来，铜色的口红印在白色的陶瓷杯上，仿佛那是柔滑细嫩的肌肤。她扫视四周，我们的眼神汇聚到了一起，就那样静静地看着彼此，上一次我们这样凝视着彼此大概是十五年前了吧，在我们婚姻破灭前的最后一个月里，只要我近距离地看着她，她便会转眼看向别处，仿佛是惧怕我审视的眼神，或是她觉得被自己的丈夫观察只会平添痛苦。而如今，与我对视的她却是一脸温暖的微笑，似乎很享受有我在身边的时刻，正是苏珊的这一回应使我得意忘形地想象着，倘若我们重归于好，让分开后彼此变得复杂的生活简单化，那会是怎样一番模样？

“杰里米，欢迎你回到纽约。”

“你是真心的吗？”

“是啊，你能回来真是太好了，我很想念你。”她习惯性地拍打了我的胳膊，如往常那般，不过力气更大了，我对这轻微的疼痛和她那张容颜未老的脸庞一样熟悉。我想，这便是我可以信任的人，无论时光如何变迁，她永远都会是我的依靠，即使我们不再生活在同一屋檐下，她也会倾听我内心的不安和那些所谓的错觉与幻想，知道怎样让我平静下来，因为我们携手共度了那么多年的时光，日复一日，更加了解彼此的习惯和想法，因而在这一刻，无需多言便可回到我们曾经的领地，这一领地再次扩展了我神志正常的界线，那条介于正常和疯癫之间的界线后退到了无法触及的遥远距离之外，因为自从我在普林斯顿初见苏珊以来，她便一直是我所认识的心智最健全的人，尽管她在当时做出了结束我们的婚姻这一看似疯癫的举动，或者最起码是一种激昂的破坏行为。我过去始终相信我和苏珊的婚姻生活近乎完美，直到她开始在我每次注视着她的时候躲避我的眼神，因为我们之间几乎没有秘密，或者因为我错误地认为她了解我的一切，而我也同样知晓她的所有。

“你找到能够陪伴你的那个人了吗？”我开口问道。

“没，暂时没有。在梅雷迪思的婚礼之后就一直没有，你了解我的。”

“你可真是挑剔啊。”

“非常挑剔。”苏珊摇摇头，低头看向手中沾有唇印的陶瓷咖啡杯，她对着咖啡表面吹了吹气后便一口喝完了杯中的咖啡。“你呢？有对象了吗？”

“暂时没有，现在没有了。”

“但以前有过，是吗？”

“在牛津大学任教的时候有过，那时候有过几次短暂的邂逅，只有一次比较认真且长久的恋情。”

“但最终还是没能走到一起？”

“是的，可能我还是没有走出阴影吧，我不知道，我宁愿不……”

“对不起，那一定……”

“这不是你的错，不是什么大不了的事。”

“听上去不像是真心话。”

“是的，我撒谎了。这并非什么大不了的事。我当时很愚蠢。”

“天啊，你现在的说话方式好英式化啊。”

“别这样说。我一点也没变，本质没变。”

“可怜的杰。”

“拜托，苏珊，别可怜我。”

“怎么了？出什么事了吗？你看起来……”

“我……”那一瞬间，我想要告诉苏珊我在前几天所经历的一切，我相信她可能会对此事有所见解，或者至少能一同分享我的担忧。但就在我打算将一切和盘托出之时，我看到迈克尔·拉姆齐穿过房间，朝着我和苏珊的方向走来，我觉得只要迈克尔在我附近，我便一个字都不能说。迈克尔身穿白色衬衣和黑色毛衣，从背后看上去仿若一位打扮时髦的牧师。“你认识那个人吗？”我对着拉姆齐的方向低声询问苏珊，我希望苏珊回答说那只是彼得一位无害的混蛋朋友而已，不过是某个兄弟会的小屁孩，整天游手好闲，但遵纪守法，我希望能从苏珊那里得到这样的慰藉，但她却摇了摇头，一脸愁容地看着拉姆齐，仿佛拉姆齐给她留下了粗俗低级的印象。

“我从来没有见过他，事实上，除了你、彼得和梅雷迪思外，我不认识这个房间里的其他任何人。我好像记得这其中某些人参加了彼得和梅雷迪思的婚礼，但当时没有人跟我搭过话，所以我想他们现在也不会对我感兴趣。”

“意思是说你不认识那个人，是吗？”

苏珊摇了摇头：“他是谁？”

“他是彼得的一位朋友，这几天以来，我连续两次碰见他，一次是在我的住所附近，第二次便是在来这里的路上。我想在来这里的路上遇到他不足为奇，这似乎是不寻常的巧合。”

“什么不寻常的巧合？难道他在跟踪你吗？”

“听起来很疯狂，是吧？”

苏珊听后耸了耸肩，这并不是我期待中的反应，我希望她告诉我如此妄加猜测女婿的朋友简直疯狂至极，或者至少对我的话语表现出轻视，而非矛盾，表现出一副否定我妄想的可能性的模样。我不敢思考偏执的妄想到底是什么，或许它恰恰是对当今世界神志正常的定义，或许怀疑自己被人跟踪，生活受人操控实际上就是神志正常的顶点。真正疯狂的究竟是什么？是认为我们拥有私人生活，或是认为私人生活如今仍旧可能存在，这不仅仅对我们这些生活在发达国家的人而言是如此，对生活在其他任何地方的人而言也是如此（除了那些生活在地底下的人），因为那些我们发射至太空的卫星和航空器在地球上方巡查，监视着我们，观察着我们，拍下我们每个人生活的细节画面，或许你会说那只是在观察我们自己而已，或者至少那个我们推崇的政府只是在代表我们进行监视。还有那些所谓的企业，但他们只是为了自己的利益而已，他们坚称自己提供的是免费的公共服务，却偷偷看着那些记录我们生活的卫星画面，画面上可能有邻居的后院、屋顶或者是他们窗外的风景，他们以免费的公共服务交换存有我们所有日常活动的生活记录，不仅使得我们接受这些数据的收集和其潜在的金钱价值（意思是将其卖给收集与我们相关的所需数据的实体），更用深入我们思想的广告进行轰炸，无论我们如何挣扎，都在方方面面影响着我们的生活，虽然我始终不乐于接受快餐店广告，自从我进入青少年时期后，便再也没有进过快餐店，然而这类广告无处不在。尽管我不再食用肉类，但当我看着画面上那些诱人的汉堡时不得不尽力克制自己内心的冲动。

“如今，我觉得任何事都不疯狂。”苏珊叹了一口气，她拿起一杯香槟，对我说，“但我不明白为什么彼得的朋友会跟踪你，除非这是彼得的意思。彼得代表梅雷迪思对你实行监督，而他就是那个受托监督你的人，但这种解释似乎不太实际，你觉得呢？”

“或者说这是一个幻想家的解释。”

“这是你自己说的，可不是我哦。”苏珊再次拍打我的胳膊，脸上露出同情的神色，自打我们的婚姻出现裂痕之后，我便再也没有看到过这样的表情，我的眼睛湿润了。虽然我和苏珊的交流不多，但再次与她的亲密相处使我认为仿佛一切都未曾改变，或者是时光倒流，我们仍旧是十五年前的模样，我们只是失足犯错，但内心明白我们的关系正在逐渐脱离轨道，于是不断改正，将这段关系维持在限定范围内，因为任何一段关系中的谎言都蕴藏着潜在且巨大的威胁，威胁着这段关系的存续。离开限定领地的行为要么将迎来一场修复垂死关系的冒险，要么恰恰相反，将其推入一种无法逃脱的危险境地，那是绝望的泥沼，是一片布满流沙和泥潭的荒地。自我们离婚之后，我对苏珊的感情生活一无所知，她也同样不曾干涉过我那些不尽如人意的情感私事。我从未向梅雷迪思透露过我的情感生活，最初是因为她太过年轻，这些事只会让她徒增烦恼，而后是因为我想等恋情稳定后再公开，再让我的感情成为女儿自己生活的一部分。她从来不知道我在牛津交往过的几个女性的名字，苏珊当然也不知道，可能她们无法想象我竟能轻松游走于这些跨国恋情之间。

我在牛津的大部分生活都是孤立的，我只是一个学者，一个生活在被许多学者包围的世界里的普通学者，虽然我偶尔也会有一夜情（通常都是我的同事，譬如贝唐），但在短短几小时或几天的欢愉过后，我和对方便清楚意识到这种不明智之举只会让彼此的职业生活更复杂，或是因为这些女性早已名花有主。她们每一个人都以不同的方式描述着那个领地被我入侵的另一半，不过她们可能并不同意我这样的形容，她们不愿意将自己视为其他任何人的领地或财物，我尊重彼此的处境，但我也明白她们另一半的态度，这些男性的女人正在与我偷腥，他们认为就算自己对另一半本身没有主导权，但至少有资格得到对方的忠贞，不过这种区别或许本就虚伪狡诈，我开始将这种诡辩当作是牛津这座城市独有的智慧，并学着欣赏它，这种无穷尽的灵活推论时常将私利，或者说得崇高一点，将自我防卫凌驾于逻辑之上。

有几次，我和这些心有所属的同事之间的纠缠给我、对方以及对方的伴侣均造成了痛苦。并非我在面对自己内心的渴望时茫然无助，一般而言，这些女同事的丈夫都会对此熟视无睹，不过有一次，一个同我暧昧的同事的丈夫发现并介入了此事，因为他的妻子竟威胁称要离开他，同我在一起，虽然她从未询问过我是否愿意长久与她生活在一起。那个可怜的男人找上门来，他站在我的房屋门前，手上拿着一顶帽子，脸上露出忧心忡忡的神色，他未能说服自己的妻子与我一刀两断，因而不得不前来央求我快刀斩乱麻。我邀请他进屋，在客厅坐下后，给他倒了一杯水。这个叫布莱恩的男人是一位中古史学家，他没有咄咄逼人，而是不停咬着手指甲，泪眼汪汪地对我说他的妻子安妮威胁称要带上子女搬来同我一起生活。我想，没有比和布莱恩的妻儿分享我的生活更糟糕的了，况且这只会使得我的生活更加混乱不堪，因而我立马打电话给安妮，告诉她我们必须结束这段关系。在我们分手后，安妮一蹶不振，随后，学院董事会的董事长找我谈话，要求我克制自己，仿佛将此怪罪于我，而事实上，安妮才是主动出击的那一个。有一次，安妮所在的大学举办了一场盛大的宴会，而恰巧另一个同事邀请我前去参加，于是我们两人相识了。那时正值晚春，夏季的脚步缓缓而来，温暖的微风从安静的河面和基督教堂茂盛的草坪上拂过，那天夜里，我和安妮独自待在学校的花园中（或者说至少我们自己认为四周没有别人），一边享受美酒一边畅聊着作家福柯（或者我们当时正聊着其他类似的哲学性话题），此时，黑暗中的安妮伸出一只手，贴近我的胸膛左侧，轻轻按压，透过衣物和皮肤感受我猛烈的心跳，当时我以为她是为了保持身体平衡才有此举动，因为她看上去摇摇晃晃，但紧接着，她靠了过来，人高马大且身强力壮的她（我怀疑甚至比我都强壮）将我推到墙壁上，用力吮吸我的嘴。在那之后，我和安妮在她大学的集体宿舍里也有过几次鱼水之欢，甚至在她丈夫布莱恩周末带着子女前往其住在斯托尼米德尔顿的父母家中后，安妮也曾前来我的住所共度良宵，但我从未想过安妮会因此而幻想与我建立一段新生活。

安妮和布莱恩事件虽麻烦重重，且教会我千万不可和同事发生不正当关系，但这不可能成为某人密切关注我个人生活的理由，我在前往牛津生活后的第一年里和贝唐不欢而散的恋爱关系也同样如此，我希望，在我的整个职业生涯中类似与贾扬提的矛盾事件也与此事毫不相干。贾扬提当时威胁称要自杀，且毫无缘由地制造麻烦，如今在我看来，她绝不会说到做到，那只是她对我的恐吓罢了。我敢断言，这些人都不是我的清白生活被严密监控的原因所在（即使是现在正在写这本书的我也仍旧这么认为，或许这本书会传给我的子女，或许某天会被带上法庭作为我公开或私下审讯的辩护证词）。

我知道原因是什么，或者说至少我有所怀疑，这种豁然开朗的想法转瞬即逝，如同我不断在某段文字中，在每天醒来前几分钟那意识模糊的黑色面纱中所看到的那张脸一样。在经历了感恩节早上的偶遇、与苏珊的和谐对话、对迈克尔·拉姆齐的谨慎观察以及对我在牛津生活岁月的种种追忆后，我本该意识到致使我被监视的原因并非在于我所做过的某一件事、所从事的某一项活动或说出的某一句话语，不仅仅是我前往异国他乡生活，也不是我的某段社交或恋爱关系，而是上述所有因素的集合，是这一集合造就了一种宿命。

“然后他们带着我来到了一个小房间内，我就那样坐着，坐了很久。”这时，我听到一名男子的声音。他是彼得的一位朋友，来自南非的约翰内斯堡，是一名律师。“周围有美国人在，我就知道自己的立场。三分钟之后，美国大使馆的一名女性微笑着对我说‘好的，谢谢配合，这边请。’然后我拿到了签证。英国人就那样让我等着，他们问了我无数个问题，好像想要从我的回答中找出什么漏洞似的，最后，一个身材矮小的刻薄男人对我说‘抬头看着房间角落的那台摄像机’。那个摄像机简直太迷你了，在他说这句话之前我根本没有注意到那里竟然还有一台摄像机。在我抬头看着摄像机的时候，那个男人又说‘现在请对着摄像机说“我的名字叫马克·瓦尔德。”注意要发音清楚。’直到那时我才知道这台摄像机正全程记录着我的签证面试过程，但我想这也没什么好惊讶的。我不明白的是他们为什么要让我看着摄像机说出自己的名字。”

这时，旁边一名男子突然转过身来。在瓦尔德先生讲述时，他始终背对着站在瓦尔德身后，是迈克尔·拉姆齐。“他们是在做面部识别。”拉姆齐开口说道。

“不好意思，你说什么？”瓦尔德先生一脸不快地问道。

“我说他们这么做是为了对你进行面部识别。现在你已经在他们的档案记录里了。当你走在伦敦中心的大街上时，某个技术人员或者是执法人员便会坐在终端机器旁，或许他们会放大画面，以便更近距离地观察你，然后电脑会立马自动识别出你就是马克·瓦尔德，你的信息会被一览无遗，譬如说你是什么时候办的签证，在哪天入境，父母是谁，职业是什么，等等。”

“你是怎么知道这些的？”

“我很喜欢阴谋论。”拉姆齐回答道，脸上浮起一抹得意的笑。

“好吧，这简直是太吓人了。”瓦尔德拿起一杯香槟说，“但事情到这里还没有结束。在伦敦的会议结束后，我就坐上了从希思罗机场前往纽约的飞机，当时我坐的是商务舱，我旁边坐的是一名年龄跟我差不多的秃头男子，在他还没有开口说话的时候，我就能判断出他是一个美国人。”

周围的听众迸发出一阵笑声，仿佛是在对瓦尔德表示赞许。此时瓦尔德继续说道：“在坐下之后，我们礼貌地向对方问好，比如‘你好’‘下午好’什么的。我找空乘人员要了一杯含汽葡萄酒，但是这位美国朋友却只要了一杯橘子汁。好吧，我想，他真是一个追求健康生活的怪胎。他身材很好，非常瘦，从体型来判断，应该是每天都去健身房，或者是每周坚持跑步三十公里，跟我可不一样。”又是一阵爽朗的笑声。“飞机起飞了，当空乘人员开始供应餐饭时，他主动开口跟我说话了。他先是叫了一声我的名字‘瓦尔德先生’，我当时想，好吧，他一定是看到了我的机票信息或是我行李上的标签什么的，但之后我发现他对我非常了解，他知道我的身份，职业、住址、老婆的名字、有多少子女，甚至连我父母的信息都一清二楚。这个男人坐在我旁边并不是巧合，而是早有安排。他询问我关于南非的一些情况，以及我对南非政府和总统的看法，我心里越来越不舒服，不过我还是给出了他期待的回答。我不喜欢南非政府，南非总统腐败堕落，这个国家正在一步步滑向混乱的深渊。我们大概聊了一个多小时后，空乘人员上前来清理了餐盒，他也几乎停止了跟我的交流。之后，机舱里的舱灯被调暗了，周围的人都开始看电影什么的，这时，确定四周没有人偷听我们对话后，他靠近我并对我说美国政府希望我能为了更大的利益而作为他们的间谍，暗中监视南非政府，还说作为一名自由世界的公民，我有义务接受这个任务。”

周围的听众看上去很吃惊，有些人在笑，而有的人则在频频点头，仿佛对这位瓦尔德先生刮目相看，或是瓦尔德所说的这番话肯定了他们对于美国政府运作的疑惑，而另外一些人则表现得烦躁不安，看看自己的手机后便找借口溜走了。

“你是怎么回答的？”迈克尔·拉姆齐问道。

“我说我很荣幸能得到美国政府的青睐，但我不能这样做，我是一位有良知的遵纪守法的好公民。”

“为什么不答应呢？”

“答应了就意味着当我在宪法法院打官司的时候，心里清楚我也会检举周围的这些人，甚至是检举我的同事和法官，我怎么可以这样做呢？这违背了我的民主理念。”

“如果没有间谍，民主便会崩塌瓦解，你应该答应他。”迈克尔·拉姆齐说，语气里充满了不友善。这时，梅雷迪思把我拉到一边，她的一位朋友的女儿申请了纽约大学的优先录取名额，希望我能帮帮忙，我们一直聊到了中午。这个早上，我一直游离于宾客的各种闲聊之中，看着他们进进出出，当我突然想起寻找迈克尔·拉姆齐的身影时却发现他已经离开了。终于摆脱他了，我心想，还好他不留下来吃晚宴，真是谢天谢地。

这时，我的母亲也来了，随同到来的还有彼得的父母以及众多亲戚。下午三点左右，所有宾客开始享用晚宴，不过大家从派对开始后便一直不停地吃东西。他们对我至今仍没有智能手机一事进行了一番嘲弄，如今甚至连我母亲都买了一部，这是她送给自己的礼物。“智能手机真是太方便了，我做什么事都离不开它。”母亲说。

我询问母亲是否意识到自己在手机上所操作的一切都会被记录下来，存储在某个数据库，甚至是很多不同的数据库。

“管它呢。我已经老了，我没有什么好遮遮掩掩的。我没有做违法犯罪的事情，只是在手机上和朋友聊聊天，发发邮件，看看搞笑的动物视频而已。不管是中情局，还是国安局，还是其他的什么机关组织，他们怎么会对这些小事感兴趣呢？”

“事实上，我们不可能知道究竟什么会激起他们的兴趣。”

“不要这么浮想联翩，杰里米，这个国家还是自由的。我们有正当程序，有人权，还有这世界上最好的民主，一个遵纪守法的公民有什么好担心的呢？即使他们在暗中监视我们，那也是为了保护我们。老实说，我完全同意这种做法。”

我想靠近母亲身旁，悄悄对她说：你根本不知道自己在说什么，你无法想象自己会被影响得多快，你也无法想象这个数据收集的新制度并非认为每个人都是清白的，而是最初就假定我们有罪，利用计算机系统对我们实施监控。你对你那些所谓的朋友有多了解？你知道他们和政府之间的联系吗？我们重塑了社会面貌，但却没有理解这种重构的后果。

当然了，我什么也没有说，而是以微笑回应，安静地吃了一口眼前的土豆泥，我在牛津认识的一位英国朋友曾将我的这种微笑形容为“像吃了大便一样”。

彼得的父母周末会待在梅雷迪思家中，因此我同意在星期五早晨将母亲带往我的住处，这也就意味着她一整晚都将与我待在一起，虽然母亲有时吵闹任性，不过我和她始终相处得很好。事实上，当我今年早些时候在莱茵贝克镇外买下现在的住房时，我便知晓住得离母亲近一点是一件值得高兴的事，因为我可以经常前去探望她，而又无需跟她生活在同一屋檐下。某些父母和子女会彼此适应对方是成年人这一现实，和谐地一起生活，或者是在对方家中长期居住，而这就意味着子女必须学会如何表现得更像成年人，父母则必须学会如何在子女需要指正和建议时同对待成年人一样对待子女。换句话说，父母和子女双方应学会相会尊重，并学会接受彼此都是成年人这一事实，至少在父母开始进入返老还童期之前都应客观看待（倘若果真出现的话），在此期间，父母可能真切地希望子女能悉心照顾他们，以作为对当年养育之恩的回报。

我和母亲之间的关系已经进入了这样一种短暂共存的阶段，我乐意接受她在家中住上几天，而她对我也同样如此，但倘若超过一定时间段，我们的和谐关系便会濒临恶化，因为在母亲眼里，我终究还是一个孩子，不过当她的孙女梅雷迪思开车载她前往纽约时，她倒是乐于接受。今年已八十三岁高龄的母亲身体和精神状况极佳，因而我暂时不必承受巨大的赡养负担。

我好奇的是，母亲返老还童，需要人悉心照料的阶段究竟是否会到来？

我有权选择是否承担照料义务吗？还是说这种义务将落到我女儿头上呢？如今正在奋笔疾书的我猜测，或许梅雷迪思会承担所有的赡养义务，她会负责照料父母以及祖母，为我们在生活中所做的每个选择承担责任，我们之前那些恶果的报应会立马转嫁到她的头上。

吃完晚饭后，我和母亲坐在客厅里边喝咖啡边闲聊。“杰里米，你看上去似乎过得不错，你好像瘦了。”

“不准讨论我的体重。”

“我是在夸你！”

“你这是在挖苦我，你这句话说明了被夸奖的人以前很胖，现在减肥成功了。”

“干吗这么古板啊！”

“谈论别人的体重是不礼貌的行为。”

“但是你一直深受体重困扰，所以我认为我是在夸奖你。你看起来比以前瘦多了。”

“我并没有一直深受体重困扰啊。”

“好吧，你在英国的饮食不太好。我想你一定经常喝麦芽酒，总是吃鱼和炸薯片吧。”

“我几乎不怎么吃鱼和炸薯片，十年才吃过一次，大概一年才喝一杯啤酒。”

“你说话没必要这么咄咄逼人吧。为什么你对自己的母亲说话这么无礼呢？难道我不能谈论我儿子的身体健康吗？”

我和母亲之间的交流总是这样，围绕着同一个误解，或是转变成另一个我母亲口中的无礼行为。这是我们之间交流的一贯趋势，母亲年纪越大，就越像小孩子，她无法辨别话语的本质，口无遮拦，完全不顾周围人的感受，而且，在受到批评时极其容易动怒，倘若我和母亲单独相处的时间太久，局面很快便会失去控制。或许某天，母亲在电话中说出的一些攻击性话语（譬如出乎意料地威胁要除掉某个政客），或是在邮件中发送的类似内容，势必会引起某个暗中监控者的注意，这极有可能。不可思议，是吗？我不再这么认为了。

那天早上，当听到瓦尔德先生和迈克尔·拉姆齐的一番对话后，我确信自己的幻想没有错。或许不久之后，我和母亲都会被拘留起来，证明自己的清白，或者更糟，也许我们会被逼迫着说出所知道的一切，但其实我们什么都不知道。无论正在读这本书的你是谁，无论我们是不是朋友，你能不能迫使我母亲草草写下她对我最近生活的了解程度，即使她其实对此一无所知？你们是否不再相信“清晰”这一品质？你希望这个世界是一片永无止境的灰暗吗？每个逐渐不再相信“清晰”的人都值得引起你的注意吗？所有人吗？每个人吗？还是利益相关的人呢？

感恩节是一个本该快乐的节日，没有争吵，也没有冲突。但那天早上，迈克尔·拉姆齐的出现成了那场普通聚会的唯一难题，毫无疑问，我是唯一受他所扰的人。

在离开之前，梅雷迪思将我拉到厨房，询问我和塞巴斯蒂安医生见面的情况。

“我身体上没什么毛病。至于那个脑部扫描，我还没有拿到结果，不过我想应该也不会有什么问题的。”

“那太好了，真是松了一口气啊。她对你说的那件事有什么想法吗？现在想来，还是觉得很奇怪。”

“她建议我接受心理分析或治疗。并不是因为我精神不正常，而是她认为可能是最近发生了什么对我造成创伤的事，或者由于过去的某种创伤才导致我出现这样的情况，其实我自己也不是很清楚，我的大脑自动封锁了我和学生互发邮件的这段记忆。人的头脑有时候真是有意思。”

梅雷迪思听后皱了皱鼻子，仿佛她由于喝了太多酒而难以集中注意力，不过我知道事实并非如此。她之所以做鬼脸是因为她心有担忧，在如此紧张的家庭聚会中，她的情绪表现得更为明显。我知道她不愿在人前流泪，哪怕是在自己的家人面前，而她此前皱鼻子的行为正是试图阻挡那股哭泣冲动的表现，她要保护自己的尊严，更准确地说，或许是因为哭泣这件事在她过往的岁月里占据了太多时光，她的童年和青少年时期（我很想念梅雷迪思的青少年时期）喜忧参半，那时，她有过多少笑声，便流过多少泪水，但在成年之后，她总是能很好地克制自己的情绪，我最多看见她因为沮丧或担忧哭过那么两三次，她却从未曾因难过而落泪。如今，我不想再次逼得她流下泪水，尤其是在感恩节这天，父母和子女在厨房的哭闹大戏如同喝醉酒的亲戚在昏睡前的大吵大闹一样，都是些老掉牙的闹剧。

梅雷迪思摆出一副似厌恶又似失望的表情，仿佛在思考着或许我并不是深受某种突变性疾病的折磨，而是精神出现了异常，她想象着这一诊断预示着的后果，这意味着在她以为我已经完全回到她的生活后，我却在一刹那间变得不可触及。我清楚自己没有任何精神或心理疾病，我也知道，对于雷切尔一事的疑虑并非源于我自己的头脑出了问题，而是有某个未知的人或组织在暗中跟踪并监视我的生活。我张开双臂，将梅雷迪思拥入怀中，我想此时此刻，她需要我的宽慰。

我抱住梅雷迪思，在她耳边低声说道："我向你保证，我的精神是正常的，我没有疯。我是有点疯狂，但那只是普通状态，完全在正常范围之内，我没有任何精神问题，或者说至少我和大多数人一样正常。我承认我是有点偏执幻想，或许我还有一点被害妄想症，而且有时我无法克制内心的冲动情绪，但我与大多数生活在纽约或牛津的人一样正常。"在说出这番话语的时候，我想到了在牛津认识的许多疯狂的人，尤其是其中一个，我越想越觉得他似乎很有可能就是这一切奇怪事件背后的真正元凶。

"但是你会找人聊聊的，对吧？我的意思是这也没什么坏处，你觉得呢？"

"是的，我的宝贝女儿，我会找人聊聊的，你放心吧。"

临走时，梅雷迪思和彼得提出让专车送我和母亲回家，不过遭到了我们二人的拒绝，最后我和母亲乘坐出租车回到了小镇。母亲在回家途中睡着了，虽然那时刚过七点，当出租车在我居住的大楼外停下时，母亲从睡梦中醒了过来。我不知道那天值班的门卫叫什么名字，他没有佩戴徽章，一心专注于观看手机上的视频，根本无暇顾及我和母亲进入了大楼门口。由于当天是感恩节，因此我不想小题大做，不过在等待电梯时，我难以克制自己的情绪，就在我快要脱口而出时，母亲忽然对我高声耳语道："如果我住在这栋大楼，我会希望门卫留意一下进出的人。在当下这个时代，还是小心为好，但我猜他可能太沉迷于足球比赛，或者他是在看什么色情片，你知道的，他们就喜欢这些东西。"

这时，电梯门开了，我头也不回地走了进去，我不想回头去看那个门卫此时此刻脸上的表情，可怜的家伙，我母亲丢下这一番略显挑衅的评论后就转身走人，他心里肯定很不好受吧。那天晚上，我早早地便用一杯威士忌将母亲哄上了床，她应该会熟睡到第二天天亮，而我自己却毫无睡意，我回想着我在牛津认识的那些人，回想着这些天以来，我的大脑一直拒绝想起的人，我知道他们一定与我所遭遇的这一切有所关联。

我开始对那个我一直试图忘记的斯蒂芬产生怀疑，还有法迪娅，无论我如何抗拒，她的脸始终在我脑海里挥之不去，我怀疑他们俩是这一切突如其来的烦扰背后的始作俑者。我想，这就是我在意的人，因为我认识他们，且不管不顾，任由自己与他们的生活纠缠不清。

在牛津生活的第二年，我认识了斯蒂芬·杨，当时正值他的一年休假期满，他的返校改变了我杂乱的社交生活。我和斯蒂芬第一次见面是在一场高桌晚宴上，那是一个充斥着性爱的不寻常夜晚。当时我们面对面坐在长桌两边，各方鸿儒名士在长廊尽头的上座用餐，学生们纷纷身着礼服和正装，坐在长桌两边的长凳上。有时，学生们会从长桌上爬过，到最靠近墙壁的长凳上坐下，由于餐桌太长，因而要想移动餐桌以腾出空间让某人在满座的长凳上坐下几乎不可能，而且某些宾客习惯留下空位，这些宾客拒绝为他人腾出空间，为了填满空位，也为了避免有人爬上本应是吃饭之地的餐桌，宾客们便不得不排成纵队一个一个地进出。但这里是牛津，这里的人们享受着恪守礼仪和打破旧习之间的脆弱平衡。

斯蒂芬同贝唐的父亲一样，身材矮小，虽只比我年长大约五岁，但他的头发却早已完全脱落。他身穿剪裁讲究的灰色三件套正装，然而，从他的身形便可知晓他一定身体强健，他看上去就像一个健美运动员，只是个头比较矮小。斯蒂芬虽身材矮小，却强健有力，当他站起身来时，看上去和短跑选手一样健美。斯蒂芬坐下后，始终保持腰背挺拔，当他伸出手臂到餐桌上用餐时，我才意识到他的身形有多完美。他的样貌酷似哈巴狗，长着一双像哈巴狗一样凸出的眼睛，戴着一副德国风格的细框眼镜，看上去像是一个犯人头目。总之，他的样貌、身形以及穿衣风格都具有浓烈的法西斯主义色彩。

我和斯蒂芬的第一次见面平淡无奇，毫不遮掩地询问对方情况，并有所欺瞒地回答对方的问题。起初我无从知晓他究竟是哪国人，不过后来我慢慢觉察到他应该同我一样是一名美国人，但他身居英国的时间比我更久。他的口音明显改变了很多，或者说同我一样，始终保持着美国发音，但说话方式却趋于英式化。

一开始，我对他的了解似乎多过他对我的了解，虽然随着交流的不断深入，我们勉强算是成为了朋友，不过我怀疑那只是他的诡计而已，事实上，早在我们正式认识之前，他就已经对我了如指掌。

“啊，你也是美国人？”斯蒂芬低声问道，眼神透过眼镜的薄片偷偷瞄向我。矫揉造作，这真是典型的牛津式行为，或者更概括地说，是固化的英式行为——直接与他人对话，却拒绝彼此之间任何的眼神交流，这种行为总是令我烦躁不安。“我之前认为你一定是德国人，只是在成年后前往英国生活而已。”

“但是我的名字听起来一点也不像德国人啊。”

“是吗？我还不知道你的名字呢。”在进入大厅之前，我们所有人都在教员公用室做了自我介绍，大家聚在一起，坦白与自己有关的一切，我始终认为过往的学生会带着憎恶看待我们，或许少部分学生渴望加入我们，享有偶尔在高桌晚宴上用餐的特权。譬如朱尼尔 · 迪安，这样的学生总是比上了年纪的高级教员同事更有趣、更刺激。

我再次向斯蒂芬介绍了自己的姓名以及职业领域和经历，并告诉他我对影视和历史颇感兴趣。在我说话的时候，斯蒂芬正在吃鱼，他手拿刀叉的方式像极了欧洲人：左手拿叉，尖齿叉着盘中的鱼身，右手拿着刀，紧挨叉子，小块地切下鱼肉。当我聊完自己的职业时，斯蒂芬将餐具放回到盘子上，轻轻地咀嚼口中的食物，膝盖上铺着一张白色餐巾。

“杰里米·奥基夫。奥基夫，不对不对不对，”斯蒂芬摇摇头说道，“这个名字跟你不太相符，你不适合杰里米这个名字，我想耶利米会更适合你，你的相貌和声音非同常人，奥基夫这个姓完全……真的完全与你不符。”说罢，斯蒂芬睁大眼睛瞪着我，他如此近距离地观察着我的脸，我仿佛能感觉到他的目光压在我皮肤上的重量。“奥基夫教授，你看起来一点都不像爱尔兰人。你的样貌特征看上去像日耳曼人，你的祖先应该很多都生活在新迦南地区吧。这只是我的个人猜测，我说对了吗？你有没有做过 DNA 测试呢？你知道自己的祖先吗？你觉得自己是什么人的后代呢？你是不是有一半柏柏尔人的血统？”

我觉察到了斯蒂芬的谄媚。我后来才发现，他那种尖锐的谄媚虽很迷人，却也最为危险。

“就我自己的了解，你的猜想完全错了。”

“那就是撒克逊人，你的祖先应该是撒克逊人，但是你的祖父母从小就生活在新英格兰。”

“这点倒是对了，但并不是在什么新迦南，而是佛蒙特州南部和波基普西。”

斯蒂芬高兴地拍了拍手。

“波基普西！真是神圣的地方啊！你看吧，我就知道！我就知道！在这点上，我是常胜将军！”

“那杨博士你呢？你的出生地是哪里？”

“请不要叫我杨博士，你就叫我斯蒂芬吧，我叫你杰里米，”坐在我对面的斯蒂芬向前俯身，低声说道，“因为我们两个都是美国人嘛，虽然说话的方式听起来不太像，不过本质上都是美国人。我从小生活在长岛的华盛顿港附近，先别急着下错误的结论，其实我和我的父亲都很穷。谢谢你，马修。”斯蒂芬对着大学的司膳总管说道，马修总是在其他人用餐时站在高桌旁等待，并负责清理所有的主菜餐具。“请转告主厨，这道鱼简直太美味了。”

“我会转告他的，先生。”马修一边回答一边拿起一个餐盘放到左手手肘上。

在马修离开大厅，去往厨房后，斯蒂芬立马靠过身来小声对我说：“上一周，他们才将马修保释出狱，他因为在一家学生酒吧中打架斗殴而被送进监狱。幸运的是我们学校里并没有人牵涉其中，如果真的有人牵涉其中，他一定会被解雇。不过现在这样也很不错。即使他想离开也不行，他余下的工作生涯都将在这所大学里度过，这是他欠下的债。你知道这些英国乡下人是什么样吧，都是些英国西南部的农民。”

斯蒂芬可以轻轻松松说出这番话，因为那天晚上，我们这桌恰巧没有英国人就坐，而那些学生们也坐在离我们很远的地方，全神贯注于自己的高谈阔论。这便是我和斯蒂芬初次认识的场景。晚宴上的人们自由交流着，或自大、或自责、或自我开脱。在吃完最后的甜点后，人们起身沿着顺时针方向围绕桌子走出大厅，回到教员休息室后，我们再次享用了美味的甜点。在初次见面过后，斯蒂芬·杨在我眼里是位个性鲜明的人，我想他会丰富我在牛津的生活，换句话说，他使我感到愉悦，他的自大、欧式的生活方式以及他的那些在美国人眼中令人不快的习惯使我倍感消遣，但我认为我们之间的关系仅止于此，首先因为他是一个同性恋，而我当时并没有任何亲密的同性恋朋友（现在看来，这似乎更像是一种失败，只是证明了我表面的自由罢了），其次是因为虽然在初次见面时，他看上去像是一个美国的温和派民主党人士，但在英国，他可能是保守党，而一直以来，我与保守党之间的友谊都是虚假的，因为与保守党人士之间的对话总是使我在自身的政治正确意识面前崩塌（是的，我知道身边缺乏同性恋朋友这一点在当时站不住脚），因而我无法与那些趋向于冒犯女性、有色人种、非洲人、亚洲人，甚至是欧洲南部地区的人（研究人类学的一位同事曾对我说“你可以从拉丁人对待女性的方式上判断出他们是独特的人种。”）自在相处，也无法与惯于污蔑同性恋、变性人以及美国（这是最主要的一点）男性或女性的那些人和谐共处。在保守党人士的观念里，美国人粗鲁笨拙，不善交际，没有教养，受教育程度低下，与儿童无异，却是有利用价值的地缘政治盟友。在工党坚定左派的观念里，美国人是企图占领地球的种族主义暴徒。我曾经对斯蒂芬说过，英国政界没有我这类人的容身之地，我投票支持工党是因为我无法忍受保守党派，但我在选择时十分谨慎。

几年后，斯蒂芬建议我和其他一些单身人士留意高桌晚宴的菜品预订单，然后大家一起单独聚一聚，彼此安抚孤单的灵魂，斯蒂芬还邀请我在晚宴后前往他的公寓试试口感独特的麦芽酒。

我对那场晚宴本身没有任何印象，也不记得晚宴上还有些什么宾客，不过我隐约记得我的某位英国男同事和他当时的男友也在场，或许还有德国同事，在晚宴结束后，我和斯蒂芬便迅速离开了，我们沿着特尔街行走，穿过主要街道，从阿尔弗雷德走到蓝博尔大街，再到阿尔达特街，一路上经过了基督教堂、彭布罗克和一排商店，走过音乐酒吧和警察局，来到拥有现代砖石结构的弗里布里奇法院，斯蒂芬的公寓就在这栋楼的最顶层。公寓的一侧俯瞰泰晤士河，以及被大楼环绕的河中小岛，另一侧则是平原。

斯蒂芬的公寓装修很现代，地板上铺着一层奢华的灰白色羊毛地毯（我们都脱掉了鞋子），浴室的墙壁贴着白色瓷砖，厨房是石板地面，白色的细木家具闪闪发光，公寓里共有两间卧房，不过斯蒂芬不允许我参观，客厅和餐厅面积宽广，餐厅里摆放着一张由钢铁和玻璃制成的餐桌，餐桌周围摆放着黑色皮革的钢椅，客厅里的沙发和座椅均是黑色皮革制成，墙壁边是金属书架，书架上摆放着很多书籍和大量 DVD 收藏，清一色的黑色塑料封面上没有标题，只有编号。这些 DVD 使我不禁打了一个寒战，因为在我看来，它们似乎全是斯蒂芬收藏的色情片，斯蒂芬 · 杨看上去似乎正是可能拥有此类收藏爱好的那类人。

斯蒂芬邀请我到靠近朝南窗户的沙发上坐下，不过由于斯蒂芬的公寓位于顶楼，且所有窗户的角度均对着倾斜的房顶，因而必须径直站到窗边才能看到窗外的景色。

“我们先从年代较近的酒开始，现在我们两个人都还处于能够准确做出判断的清醒阶段，在喝其他酒之前，先尝尝这瓶珍藏十年的酒吧。”说罢，斯蒂芬蹲下身挪动餐具柜上那些贴有标签的酒瓶（这些酒瓶上的标签我一个都不认识），接着，拿出两个外观现代的透明玻璃杯。在倒好酒后，斯蒂芬脱下夹克，他上身穿着白色短袖和灰色背心，下身是一条灰色的长裤（当然还穿了一双黑色的鞋，这种保守的穿着似乎很适合他，他不像某些英国本国的男性和某些移民者一样，衣着正常，却搭配颜色极为鲜艳或有图案的袜子），在我对面的沙发上坐下，看上去就像一个学生，或是一个未婚阿姨，正盛情款待着其二十年来的首位求婚者。

斯蒂芬将夹克搭在座椅后背上，沿着衣服的中心接缝折叠，并将袖子拨弄到靠背两边，以确保不会弄皱衣服，虽然他这一举动小心翼翼，但我好奇他为何不干脆起身将夹克挂到卧房的衣橱里。或许他不想让我单独留在客厅，以免我偷偷查看他的书架，不过我对斯蒂芬·杨的生活以及他隐藏的任何秘密都丝毫不感兴趣。事实上，直觉告诉我，虽然我和斯蒂芬的友谊关系发展得很快，却是一种不平等的趋势，因而在我到访他的公寓时才隐约意识到我对他的兴趣远不如同事对我的兴趣。为何会如此呢？那时我不得而知。我的这种感觉不掺杂任何的虚假谦虚，我同斯蒂芬都是身居海外的美国人，且都受雇于牛津大学及其某所分校，不过除此之外，我与这世界上的其他学者并无区别，甚至可以说我远不如他们优秀，因为我未能在哥伦比亚大学获得终身教授职位，倘若我当初如愿以偿，那么我将在哥伦比亚大学愉快地度过职业生涯。当时我暗自猜想，或许斯蒂芬·杨比较吸引失败者吧，那时我对自己也是同样的看法。我毫不掩饰自己在美国失败的职业经历，且坦言自己前往牛津实则是为了逃离，从一个更健康、更有前途的职业系统逃离到一个更不稳定、更无保证且薪酬更低的地方。

斯蒂芬不乐于直接询问问题，或者说他极少这样做，而是提出引诱他人回答的陈述，在许多情况下，或者是他人不得不回应的陈述。

“好了，这一瓶，”斯蒂芬绕圈摇晃着酒杯说，“你可能没有听说过，它产自马尔岛的托伯莫里粮酒厂，名字叫勒迪亚格，是用燃烧的泥炭制作的。我想你也会认为它很特别。”斯蒂芬一边点头一边睁大眼睛看着我，举杯小酌一口后对我说道，“含有盐分和泥煤，娇小漂亮，就像是美丽的小舞者，是非常好的雪莉酒，带有核桃和松林的清香，虽有缺陷，但却再次成熟。你说我不正常也没关系，不过我在品尝这杯威士忌时，脑海中想到的是那个年轻的女同事贝唐，她真是一名优秀的年轻学者，非常聪慧，虽然有些缺陷，但我想，对于那些喜欢这类型的男性而言，还是很有吸引力的。”

我在想斯蒂芬是否已经知道了我和贝唐之间的那段短暂恋情，或者说他有所怀疑，抑或是他根本毫不知情，不过他看起来不像是对事情一无所知的人，无论他了解多少或表现得多意外。世俗是斯蒂芬的恒久特质。我知道斯蒂芬是中东研究领域的学者，尤其擅长研究阿拉伯与以色列的历史和关系，而且能熟练运用希伯来语、阿拉伯语、波斯语、法语、德语、意第绪语、土耳其语和库尔德语，此外，斯蒂芬还自称精通意大利语和西班牙语。这样的人才在牛津并不罕见，毫无疑问，他在拉丁语和古希腊语方面也颇有造诣，或许对其他譬如阿塞拜疆语的古老语言也深有了解，我们永远无法得知这类语言专家的极限在哪里。

“是的，贝唐确实很有魅力，她有自己独特的吸引力。”我并不想受斯蒂芬的引诱而嘲弄贝唐。几年前那个新年的早晨，我鲁莽前往贝唐家中的举动致使我俩之间的关系一度冷淡。我和贝唐想出了一种煞费苦心的相处模式，在那几个月的尴尬期里，我们在学校吃饭时从来不坐在彼此旁边，倘若我们其中一人在进入教员休息室后发现房间内除了对方外，再无其他人，则会默契地装作没有看到彼此。在美国，这是令人难以理解的奇怪行径，但在牛津，更确切地说，在英国，忽视某个认识之人的存在不无可能，甚至屡见不鲜，或许是为了躲避对方，假装没有注意到对方的存在，这被视为是一种礼貌行为，抑或是毫不掩饰地表示出对方根本不值得留意，让对方意识到自己无关紧要的地位。我无法完全适应这一习俗，即使是在我自身也借助于此种行为的时候，我内心仍旧无法完全认可。但在牛津，至少是在牛津大学校园内，我不得不学会小心翼翼地控制自己的目光，倘若出现在眼前的是贝唐或是我试图躲避的其他人，我便会低头看向手中的书、报纸或是杂志，直至对方离开。

斯蒂芬摇晃着手中的酒杯，随后放到嘴边，浅浅地喝了一小口。“皮革和雪茄。”斯蒂芬说道，仿佛对我的回答听而不闻。接着，他一口气喝光了杯中酒。“在拿到这瓶酒后，我敞开酒瓶，连续放置了一个星期。你无法想象这前后的差别。我想有些女人也是如此，譬如贝唐，倘若给她一些空间，与合适的人在一起，适当展现自己的率真，那么或许她也会变得很出众。”

“我觉得你不应该这样说，斯蒂芬。”

“不应该吗？你的政治正确性太强烈了，杰里米。我知道你不愿意谈论自己的女人，你觉得她们跟你是平等的。”所以他知道了，我暗自心想，他其实知道我和贝唐之间的事情。“这很值得崇敬，但却乏味无比，你不觉得吗？并不是所有带着两性需求的人都和对方是平等的。我觉得引诱在社会地位或智慧程度上处于劣势的对象没有什么大不了，你们彼此会得到同样的享乐。你的优越感正是你的迷人之处。”

“我不认可你的这种看法，我从来没有和任何一个在我眼里处于劣势地位的女性上过床，她们每一个人都跟我是平等的，甚至比我更优秀。”

斯蒂芬听后啧啧称赞道：“你这种说法在政治上完全正确，而且很谦虚。我们来就这一点好好谈谈。我有一个年轻的埃及朋友，赛义夫，你不需要知道他的姓氏。赛义夫是为埃及政府工作的，你不用知道他的具体工作内容是什么，在几年前我前往埃及的时候，他被安排来照顾我。去年，我们大部分时间都待在一起，不过你要理解，在这样一个社会，尤其是鉴于我和赛义夫的身份，我们必须格外谨慎。”

我不确定斯蒂芬是否在暗示我理解赛义夫是他的情人这一猜想。这似乎不大可能，但却是我能想到的唯一结论。

“我和赛义夫成为了非常亲密的朋友。他甚至带我去见了他的母亲。她母亲是一位惹人喜爱的法国女性，举止优雅，他们家十分富有，在他母亲眼里，我一定像是一个溺爱的叔叔。赛义夫的父亲不可能接纳我，不过我对于这一点并不惊讶。”

我当时一定点了点头，或者只是喝了一口杯中的威士忌，我记不清了。虽然斯蒂芬描述得天花乱坠，然而我却觉得这酒略带苦味，口感总是与主观感受息息相关，我迫使自己一口气喝完了手中的那杯酒，之后便试图用手遮挡空空的酒杯，我想我该回家了，回到我在神之路的住所，那时，我刚买下那栋公寓不久，正在进行重新装修，我打算把昏暗陈旧的厨房重新打造得明亮一点，增加通风面积，在厨房尽头设置一个餐厅，厨房门对着外面狭长的花园。

“当然了，赛义夫是为埃及政府工作，而且埃及是西方国家的盟国，我们希望他们能针对民主和人权的一些问题做出改善，不过与埃及稳定协作的价值比起来，这些担忧都不算什么。总之，我到底是怎么同赛义夫联系上的呢？”斯蒂芬顿了顿，眼睛盯着天花板，然后略带微笑地看着我说：“我看见你的酒杯空了。我给你来点更好喝更刺激的。波特杜布，产自斯凯岛的酒厂，我珍藏了 21 年。”斯蒂芬脸上洋溢起得意的笑容。他从餐具柜中拿出一个贴有黑色标签的高酒瓶，用另一个杯子重新给我倒了一杯酒。“这种酒很香甜，只是有一点泥煤的味道。我看见你在喝莱迪亚格的时候表情痛苦，对于某些不经常喝这种酒的人来说，泥煤的味道有点难以接受。我不应该给你喝勒迪亚格，但是这个波特杜布绝对合你的口味，它口感超群，而且很好下喉。事实上，这是一种桶装麦芽酒，是由很多种酒混合而成。这里面主要是雪莉酒，有助于中和刺激的泥煤味，这就像是威士忌的糖块，有坚果和水果的味道，还有淡淡的香草香。一瓶有六十磅，量还是相当多，喝一口尝尝。”

我举起酒杯放到鼻子前，我觉得自己有点喝醉了，开始对气味变得敏感，因而当波特杜布的芳香进入我的鼻腔时，闻上去却像是混杂了水果味、焦糖味、烘焙坚果味、老房子里的柴火味以及在双层锅炉里煮的香草布丁的味道。我轻轻尝了一口，斯蒂芬说得没错，这确实不是单一麦芽酒，它香甜醇厚，喝下一口犹如美餐一顿后那般充实且令人愉悦，这仿佛是威利 · 旺卡只为内行人而酿造的酒，虽独有一瓶，却能陪伴他们度过许多个漫漫长夜，无需再苦苦寻找口味更精纯的好酒。

“我就知道，我就知道你一定会喜欢这瓶酒，但不用担心，后面还有更好的。”斯蒂芬一边给自己倒酒一边大笑着说道。当斯蒂芬倒完酒，疾步往回走时，却在可以俯瞰泰晤士河的那扇窗户边停下了，他望向窗外：“不好意思，我失陪一下。”说完，便突然离开了房间。

我借此机会站起身来观察房间里的书架，而就在我恰好转身望向窗外时，我看到泰晤士河对面有一栋黄色的楼房，楼房中间楼层的灯和窗帘都是打开的，房间里面，一名年轻男性正和一名年轻女性在地板上做爱，男子压在女子身上，两人看上去均体格健壮，应该是大学生，或者是博士后，无论是什么阶段的学生，他们似乎不屑于被人观察，或者是太过沉迷于片刻激情而忘记了房间的灯和窗帘均是打开的，抑或是当时天色太晚，他们可能以为这座城市的人们都已经入睡，却丝毫没意识到自己的一举一动被人尽收眼底。

出于本能，我转身背对窗户，试着将注意力重新转移到书架上，但却情不自禁地频频回头，而每次回头都能看到这对年轻男女激情的身影。斯蒂芬仍旧没有回来，我完全不知道他去了哪里，或许是在卧房，抑或是在背对着泰晤士河与那对交欢男女的浴室。十五分钟后，年轻男女的激情大戏结束了，我听见马桶冲水的声音，此时，斯蒂芬回到房间里，仿佛只出去了一小会儿似的，他若无其事地问道：“喝得怎么样？”

“还不错，谢谢你，斯蒂芬。时间不早了，我该回家了。你有出租车的电话吗？”

“亲爱的，你那么着急干什么，我们还没有喝那瓶三十年的呢，我向你保证，那绝对是不容错过的好酒。我觉得你应该再喝一点波特杜布。”

“我不能再喝了，真的，如果再继续的话，那我明天早上绝对起不来。”

“可明天是星期六啊，你不需要早起。我这么大方地招待你，你要是拒绝了，那就太无礼了。”

“那我就再喝一点点吧。”

“再来一点。”斯蒂芬微笑着，用带有苏格兰高地特征的口音说道。此时，我注意到斯蒂芬将衣袖卷了起来，露出毛发稀疏且健壮有力的前臂，手臂上的青筋清晰可见，仿佛他在离开的这十几分钟里一直在做引体向上。“你和贝唐还在一起吗？”

听到这句话，我被酒水一口呛住。“你这样问太轻率了。”

“那我就当你是承认了。”

“不，不是的！这不关你的事，不过我和她已经不在一起了，我们之间有过短暂的火花，但现在一切都结束了，完全结束了。”

“意思是说你们两个现在是难以相处的工作关系吗？”

我突然意识到斯蒂芬·杨正在引诱我给出某种回答，他的目标很清晰。不过我无从得知他到底想要什么。请你们务必理解，无论接下来发生了什么，都是我中了斯蒂芬的圈套，至少最初是如此。“我们之间的关系很友好，不过彼此不怎么交流。”

“你们在互相躲避吗？”

“我们并没有对这一点达成任何共识，只是……最后就变成那样了。”

“是你在恋爱过程中表现得很不好吗？”

“听我说，斯蒂芬，我欣赏你，而且我也尊重你是我的同事，但是这件事与你无关。”

“我只是作为朋友关心一下而已。”

我不确定斯蒂芬·杨是否符合我对朋友的定义，可他脸上率直的笑容使我情不自禁地一步步跳入他的圈套，或者也许仅仅是酒后吐真言罢了。“我确实没有优雅地结束这段关系。”

“你喜欢上其他女人了，所以才跟她分手，是吗？你真卑鄙啊！我就知道你不是好东西！”

“不，不是这样的，我就那样离开了。我没有说我要走，我当时去她父母家里，然后一声不吭地就走了。”

斯蒂芬对着我摇了摇手指，他充满蔑视的眼神里竟带着一丝笑意，仿佛是在说他已经得到了想要的信息。

“杰里米，我想让你帮我个忙，跟贝唐和好，不用担心，我不是要你们恢复恋爱关系，只是回到正常的同事关系而已。去向贝唐道歉，女人很欣赏诚恳的道歉，即使她们似乎在一开始并不会接受。告诉贝唐你知道自己当初很差劲，但是说实话，只要她仍在大学里任教，你们就必须一起共事，也就是说，在明年夏季之前，你们始终都是抬头不见低头见，而且毫无疑问，她会在这所学校及其他某所分校获取终身任教职位，因此你们必须保持友好的工作关系。如果有必要，你就给她跪下，只要让她看到你的真诚就可以了。”

斯蒂芬的这一要求使我困惑不解，因为这种自我牺牲的行为不符合我的行事作风。而且，我不认为几杯昂贵的威士忌就让我欠了他多大的债。“我为什么要这样做？”

“因为就像我说的，我需要你的帮忙。”

“你的这个忙和贝唐有关？”

“贝唐是其中一个组成部分，你和贝唐要在十二月一起面试录取候选人。”

这是事实，不过我已经主动忽略了这件在我职业生涯中不值一提的烦心事。面试录取候选人意味着我要花足足两天时间审问那些想在牛津大学里钻研历史的青少年，他们中有的天资聪颖，有的则平凡无奇，而不幸的是（如今我认为或许这一切都是斯蒂芬的安排），我的面试搭档恰巧是贝唐，实际上，我确实应该事先同她解决好我们之间的问题。我冲斯蒂芬点点头，举起手中空荡荡的酒杯。

“现在该喝那瓶拥有三十年历史的酒了。这是一瓶很特别的威士忌。我不会告诉你它产自哪里，也不会说它到底是什么酒，因为反正对你来说也没有什么意义，但我自己从没有喝过这么好喝的酒，现在我给你倒一杯，它十分罕见，而且价格昂贵。毫不夸张地说，这酒完全值得那样高昂的价格。”

我举起酒杯放到鼻子边，那一瞬间，我像喝了迷幻药一般产生了幻觉，我仿佛看到了一座大型图书馆，如同牛津大学古老的博德利图书馆那般金碧辉煌，精致的皮革建筑，同样也是饱学之士的俱乐部，大家轻轻地吸一口雪茄，或许在图书馆房间的四周还飘荡着一股淡淡的香水味，如同佛罗伦萨新圣母大殿里的香气，混杂着譬如龙涎香和石榴花的味道。当我的双唇靠近酒杯边缘时，这些香气扑面而来，醇香的酒水滑过舌尖，填满我的口腔，那股醉人的香味再次涌入我的鼻腔，令我晕眩，这款酒的口感和顺滑程度是我以往喝过的任何一种酒都无可比拟的。

“我在埃及的那位朋友赛义夫有一个妹妹，名叫法迪娅，她到时候会来参加录取候选人面试。虽然她的分数并不拔尖，但是她很聪明。她会在面试时给你留下良好印象，不过或许不如某些学生那样深刻，或许她的表现不足以弥补她在分数上的失利。总之，我想确保她能够顺利进入这所大学。我和你在不同的面试小组，因此我希望不管她被分配到哪一组，结果都是一样的。”

我自顾自地喝着手中的美酒，任由斯蒂芬说出他的要求，不过我清楚地知道，他此前所做的一切只是送给我的礼物，好让我以某事作为对他盛情款待的回报，而他所要求的这种回报极有可能因为这个法迪娅学习能力不够而影响我在牛津大学及历史系的地位。

“你想让我操控这场面试？我不能这样做。”

“你的职位在贝唐之上，你的行为或许伤害了她。你支持法迪娅，贝唐就会觉得有说服力。贝唐自己可能也支持法迪娅，但是你要明白，鉴于她在这所学校以及历史系中的初级职位，我不可能像信赖你这样公然去找她。”

“所以你就来给我施加压力。”

“压力这个词太具有物理特性了。我们不是学物理的。我一直都在观察你，我知道你和我一样都明白总有些人需要帮助，法迪娅就是这样的人。她需要来到牛津，远离埃及，我想你比其他任何人都能够理解这一点。穆巴拉克政府统治下的埃及在很多方面都不同于东德。埃及的公民只有不到八千万人口，但却有超过一百万的安全工作人员在监控着他们的生活。穆巴拉克政府统治下的埃及就好比是一个极权国家，而且是恐怖分子的理想圣地，他们并没有发现自己正深受恐怖行动的迫害。虽然埃及社会在某些重要方面上并不像极权国家那样四分五裂，但我认为它就是一个货真价实的极权国家，那些拿着标牌提倡民主和言论自由的人很快就会性命不保，而这正是法迪娅每次在节假日回国后所做的事。我之前说过，法迪娅的母亲是法国人，所以她身上那种革命的精神是与生俱来的。法迪娅需要保护，只要她来到牛津，就能得到这种保护，她需要逃离，而这种逃离又不能看上去像是逃离埃及政权。她必须进入到牛津大学学习，并且在埃及的国情好转，或者是她决定永远留在欧洲生活之前都必须一直待在牛津。我所要求的是你能体谅一位天资过人的年轻女孩，她从小娇生惯养，从未被逼迫着努力学习，你能明白吗？”

我端着如水晶般透明的酒杯，杯中一指高的酒水重重地压在我的手上。我摇晃酒杯，以散发杯中的香气。我知道，斯蒂芬极度渴望得到我的帮助，而且以他所知道的唯一方式慢慢引出这一问题，他试图通过给我强加感激之情来诱使我为他所用。

“我再问你一遍，我为什么要这样做呢？”

斯蒂芬气急败坏地张开嘴，瞪大了双眼。他没想到自己竟会遭到我的拒绝。或许在他看来，我这样的人不会拒绝像他那样的人提出的任何要求。想到这些，我突然意识到自己已经在对他做出一系列推论，并不仅仅是关乎他性格特质的普通结论，而是包括更深层次的见解，在我眼里，斯蒂芬·杨只是一个理论意义上的学者，不过这只是他的其中一面，实际却远远不止于此。

感恩节晚上，我坐在公寓客厅里，手中摇晃着酒杯，这酒远远不如斯蒂芬当年招待我的那般惹人陶醉。客房里传来母亲震耳欲聋的鼾声，仿佛整层楼都随之晃动。我明白，这一切真正的开始并不在于我离开纽约，前往牛津，也不在于我和贝唐之间夭折的恋情，而在于斯蒂芬·杨，在于我犯傻与斯蒂芬·杨结下的妥协关系。他曾在那天晚上亲口承认自己一直在暗中观察我，为何观察我？究竟观察了多久？难道他是在寻找人质吗？那一刻我开始明白，我在斯蒂芬公寓的那个夜晚以及那之后发生的所有事，包括斯蒂芬和法迪娅一点一点侵占我在牛津生活的所有方式，在我回到纽约后，仍然对我纠缠不休。

“我为什么要照你的要求做呢？”我再次对斯蒂芬提出质问。几分钟前，我将手中的酒杯放到靠墙的桌子上，斯蒂芬一言不发地走过来举起杯子，在下面放了一个杯托。

“因为我是以最友好的方式提出要求。如果你答应我，便是帮了我一个大忙，这点我已经说得很明白了。我不得不说，我用大量价格不菲的上等威士忌招待了你，我还能怎么做？我还应该怎么做？如果你不合情理地拒绝我，那我想除了威胁你以外，我也别无他法了。你是想要钱吗？那就太不明智了。金钱交易永远会留下痕迹。你帮我这一次，我可以让你的生活变得比你想象中的更轻松。给我一点时间，我甚至可以帮助你回到纽约，虽然你不想承认，但我知道你很想回去。我会以你意想不到的方式照顾你的女儿和你的前妻。”

“这件事是不是并不只是帮助你朋友的妹妹进入大学那么简单？是不是与什么更卑鄙的事情有关？”

斯蒂芬再一次气急败坏地回答说：“这是关于慈悲，以及在正确的时机为正确的人做正确的事，从长远来说，法迪娅可能比我们如今想象中的更为重要。”

我确定这件事仅仅只与性爱有关。斯蒂芬想为他的心中所爱分忧，或者是这个叫赛义夫的男人一直以威胁、勒索或是某些更卑鄙的手段要挟斯蒂芬这样做。

我从座椅上站起身，向大门的方向走去，身后不依不饶的斯蒂芬大口喘息着说：“我可以信任你吗？你靠得住吗？还是说我需要采取其他措施？”

我转过身，心中有些期待他正拿着一把枪对准我，可他手上却只有一杯威士忌。“从来没有人像你这样跟我套近乎，我一辈子都没遇到过。”

“你没有回答我的问题，杰里米。”

斯蒂芬脸上的表情透露出一丝冷酷和残忍，这使我不仅为自己担忧，也为梅雷迪思和我的母亲，甚至是苏珊担忧，为每一个我曾经爱过和始终爱着的人担忧。斯蒂芬擅长对人发出威胁，这一点毋庸置疑。

“我保证只评判她的优点。”我回答说，但我知道自己并不会如此。

我离开斯蒂芬的公寓，站在寒风呼啸的阿宾登路，由于没有叫到出租车，因而我不得不一路徒步行走到卡尔法克斯塔，之后才得以坐上出租车安全到家。虽然有些喝醉了，但我仍旧试图保持清醒，我在脑海中不断回想和斯蒂芬之间的对话，思考着我可能做出的其他回应，以及那些本应将斯蒂芬的要求转为有利于我的方法。我躺在床上，却毫无睡意。我清晰地聆听着周围的一切声响，隔壁传出的碰撞声、街道上来往的车辆声，牛津城中环形公路的飒飒响声、空中军用飞机的嗡嗡声和往返于布莱兹诺顿的飞机声响。

这些回忆如今清晰地浮现在我的脑海里，我和斯蒂芬之间的那段对话如同母亲的鼾声一样，让我难以入眠。我在一片漆黑的客厅中来回走动，挣扎着与最近连续几天的失眠抗争，它就像一位不速之客一样薄情寡义。

被灯光笼罩的休斯敦大街上，来来往往的出租车嘀嘀作响，一名黑衣男子一动不动地站在大街上，抬头望着我的窗户，当我打开灯，试图确认自己再次受到监视的事实时，那名男子转身跑开了。

感恩节之后的那天早上，母亲在黎明前便早早地起床清理我的厨房（虽然我的厨房很干净），然后，她一边听着国内公共电台上的早间播报，一边时不时地阅读她外出购买的《纽约时报》。埃及一位支持民主的博主被有关单位拘留，亚历山大港的某个法庭上，一群举着气球抗议，要求罢免总统的女性被送进监牢。我不想在一大早听到这些，我不想回忆起那个我认识的人（曾经认识的人），不想猜测她是否也有可能被卷入其中。于是我一刻不停地将电台从世界新闻转换到有关风靡全美国的“黑色星期五”购物狂潮的报道。

“我讨厌这些消费主义者的疯狂，”母亲说，“这些人在梅西百货门前通宵排队！感恩节那天，梅西百货晚上八点就开门了！这世界都成什么样了！我们人类对自己都做了些什么啊？人人都追求万能的美元！你想喝咖啡吗？我刚刚煮了一壶。”

“现在还不到七点，我们是十点的火车。”

“我需要整理一下。”

“没有什么好整理的，我已经将一切都整理好了。”

我看着母亲，她不小心打碎了一个玻璃杯，或许是因为心情焦虑吧，或者是对我自认为完美无缺的程序画蛇添足，譬如煮咖啡，她煮的咖啡味道太淡且带有酸味，于是我立马将她煮的整壶咖啡全部倒掉，并按照自己的口味重新煮了一壶，当母亲品尝过我煮的咖啡后，她扮着鬼脸说她煮的咖啡比我的更好喝。

“你的咖啡太浓，味道太苦。”

“如果不喜欢，你可以不用喝。”

“别这么怒冲冲的，杰里米。”

我知道我在牛津生活的那段时间以及我在那里受到的部分文化植入意味着我内化于自身人格的情感变化，而如今这种情感变化对于我母亲而言，似乎是一种排斥形式，或是一种子女摩擦，但我无从改变。或许我迟早会重新做回美国人，变回以前的自己，但我怀疑这种逆转也许难以实现。

早上八点三十分，我和母亲一同乘出租车前往宾夕法尼亚火车站，她在整个车途中坐立不安，一直在包里来回翻找。

“你什么东西忘拿了吗？”

“没有，没有。”

“你是不是忘记了什么东西？”

“不是！”母亲咳嗽着回答道，显而易见，她并没有说出实情。紧接着，母亲靠过身来压低声音对我说：“我只是希望我们能在一个半小时之前出门。”

“妈，没事，我们的时间很充裕。如果是我一个人单独去的话，我还会推迟一个半小时再出门。”

没有推迟一个半小时出门的结果就是我和母亲不得不站在人群中等待一个小时，火车站里的人排成长队，经常乘车的旅客们知道前往哈德逊的火车从哪条轨道出发，虽然车站在这些年里改进了不少，但那份熟悉感依然还在，这一点让我倍感舒适。我又一次站在了同样的地方，我回头望向出发时刻显示屏，听着显示屏在出发时刻和目的地转换时发出的咔嗒声，以及老式的车号和沿路站点的播报声。此时我注意到，前往纽约北部的人们，尤其是那些前往波基普西的人，看上去更像是美国中西部地区的人，而非纽约客，他们的穿着普普通通，至少比不上纽约客那般大气与时髦，来往的商人穿着不合身的卡其裤和海军蓝的运动上衣，遮挡住肥胖的腰部，衣着邋遢的政府工作者一边查看手机一边大声高谈阔论。这时，一位年纪较我稍长的女性前来询问我和母亲这趟火车是否前往奥尔巴尼，随后，她便和母亲攀谈了起来，她坚定地说自己没有失常，只是"在宾夕法尼亚车站排队等车让我很焦虑，你们懂我的意思吗"。在闲谈中，我和母亲了解到，这名女性居住在佛蒙特州，虽然我们并未提及恐怖分子一词，但对此的担忧表露出内心的恐惧，因而许多人学会以旅游的方式来保全自己的性命，而这名居住在佛蒙特州的女性不常来纽约，她的侄子和她约好在伦斯勒理工学院车站接她，随后一同前往其位于本宁顿镇的住所，虽然她曾经在纽约居住过一段时间，不过她从小便生活在布鲁克林，并且一直在曼哈顿工作，退休后，她来到了佛蒙特州，就在那场恐怖袭击发生之后，因为她不想余生都在害怕丢失性命的担忧中度过。在等待长队的过程中，这名女性讲述了这一切，她此次来纽约是为了和姐姐与姐夫一同庆祝感恩节，听到这一点后，母亲便开始谈论起梅雷迪思和彼得，不过她并没有提到他俩的名字，也未透露任何住址或职业信息，因为多数人会认得他们，或是对他们羡煞旁人的生活饶有兴趣，而这可能会置梅雷迪思和彼得于危险境地之中，因为倘若透露我们和彼得之间的亲近关系，则可能会招致他人利用这点对我们实施绑架，甚至更糟。

“这是我儿子，他是纽约大学的一名教授。”母亲向对方介绍道，于是我不得不与这名来自佛蒙特州的女性打招呼，而她却未做自我介绍，不过她承诺不会在火车上与我们坐一起，“万一你害怕不能摆脱我呢？”她大笑道。羞愧难当的我很感激她如此的调侃，此时，火车到站了，我们将车票交给工作人员检票后，便乘坐电梯下行，快速沿着漆黑的站台走进中间车厢，我帮助母亲坐到前排座位，如此一来，她便可以自如地伸展腿脚，我望向窗边的哈德逊河，火车开动了，车身一路向北，开往那个我打算长期居住的小镇。

在离开宾夕法尼亚车站后，一路上隧道繁多，火车在黑暗与光明之间穿行，我望向窗外，看着远处的河滨公园，和哈德逊河对面的帕利塞兹丘陵，此时，一个熟悉的身影从后方经过我们的车厢。这个人我似乎认识，他的步伐很不安，不过我无法确定他到底是谁，在那一瞬间，我连想都没想便确信那个人可能是迈克尔·拉姆齐。

有些人是你无法一眼辨认出的，因此当你看到这些人的背影，或是只瞥见一部分身影时，你大概无从知晓其身份。我只见过迈克尔·拉姆齐两次，在那天，那个感恩节之后的一天，当许多美国人猛冲向商场购买一大堆不必要的礼物时，我和母亲坐在火车上，那些邪恶的资本家没能成功侵占我们的经济生活，而那时，我深信迈克尔·拉姆齐也在这列火车上，同我们一起。

因为母亲前夜疲累，且我在当天早上也心情欠佳，因而我并未向她提起我此前收到的那三个箱子，那三个箱子似乎证明了有人在密切关注着我的生活，至少是我的网上活动和通讯记录，我也未曾提及我和迈克尔·拉姆齐的见面以及他出现在梅雷迪思和彼得派对上一事，于我而言，感恩节比任何一个节日都意义深重，而迈克尔的出现却将这一切美好毁于一旦。我想要的只是能在回国后的第一个感恩节与家人一同欢庆，深秋时节，阿迪朗达克和卡茨基尔的山谷中云雾缭绕，在十至十一月之间，那些层峦叠嶂的山峰相比于其他地方而言，似乎更让我深切感受到自己正身处美国的事实。然而，在这个秋季临近尾声之时，我的入侵者出现了，似乎是在向我传递某种信息：在这个我出生且一路成长的国家里，我已不再安全。这个神秘入侵者仿佛是在告诉我，我确实应该产生被害妄想，因为远离美国的这段时间弱化了我的忠诚、习惯甚至是爱国热情，对国不忠好似一种病毒，一旦远离家乡便受其感染，这是一种通过长期接触不熟悉的人或事而传播的疾病。

在美国正处于战争的水深火热之中时，我踏上前往牛津的路途，在牛津生活的第一年，我时常和朋友陷入邮件争吵大战中，我对那些美国朋友说他们不了解其他地方对我们国家的看法，向他们抱怨我们的国家何其浪费国际社会的同情和善意，我甚至在前往牛津的短短几个月后便发邮件说这里的生活使我成了激进分子，虽然我使用了“激进”一词，但我并不知晓为何这一词会成为美国反恐战争的关键词，也不知为何媒体和政客会将恐怖主义嫌犯形容为“激进”。坐在向北行驶的火车上，这些回忆如同窗外的风景，扑面而来，铁轨两旁的树木光秃秃的，地上铺满了落叶，河流宽阔的浅滩上已经开始结冰，这里的景象和英国千差万别。我很好奇，放在我公寓的那三个箱子里是否有我十多年前描述自己为“激进分子”的邮件内容地址呢？这种自我描述是否是我立下的第一个旗帜？这一漫不经心的话语是否是唯一致使我成为目标，最终招致通信监控的罪魁祸首？

母亲此时正在阅读《纽约客》，而我却在一旁思绪万千。有没有可能斯蒂芬·杨是被人派来牛津找我的呢？我曾经推测斯蒂芬在牛津大学工作的时间比我早，且在我工作的第一年几乎从未与他谋面，但我对此并不完全确定，我从未和牛津的其他同事谈论过斯蒂芬。此时，一个想法从我脑海里闪过，斯蒂芬似乎并非完全融入牛津大学的生活，倘若我没有认识他，没有跟他闲聊，没有跟他成为朋友，那么根本不会有人注意到他的存在。

火车到达莱茵贝克镇后，我和母亲乘坐出租车回到了她的住所，几周前，我将我的车留在了母亲家中，如此一来，可方便她在需要时使用。事实上，母亲现在极少驾车，因为她的住所离莱茵贝克镇的中心地带并不远，因而她可以步行前去看望老友，或是去她常光顾的那家天然食品店购买食品，只有在她需要看医生或看望某个居住在海德公园村的朋友时才会开车前往。不过，只要一想到我的车没有停在我那空无一人的住所车库里，我便感到心安。我的住房位于莱茵贝克镇外一条僻静的小路上，房屋外是一圈高高的树篱，因而窃贼便可轻易在他人毫无察觉的情况下溜进屋内实施盗窃。我决定在来年安装一套警报系统，或许还会安装彼得推荐的内部触发监视摄像机，如此一来，即使是远在曼哈顿，我也可以监控房间里的一切，而且倘若摄像机开始运作，我会得到通知。彼得告诉我："他们甚至会将拍摄下来的视频画面发邮件给你，这样一来，你就可以知道房间内是否发生了什么事情，是否有人擅自闯入。"这听起来像是科幻小说，然而彼得坚称这一套设备价格低廉，不过我对个人隐私有所顾虑，上述邮件服务意味着拍摄下的视频画面将由第三方发送于我，无人担保某些变态不会随时查看我在房间里的一举一动。

我和母亲约好星期六一起吃午餐。虽然我宁愿周末独自度过，但母亲仍旧沉浸在我归家的新奇之中。星期天下午，我会步行前往车站坐车回家，倘若天气恶劣，母亲则会开车送我前往车站。星期五这天，母亲向我展示了自我上次离开至今，她房内所发生的变化，不过在我看来，她家中常年不变，仍旧是那般杂乱不堪，到处堆满了朋友及邻居赠送给她的日历、问候卡以及一些毫无价值的小玩意儿。母亲与我不同，我很庆幸她生活在集体意识之中，周围的人们对她照顾有加，提醒她收取忘在门口的信件或报纸，留意她的灯是否在深夜依旧开着，观察她的窗帘在清晨是否打开，前往商店购物的来往邻居会顺道询问母亲是否需要任何物品，或者是带她一起去吃午餐。她生活在城镇的关注之下，处于城镇社交生活的中心，她的房屋靠近城镇的中心地段，生活在持续不断的目光之中。即使我回到曼哈顿，母亲也依旧能生活得很好，这点我心知肚明，因为她没被忽视，也没被忘却。

在回家途中，我前往 9 号路的一家杂货店购买了一些杂书，如此一来，我便可在第二天花几个小时看看闲书，或者是想想最近发生的所有事情，想想斯蒂芬·杨，想想法迪娅，想想赛义夫，以及这三个人给我的生活所笼罩的阴影。

我的房屋在城镇北部一条狭长的乡村小路边，四周都是小型农场，离我最近的邻居在半英里开外的地方，房屋前的小路虽不宽阔，却也是铺砌面的农场小道，容纳一辆车的宽度绰绰有余，因此居住在这里，与世隔绝的感觉愈加浓烈。

我将生活用品放置在门厅，还好，房间里整洁如常。傍晚悄然来临，我打开台灯，白色的灯光代替了门外昏暗的日光，在经历了上一周的种种折磨后，我再一次沉静下来。我很庆幸自己能躲到这样一个远离城市喧嚣，远离学生同事，甚至远离梅雷迪思和彼得的自由空间，这里就是我未来退休生活的所在地，这就是我老年生活的样子，不过和母亲不同的是，我无法想象将自己置于集体中心的生活。

无论我以后将会如何，如今这一点似乎比以往更加难以捉摸。在我看来，与年老的男性相比，年老的女性似乎更易得到朋友和邻居的照顾，或许男性天生更倾向于依靠自己，而不太擅长寻求外界支援。或许人们认为男性更能根据自己的需求发现性别歧视的征兆，即人们认为男性无所不能，因而被他人忽视，以至于衰老得更快；女性则被认为软弱无能，因而需要他人照料，这似乎被认为是女性唯一正确的衰老方式。不过细细想来，最终，女性在这种推测之中获取了更多好处。或许这并非事实，或许人们的推测恰恰与之相反，或许他们认为男性不知道如何在家庭生活方面照顾自己，而女性随着其年龄的增长，则愈发以家庭生活为中心，成为生活舞台的大师，因此即使无人照看也并无所谓。事实上，众多男性和女性均被遗忘，且以某种方式互相伤害。或许偶尔关注一下此类事件也并非坏事。

此刻，我很庆幸自己独身一人，被他人忽视，甚至是被忘却，不过我知道梅雷迪思没有忘记我，而且我也并非身处老年人之列，我才五十来岁，倘若将人生比作十二个月的话，那我如今恰恰处在九月，或者倘若我们相信对人类寿命的预测的话，那我甚至正处在七月初。想到自己或许还可以活半辈子，我备感欣慰，或许我还有五十年的时间来纠正我以往犯下的严重过错，尤其是我与女性之间的关系，不仅仅是苏珊、梅雷迪思和我的母亲，还有法迪娅，这个让我倍感挫败的女人，我不仅让她失望，更是不顾当时的复杂情形而犯下错误。即使不能完全更改过错，但我知道，我或许能够做得更好。

坐在休斯敦大街的公寓里，茫然不知，我不知道自己究竟还能这样自由来去多久。我常常会想自己是否已经跨过了生活的界线，当下的这一幕是否是我——一个历史学家，一个学者，一个对近代历史档案中他人故事的研究者——自作自受的炼狱。我过往的种种失败，按照某个观众的预期被一一记录下来，而我对于此人的个性、身份、目的以及掌握的信息却只能妄加猜测。

在十一月的最后一个星期五下午，我待在温暖的客厅里，看着窗外的那片草坪和花园，这一年来，我几乎未曾仔细打理过，我暗下决心，在来年四五月份冰雪融化的时候雇一名园艺工人重新整顿我的花园，使之无需定期打理，也无需时常浇水，即使没有我的细心呵护，也仍旧能一年四季欣欣向荣。夜幕逐渐降临，窗外的花园消失在夜色中，窗户上，我自己的倒影越来越清晰，我打开灯，阅读着前同事蒂莫西·加顿·阿什的自传《档案》和西蒙·门纳的《绝对机密》，看着书中那些人们生活在他人监视之下的画面，一股寒意顿时袭上心头。在《绝对机密》这本书的末尾是一连串照片，照片上，斯塔西通讯监控部门的头目身穿灰色西装，双膝下跪，肩膀上架着一把刀，手中拿着一个红色电话听筒。这是监视他人的成就所在，是间谍不可告人的荣誉。监视我的人会被授予如此荣誉吗？

无精打采的我打开了电视，试图抛开一切繁杂思绪，让心情沉淀下来。然而，这似乎丝毫不起作用，我没有被电视节目吸引，反而不停回想着这一周来所发生的所有事，我试图将自己屈就于他人监视的这一事实（天啊，有一双眼睛无时无刻不在盯着我！）与监视者的目的（为何会有人如此密切关注我？）及其主动让我知晓被监视事实的这一行为（究竟是谁想让我知道自己生活在监视之中，他又为何如此呢？）分离开来。

我几乎已全然接受了受人监视这一事实，如今我明白，无论我做过什么，也无论我去过哪里，只要留下任何追踪线索（面部识别软件、财务追踪，甚至是我的捷运卡，更别提我的网上活动和通信记录了），便会有人暗自收集这些数据，即使他们并非会对其仔细分析，以观察我的行为模式，或寻找证明我可能会对国家安全构成威胁的蛛丝马迹，这真是荒谬至极。我拿起座机的听筒，对着电话拨号音或是某个可能正在监听的人一遍遍强调："我没有做错任何事，我是一个无辜无罪的公民，我只是一个在这世界上其中一座顶尖城市的名牌大学任教的历史教授而已，我没有什么不可告人的秘密，政府究竟为何会密切关注我的生活习惯、通讯活动以及财务交易呢？不久前，我的一个学生对我说只有罪犯才需要隐私，只有罪犯才要求自己的通讯隐私不被泄露，我不是罪犯，但我也需要隐私。我需要不受人侵扰的权利，需要被忘却的权利，需要自由生活的权利。"

我知道这一切与我在牛津的经历有关，这一点我心知肚明，除此之外，我在网上阅读过的某则新闻，或是不经意在邮件上写下的某些字眼，抑或是我过去十年间在电话里说过的某句话可能也牵涉其中。在接下来的两天里，虽然之后的事态仍旧无法预知，但事情会逐渐明朗，这一切背后的缘由会慢慢浮出水面，如同现在的我所知晓的那样，或是我认为自己所知晓的那样。然而那时，在十一月的最后一个星期五那天，我完全无法分析或猜测究竟谁会希望我知晓自己生活在监控之中的事实，也无法想象此人为何会冒险对我发出警示。

我首先想到的是，这一定与我认识的某个人有直接关联，譬如斯蒂芬·杨，他知道如何获取我的记录，且以身犯险，警示我隐私被暴露人前的可怕事实，犹如他了解这一切会对我造成伤害。不，这样说并不准确。应该说，犹如他知晓我对隐私独有的偏执，这种偏执扎根于我的童年生活，与我的父亲息息相关。我在想，难道这就是塞巴斯蒂安医生所说的创伤吗？

不过我很爱我的父亲，他的隐私意识与我完全不同，或许因为他从小在农场长大，生活穷困，在七个子女中处于中等年纪大小的他不得不与两名哥哥共睡一床，因此他一定在很小的时候便已习惯了毫无隐私的生活。我则从小拥有单独的卧室和床铺，不过严格意义上来说，这并非是属于我的，我们家有一间我习惯使用的浴室（我们家一共有四个浴室），无论是洗澡、刷牙、上厕所，或是在青年时期手淫，我总是会选择它。我父亲童年时期并未享受过这等隐私生活，他的身体被兄弟姐妹一览无余，在父亲年仅几岁时，家中没有浴室，只有一间屋外厕所，后来才有了室内管道，随之而来的是激烈的争抢，这意味着一个人独自占用厕所的情况实属罕见。

我和父亲在隐私观念上存在差异，因而在我童年时期，父亲时常会不敲门便直接进入浴室，即使门是关着的，即使我当时正在上厕所，他也会毫不顾忌地推门进入，且他最初从未意识到这一举动令人难以接受，也未意识到这于我而言是一种苦恼，直至后来，只要我进入浴室便一定会将门反锁。说也奇怪，父亲非但没有对此表示理解（他不理解我担忧自己在上厕所这种最私密的时刻被人打扰的心情），反而心生恼怒，要求我停止锁门的行为，因为他坚称“我们家中不能有任何秘密”。在那之后，母亲开始介入，缓和我与父亲之间的紧张气氛，几经商量，父亲最终勉强妥协，获得反锁权利的我心满意足，无需担心在自己最无防备之时，有人突然闯入打扰我。当然，这其中一个很重要的因素便是对于身体的羞耻，我不愿父母看到一丝不挂的自己，母亲似乎对此深表理解，但对于我父亲而言，这几乎不可思议。我猜测，他或许在快成年之前，一直在自己的父亲和兄弟面前洗澡，他并不认为在家人面前赤身裸体是什么羞耻之事。父亲的这种行为对我的心理造成了长远的影响，我不说这一心理后果是永恒的，但至少是长期的，因而只要我使用公共厕所，便一定会再三确认隔板门可以安全反锁。这一点在我到访朋友家中时也不例外，在朋友家中做客时，我总是担忧厕所门是否可以反锁，倘若其家中的卫生间没有门锁，我通常会努力确保他人知晓我将要使用卫生间的行为，倘若当我正在没有上锁的卫生间内上厕所，却突然听到门外的响动时，我便会大声咳嗽或清喉，以让门外经过的人知晓卫生间里有人。一个更加适应环境的人根本不会有所芥蒂，因为每个人在卫生间里都是做着同样的事，只是习惯和方式不同罢了，但我对于这种隐私的偏执根植于自身的羞愧。我的父亲对自己的身体没有丝毫羞耻感，也没有任何隐私观念（至少在家中是如此），而我母亲则是一位极其注重隐私的女性，直到青少年时期，我才第一次看到母亲赤裸的背部，那时我们一家三口正在佛罗里达度假，在那之前，我甚至从未见过她穿泳衣的样子，因此我惊讶于看到母亲的畏畏缩缩，仿佛暴露身体令她痛苦不堪，哪怕只是少量的肌肤显露人前。

这个对我发出警示的人有没有可能了解我在隐私方面的偏执呢？倘若果真如此，那么此人一定对我了如指掌，他（她）观察过我的言行，或者参与过我在东德以“监控”为主题的演讲，我的专业领域大概是我最赤裸的地方吧。倘若某人选择毕生研究某国的管制历史，那证明此人对监控及隐私的执迷一定趋于疯狂。后来我猛然想到怎会有人单凭查看我的学术记录而注意到我对隐私的执迷呢？任何人均可在网上查看这些记录，大量网页上记录着我所参与并发言的会议，无数图书馆中陈列着我的书籍，与其他众多书籍的主题相互对照，这些书不仅仅以多种形式及内容描述“监视”，更不仅仅限于东德，换句话说，或许我不仅被视为研究管制的偏执狂，更被视为是此领域出类拔萃的专家之一，但这并不是我精神世界的中心所在。我不认为自己是研究历史管制领域的专家，我只是一个研究20世纪欧洲历史的学者而已，更确切地说，我不过是一名政治理论家，甚至是一名哲学家罢了。我坐在公寓客厅的沙发上，十一月的傍晚寒冷无比，我不得不承认，倘若某人想突出政府监管，那么从某种意义上说，我将被列入最有价值之列，或许是接触价值，或许是目标对象价值，抑或是杀鸡儆猴的价值，这取决于政府监管的推动力何在。

我做好晚餐，给自己倒了一杯红酒，头脑里思绪万千。正在我边看新闻边吃饭之时，沙砾车道上突然传来一阵脚步声，某人正快步向我的房屋走来，不一会儿，门铃响了。我将手中的叉子放到托盘上，并将托盘放到靠近沙发的地板上，随后便起身从客厅朝前厅走去。我拉开大门旁那扇窗户上的窗帘，向门廊方向望去，一名年轻男子心神不安地站在门外，是迈克尔·拉姆齐，仍旧是一身黑色衣服，脸颊消瘦无比。

我打开前门，我和迈克尔·拉姆齐中间仍旧隔着一道纱门，虽然只是一层脆弱的铝网，但我知道这很安全，因为我总是在出门后将其锁上，且我在回家后也一直没有进出过前门。拉姆齐假装吃惊地看着我，然而，在短短一周内连续碰见三次绝非巧合，尤其是在纽约，我很清楚，无论他接下来怎么说，他绝非无缘无故出现在我家门前，正如他上个星期六出现在咖啡天堂，以及昨天再次出现在梅雷迪思和彼得家一样。

我并非有意出言不逊，事实上，在父母孜孜不倦的教诲下，我发现自己除了只会说“嘿，今天怎么样啊？”以外，难以与任何人交流，甚至是与商店内的销售员或收银员交流都有些困难。但一周内连续三次与拉姆齐见面，且看着他站在这个我一度认为是自己逃离之所的大门前，我始终保持的礼貌在一瞬间崩塌，粗鲁的言语脱口而出：“你他妈的到底想怎么样？”

“嗨，这……你是梅雷迪思的爸爸，真是巧合啊。”

我没有回答，而是扬起左边的眉毛，上扬程度比右边眉毛更夸张。

“我……这个……我……我住在路边的那栋房子里。”

“然后呢？”

“我的房子停电了。”

“是吗？”

“我没有车，我透过树看到了你这边亮着灯，我心想也许可以找你借个手电筒或一些蜡烛什么的。哪怕就是一个发条收音机也可以。”

“不行。”

“不行的意思是你没有这些东西，还是说你不愿意借给我？”

“我没有这些东西，即使我有蜡烛，也不会借给别人，因为它们自有用处，收音机里的电池和手电筒也是一样，只是使用规则不同。像是借到鸡蛋或一罐糖一样，借到蜡烛的人知道他会归还这些东西，和借给他东西的人之间形成一种互惠共识，或许这个借出东西的人在下次发现没有蜡烛、鸡蛋、糖或者黄油时会找到当初借东西的人，以作偿还。”

拉姆齐看上去一脸困窘。

“所以你没有闲置的手电筒是吗？我屋里真的很黑，这些树真的吓死我了。”

“你在一片漆黑中还是走过来了，不是吗？我相信你会没事的。你可以回去倒头大睡。”

“别这样，教授，你一定有闲置的手电筒。我从城里过来，刚到这里，因为我想周末一个人静一静，你懂吗？我的朋友们邀请我到这里来，但是，我也不知道，也许他们没有交电费什么的，我到了这里才发现房间里没有电，也没有暖气，而且今天晚上真他妈冷，我花了好几个小时到处查看，想找出问题所在。他们说莱茵贝克镇这里的温度跟城市里一样，狗屁，这里比城里冷多了，你难道没有发现吗？曼哈顿总是比周边地区更暖和，我猜是由于热岛效应还是什么的影响吧，城里的汽车、地铁，还有那些钢筋混凝土的大厦制造了差不多十倍的热量。你可能觉得气象观测组织会考虑这些，但我发誓他们绝对不会。那些在各处楼顶上的监测站得到的数据根本与实际温度大不相同。妈的，这里真冷。我可以进来暖和一下身子再回去吗？”

“你回去只有十分钟路程，你在路上会暖和起来的。”

“你真是不太热情啊。”

“也许我本来就不是一个非常热情的人。”

“别这样，我不这么认为，你只是……我不知道……”

“我怎么样？你了解我吗？你甚至都不认识我。”

“我觉得也许你有一点被害妄想症，教授。”

“也许吧，也许你应该回你朋友的房子里去了。”

“他们也是你的邻居。”

“我不认识他们，也从来没有见过他们，我不认为我有义务帮助他们的客人。”

“但我是你女儿的朋友啊。”

“我不这么觉得，拉姆齐先生，我认为你是彼得的朋友，而且我不觉得你和彼得的关系很亲密，在我看来，你只是某个八竿子打不着的马屁精而已，你之所以出现在他们的生活中是因为你意识到我的女儿和女婿有利用价值。”

“你这话说得太难听了。拜托了，让我进去暖暖身子吧，就几分钟，可以吗？那个屋子里真他妈的特别冷，如果我不能找到恢复天然气和电力的办法，那我就要度过一个寒冷的夜晚了。”

“现在坐火车回城还不算太晚。这样吧，我帮你叫辆车。”

“我不会轻易放弃的，我会争取到底，只要我可以暖和一下。”

即使是隔着一层纱门，我也能明显看到他浑身发抖，或许他演技超群，抑或是他的确很冷，无论事实如何，我内心善良的一面占了上风，我打开纱门，站到一边，让迈克尔·拉姆齐进了屋。如今回想起来，或许我当时已经有了眉目，只是想看看接下来事态会如何发展，倘若别无其他，我希望可以从拉姆齐身上找到答案，或许他会揭露自己在这场闹剧中的身份。

“谢谢你，我真的非常感激。”拉姆齐战栗着说道。我关掉前门并从里面反锁，如此一来，拉姆齐便不能畅通无阻地离开这里，我似乎想让他明白自己是客人，也是人质。“我的手机没电了，我能用下你的电话吗？我想打电话问问我的朋友们到底是怎么回事。我不知道他们到底在没在家，但他们说过今晚会待在城里，明天早上再回到这里来找我，不过如果可以避免的话，我宁愿不要在那个寒冷的屋子里过夜。一定是出了什么小问题，譬如说需要敲一下某个开关或断电器什么的，我也不知道，或许这里之前有一场狂风暴雨，然后就断电了，你来的时候，屋子里的电力没有出现问题吗？你是昨天晚上来的还是今天早上来的？”

“我今天来的，今天早上。我来的时候没什么问题，屋子里很暖和，电灯也可以正常开关，你看，现在也是一切正常，所以我觉得这个地区的电力供应没有问题，也没有电压器爆炸。有问题的是你朋友自己的房子，他们叫什么名字啊？”

“菲尔和萨拉·阿普尔盖特。”

这听起来不太可信，但我仍旧点了点头。

“他们几年前买下这栋房子，然后全部重新翻修了一遍。萨拉喜欢原始设计，所以这栋房子的风格就像，怎么说呢，像是殖民地时期的风格，走进房子就好像回到了18世纪似的，屋内的一切设计都很简单，但是真他妈冷啊！”

“也许他们没有安装电力，也许他们只用煤油灯和蜡烛，并且用柴火炉供暖。这里有人喜欢这样做，你可能会惊讶于这类人的数量。他们不想生活在四通八达的网络生活中。他们挖井，砍柴，过着牧民的生活。我想如果是我的话，会累死的。”

“绝对的，哇，你能想象那种生活吗？为了保持暖和，不得不一直忙来忙去。”

“那样生活更简单，很有禅意呀什么的。”

“你真搞笑，教授。”

“我说了什么让你觉得搞笑的话吗？”

“你说了‘很有禅意呀什么的’，我喜欢你的幽默，非常有讽刺意味，我以前从未注意到你这一点。不过我到底可不可以用你的电话啊？”

“用吧。”我转头对着客厅角落里的电话，示意拉姆齐自己上前使用，然后他大步朝着电话的方向走去，我注意到他仍旧是那身标志性的打扮，浑身上下只有灰色和黑色，衣物材质始终是羊绒、棉布和皮革，似乎他已将某些城外人对曼哈顿式时髦的局限看法内化于身，美国中西部人们对纽约客穿着所抱有的想象仿佛对他产生了极大影响。拉姆齐优雅地拿起电话拨打号码。他骨瘦如柴，我再次觉得他瘦得不健康，看上去像是瘾君子或厌食症患者。

“我对他们的电话号码烂熟于心。”拉姆齐转头对我说道。

“记得很清楚吗？像照片那样，过目不忘，永远储存？”

“非常清楚。尤其是电话号码、地址和一些杂七杂八的东西。嗨，萨拉，我是迈克尔……”

拉姆齐对电话中的萨拉说屋内又黑又冷，且电力和供暖系统也无法运作，还解释自己是从我屋内打的电话，我漫不经心地听着他们的对话。虽然只有短短的几句对话，但显而易见，萨拉和菲尔（我后来确认了这的确是我邻居的名字）对电力失常的原因不得而知，且希望迈克尔可以待到星期六，等着某人上门检查，或许他们得好好想想周末到底回不回来，这足以证明要么阿普尔盖特人品不好，要么他们和迈克尔的关系没有迈克尔所描述的那般亲近（我依旧没能弄清真相）。最后拉姆齐挂掉了电话，并转过身来，此时，我正站在客厅羊毛地毯的边上，脚尖刚好碰到地毯边上的流苏，一只手搭在座椅靠背上，另一只手则在裤兜里仔细搜寻，我在思考如何处理这一问题，可还是一片茫然。

“我想我这下是完蛋了。你确定你没有蜡烛或手电筒吗？我明天早上就还回来。或者明天我可以买更多蜡烛来还给你……”

倘若这是在演戏，那他真是一个令人信服的骗子。他垂头丧气，似乎寂寥凄凉，因为可能将独自待在漆黑寒冷的房子里而倍感苦恼。假设有一天我不得不在宾夕法尼亚车站的正中央大小便，四周的陌生人来来往往，他们滚动的行李箱不停碰撞着我赤裸的臀部和小腿，一边看着我清理自己的秽物，一边偷偷窃笑，那我必定毛骨悚然，而他此时的恐惧程度不亚于此。

“我看看能不能在厨房里找到什么有用的东西，我好像没有蜡烛，不过也许我有闲置的手电筒。”

“谢谢，什么都可以，即使是一个小手电筒什么的也可以。”

当我准备转身离开客厅时，突然意识到自己不愿让迈克尔·拉姆齐在无人看管之下独自待在屋内，我想，这就好比是多年前在牛津，斯蒂芬·杨不愿将我单独留在房内一样吧。

“你也一起过来吧，我可以给你泡杯茶。”

“哦，不，没关系，不用，真的。我不想给你添麻烦。”

“不麻烦，过来吧，我煮一壶。”

我站在客厅和通向厨房大厅的门廊间，明确表露出要和拉姆齐一同前往的意向。拉姆齐慢吞吞地走过地毯流苏，差点被绊倒，我想让他抬起脚，动作敏捷一点，但我什么都没有说，只是冲着他笑了笑，我站到一边，好让他先走进厨房。此时我想过一把将他推入楼下的地下室内，地下室就近在眼前，且房门敞开着，里面一片漆黑，倘若我果真将他推下楼梯（我想这并不困难，因为他实在太过瘦弱），他几乎会当场毙命。然而，我抛开这个念头，随他一起进入了厨房，厨房的灯依旧亮着，我的晚餐还在客厅的托盘里，电视画面无声地播放着。

迈克尔站在厨房中央，厨房里摆放着电炉和一瓶敞开的红酒，橱柜上放满了餐盘和玻璃杯，我忘记关上的碗柜抽屉里盛放着一套陈旧的镀银餐具，那是我在哈德逊的一次标价出售活动上购买的。

“味道真香，这是你自己做的吗？”

“你吃过饭了吗？”那一瞬间，突然有一股力量推动我假装出热情好客的样子。粗鲁行为是有极限的。有时虚伪的好客甚至比粗鲁更加危险，读过童话故事的人对此一定不陌生——丛林中突然房门大开，食物里，盛的陌生小屋里，一名老太太微笑地坐在摆放着丰盛美食的桌边，邀请你到炉边的椅子坐下；白发苍苍的老爷爷给你倒上一杯格罗格酒，开始讲述自己的故事。这些人想要夺走的如果不是不朽的灵魂，那至少是你的生命，因为他们也许是伪装的恶魔，是隐藏在人形之下的撒但，是戴着假发的女巫。

“没有吃，不过说真的，你真热情……”

“我并不是在邀请你一起吃饭。”

“啊，对不起，我以为……”

“跟你开玩笑的，你吃过饭了吗？”

“没吃，不过就像我刚才说的……”

“没关系，我做了很多。你的屋子里没有电，也没有暖气，你自己刚才也说了，今晚天气寒冷。你又没有车，况且你认识我女儿和女婿，所以你自己也说了，我应该对你热情一点。”说罢，我从橱柜里拿出一个餐盘，盛上一盘意大利面，一堆沙拉和一片蒜蓉面包，接着倒了一杯红酒，我冲着拉姆齐先生笑了笑，希望他能从我的微笑中领略到我其实并不愿这么做，只是我认为这是唯一仁爱高尚的行为，或者说这是除了邀请他在此过夜以外，我可以选择的最人性化的行为，我可不打算邀请他过夜。我将餐盘放到托盘上递给拉姆齐，顺手拿上红酒后便带着他回到了客厅，我在沙发上坐下，并示意拉姆齐坐到靠背木椅上，这些木椅也是我在哈德逊的那场标价出售活动上购买的，当时一对年轻的同性恋人想从那个贫困的乡村搬到一个以古董和手工奶酪闻名的地方，于是我买下了家中的这套餐具和这些木椅。

“看起来很美味，谢谢你。”拉姆齐说道。我第一次感觉到他有点焦虑不安，或者正再三思考能否接受我提供的食物，以及他吃下食物后的风险，不过他一定意识到我根本没有任何机会给食物下毒，除非我早有预谋。我拿起自己的餐盘，此时盘中剩余的意大利面早已变凉，我将意面蘸上番茄酱后便一口吃进了嘴里，看见我吞下食物后，拉姆齐也跟着吃了一口，并尝了尝红酒，拉姆齐细嚼慢咽着蒜蓉面包，那一瞬间，他的脸上露出既疲惫又解脱的表情。我们埋头吃着各自盘中的食物，沉默不语，此时的拉姆齐先生似乎变得比之前更瘦弱、更年轻了，他看上去就像一个小孩子那般脆弱，因而虽然已是年过三旬（这是我猜想的年纪），但此时此刻在我看来，他似乎只有十来岁。尽管他认识我的女儿女婿，且我们之前早有过两面之缘，我却依然震惊于自己竟会邀请这位娃娃脸的年轻访客坐在我的客厅里，享受着我的食物，侵入我的隐私之地。拉姆齐曾提到说透过我们两所房屋之间半英里长的林地看到我家亮着灯，这意味着他在发现房内电力设施和供暖设施故障后便一直在找寻解决方法，或者他也许根本不需要什么解决方法，他早就知道我会来这里。这时，我猛然想到，或许他根本没有和我的邻居待在一起，而是直接从城镇坐出租车来到这里，也许他在距此半英里外的地方下了车，如此一来，我便不会看到车灯，之后他顶着严寒，在黑暗中一路走到我家门前，编造了和我邻居待在一起的谎言，而事实上，这就好比我告诉他我曾和一位埃及艳后享鱼水之欢那般荒谬。

“彼得跟我说你在英格兰生活过一段时间。”

“没错，我在那里生活了十多年。”

“那你为什么要回来呢？”

“因为我的女儿在这里。而且纽约大学提供了一份我无法拒绝的工作。”

“薪酬更多吗？”

“多得多，而且工作量比之前更少。”

“不错。”他以他那一代人的口吻回答着，拉长词语发音，听上去令人不快，甚至不免让人以为对方道德不良，仿佛纽约大学热衷于给我提供工作岗位，而我则妥协于接受它。“但牛津大学比纽约大学更好，不是吗？”

“这种事很难量化。如果更好意味着建校更早且更讲究，那么牛津大学确实更好，但就像我所说的，我们很难去评断抽象的优质性。你和彼得都在哈佛大学读书，是吗？”

“是的，我在哈佛大学待过一阵。”

“在那之前呢？”

拉姆齐顿了顿：“呃，哥伦比亚大学。”他提高音量回答道。

“哥伦比亚大学也很不错。”

“确实，确实是。不过我在那里过得并不怎么愉快。”

“有时我们最终会停靠在不属于我们的地方，要自我救赎并非易事。”

“你这是经验之谈吗？”

“也许是，也许不是。”

“大多数美国人会说‘也许吧’，我觉得‘或许’这个词很英式。”

我没有作答，面带微笑地看着他吃完最后一口晚餐，这本是我为自己准备的，为了免于在周末两次下厨，我做了很多，以保证自己明晚伙食充足，不过或许在和母亲吃完午餐之后，我会觉得加热后的意大利面难以下咽。我迫使自己认为迈克尔·拉姆齐吃掉剩余一半的食物是解决了我的烦恼。他狼吞虎咽，却心不在焉，仿佛这一行为只是机械性地重复，而非出于内心渴求，只是为了维持生计，而对口味或味道毫不在意，他并没有对我准备的食物乐在其中。此时，我的内心开始产生怨愤，不仅是对拉姆齐不合理的要求，也是对我自己渴望帮助在寒夜漂泊的拉姆齐的愚蠢想法，对希望自己有利用价值的迫切要求，更甚者，对与拉姆齐成为朋友的强烈愿望。拉姆齐将叉子放到托盘上，抬头看向我，仿佛在期待着我率先打破沉默，但我仍旧面无表情地盯着他，一言不发。坐在木椅上的拉姆齐不自在地扭动着身体。

“我想我该走了。”

“现在还不是很晚，你可以慢慢走回去。”虽然时间还比较早，但我急于摆脱拉姆齐，于是我站起身来朝门口走去。

“你真的没有手电筒吗？”

“我忘记了，我去厨房看看吧。”就在我转身离开之时却猛然想到这是不明智之举，我不能对他报以信任，一分钟都不行，于是我停住脚步，并转回身来，低头看着房间对面的拉姆齐，说道：“你来帮我找找吧。”

我再次站到一边，等待拉姆齐走进厨房，他站在厨房中央，我必须尽量让他始终在我的视线范围之内。我打开放置工具箱的抽屉，里面放满了各式各样的螺丝刀和闲置的钉子以及其他一些家用杂物，在抽屉后面有一处被悬挂台面挡住光线的凹槽，我把抽屉从脚轮上弄倾斜过去，伸进手，一番寻找之后，我找到了两个手电筒，只是这两个手电筒的光线均忽明忽暗，应该走不出几步便会彻底熄灭，更别说是撑过半英里的路程了，即使它们在途中没有熄灭，拉姆齐也不足以靠此照明，倘若他所说的一切都是事实，那么他仍旧不得不独自待在一片漆黑的房子里。我试图在橱柜中寻找电池，但一无所获。我楼上的卧室中有一盏煤油灯，那是我为停电准备的，我不会将它借给一个陌生人。我没有买蜡烛，因而我对拉姆齐摇了摇头，抱歉地对他说他只有将就用一下这两个手电筒，并建议他晚上早点睡觉。

“谢谢，这已经是帮了我大忙了。明天我给你拿回来。”

“要是电力恢复了，就拿过来吧，如果没恢复，你就接着用。”

我打开门，一股寒流扑面而来，愧疚之意不禁涌上心头。假如梅雷迪思陷入同样的窘境，并出现在迈克尔·拉姆齐父亲家门前（如果这个人存在的话）寻求帮助，我难道不希望她得到比拉姆齐更好的对待吗？

“我开车送你回去吧，”我主动要求说，“或许我能帮忙看看保险丝盒有没有出什么问题。”

“不用，不用，不用，我不想再给你添麻烦了。我没事的。”

“为什么不让我送你？难道你其实没有住在那所房子里吗？”

“我不明白……”

“如果你不想让我去，那我推测这意味着你事实上并不住在我邻居家中，那只是你为了进我家门而编造的故事罢了，因为我不觉得你会那么周到地关心自己是否打扰到我，或是否再给我增添麻烦。”

迈克尔·拉姆齐冷笑着回答道：“我确实住在那里，钥匙都在我这里，看到了吗？”说着，拉姆齐从口袋里掏出一串钥匙，但这并不一定是我邻居家房屋的钥匙。

“我很好奇这些钥匙能否打开我邻居家的房门，我跟你一起去看看。”

我从门厅的挂钩上取下外套，并要求拉姆齐在门廊等我一会儿。我锁上门，试图寻找电话，但没有找到，于是我放弃了寻找，直接从车库走了出去。

“什么啊，原来你开的车不是老式奔驰啊？”拉姆齐一边打开副驾驶门一边问道。

路上空无一人，且漆黑一片，路面闪烁着冰晶，车灯照亮了道路两边光秃秃的树干，我知道，四下荒无人烟，没人在观察我们的行进。我在想假如我可以将迈克尔·拉姆齐带到一个偏僻的地方，然后杀人灭口，应该也不会有任何人察觉。不过我不是杀人犯，也永远不可能成为杀人犯。此时此刻，想要除掉拉姆齐的想法在我脑海中挥之不去，这并非第一次，这个想法就像是红白相间的塑料钓鱼浮标一样上下摆动，倘若有鱼轻轻咬住鱼饵，浮标便会浸入表面平静的湖水下。轻咬鱼饵。我在心里暗想，不如让迈克尔·拉姆齐咬住我抛出的鱼饵，看看接下来究竟会如何，试探试探我自己的本事。

“你到底想从我这里得到什么？”我开口问道。

随后，我们俩相对无言，一路上只听到轮胎在沥青路面滚动发出的摩擦声和一小片薄冰在沉重车身之下的碎裂声。我之所以问出这一问题是因为我坚信迈克尔·拉姆齐在过去一周里三番五次的出现并非偶然，这一切是有原因的，且这一定与我此前收到的那三个快递箱以及我在牛津的生活有所关联，虽然我没有任何实质性证据，这一切纯属个人猜想，但我对此深信不疑。

“我不知道你在说什么，你自己主动要求去看看保险丝盒，如果你不想去，那我可以马上下车，自己走回去。我不想从你这里得到任何东西，我的老天爷。”

车子里灯光昏暗，我看不清拉姆齐脸上的表情，但他的声音中明显流露出一丝恐慌，这在我与他此前的所有对话中从未发生过，无论是在感恩节那天早上，还是在上周星期六下午的初次相遇，我心想，或许我们一周三次的见面纯粹只是巧合，也许迈克尔·拉姆齐与我的生活并无关联，也就是说那三个装满电话号码和网址的快递箱是出自其他人之手，且此人必定与斯蒂芬·杨存在瓜葛。我想起拉姆齐曾在我们初次见面时称自己是“公司的托儿”。

“你是做什么的？你的工作是什么？”

“啊？我不……”

“我想知道你靠什么维持生活。你知道我的工作，但我不知道你的职业，不知道你早上起床的动力是什么。你穿着体面，你的生活圈里有我的女儿和女婿，坦白讲，他们都是上流社会中有头有脸的人物，所以我想知道你到底是做什么的。”

拉姆齐没有直接回答，而是沉默了一会儿，仿佛在思考答案。

“我想我……怎么说呢，算是档案管理员吧。”

“你看上去不像是档案管理员，你和我见过的那些档案管理员不一样。”

“我是公司档案管理员，我是在公司体制下工作。我负责管理公司的档案和文件，因此你也可以说我是IT专家，但我觉得自己是档案管理员，或是资料保管员。”

“我以为这些系统如今都是数字化运作了。”

这时，车子到达了我邻居的房屋门前，我感觉到迈克尔·拉姆齐在副驾驶座上动了动身体。我们静静地坐在车内，抬头看着黑色车窗，我在想他是否准备做出什么出乎意料的举动，或许他真的没有住在这里，而我即将葬送自己的性命。

“大多数时候是数字化管理，只要不是上级禁止查阅的文件，我都可以随时随地进入公司档案，为任何人查找。虽然这些文件和档案都有防火墙加密，但始终有个别丢失的情况，如果我们丢失了一份文件或是一本册子，后果可比你们大学的图书馆将《战争与和平》放错书架要严重得多。一旦所有文件数字化，那就很容易被追踪。我可以知晓哪个员工在什么时间查阅了什么文件，甚至是具体翻看了哪一页以及查阅时长。想象一下，如果你也能对你的学生这样做，如果你能记录正在阅读的人，还可以知晓他们的阅读时长的话……我也不知道怎么说，你是研究什么的？”

“我研究的是20世纪的德国历史。”

“那你想象一下你安排学生们阅读安娜·芬德的《斯塔西：柏林墙背后的故事》，”拉姆齐脱口而出，我想他一定看过我的教学大纲，“而且你要求他们在线阅读此书的电子版，你掌握了一种科技，不仅可以知晓他们有没有完成阅读，还可以知道每个人的阅读时间，以及他们是否有在文本中做笔记，甚至还可以看到他们具体做了什么笔记，假如这是全班同学的一次社交阅读经历的话，你还可以了解到他们是否有花时间看其他同学的笔记与评论，以及是否有在课前针对这次阅读展开讨论。”

“那你需要很多人来记录所有这些数字标记，谁可以控制如此多数据啊？”

“比你想象中简单。”

“说实话，这真是让我直冒冷汗。隐私是我们的底线，尤其是阅读的隐私。当我坐下来读书时，我不希望别人知道我花多久读完了一页，我在书上写了什么东西，以及我是否太过迅速地浏览完了一段，以至于我不能准确回想其内容。你所想象的世界是一个连思想都是公共记录的世界，这太荒谬了。”拉姆齐听后张大了嘴，仿佛对我的回答惊讶无比，或是心生恼怒。“怎么，你以为我只是一个上了年纪，思想守旧的教授吗？一个生来认为隐私依旧存在的藏书家？”

“你真是惹人喜爱啊。”

“我也从来不想从我学生身上掌握这些信息。我宁愿信任他们，然后被辜负，也绝对不会以这种方式监督他们。保持这样的密切监视与大学环境背道而驰，我宁愿相信真相。换句话说，我宁愿相信我的学生会诚挚地看待真相的价值，他们会以诚示人，不仅是对我，也对他们自己以及彼此，甚至是整个世界。对你来说，这听起来一定荒诞可笑。”

“真相也许很美，但它缺乏了谎言的艺术性。”

拉姆齐打开车门，我下车跟着他一路走到邻居的门廊前，我踌躇不前，似乎在等待着他转身掏出一把枪对准我，或是直接将我敲晕。我看着他掏出那串此前在我家展示过的钥匙，找到其中一把，笨拙地伸向前，钥匙掉落到地上，他俯身从门垫上捡起来，他是偷偷换掉了什么吗？我很好奇。紧接着，拉姆齐将钥匙插进门锁内，转动钥匙，门开了，此时，拉姆齐转身冲我微笑，仿佛是在说：“你看吧，教授，虽然你始终抱有怀疑，但我真的住在这里，我没有编造艺术性的谎言。”不过钥匙能打开门锁并不足以证明拉姆齐果真就是我邻居的客人，他可以有很多途径获取这把钥匙，譬如他也许是懂得如何配制钥匙且技艺高超的窃贼，或者他说服本地的锁匠让其进屋，并帮他配一把备用钥匙，拉姆齐有能力劝说一位毫无疑心的陌生人允许其进屋，他可以坚称自己从城市来时确实带了钥匙，或许甚至声称我的邻居是他的伯父、伯母或是表兄妹，而在上下打量眼前这名年轻的纽约客后，这名也许对我邻居知之甚少的本地锁匠要么完全相信他所说的话，或者倘若他有所怀疑，则要么仍旧选择给拉姆齐配制一把新钥匙，因为他害怕被一个一袭黑衣且经验老套的曼哈顿区人纠缠不清，也许他担心眼前这名黑衣男子会小题大做，大声吵闹，甚至威胁锁匠称如果不如他所愿，则会打电话报警。拉姆齐走进屋内，打开我给他的破旧手电筒，紧随其后的我试着打开眼前的第一个电灯开关，心想着这一切也许是拉姆齐的阴谋诡计，甚至连电力失常都是一场谎言，但电灯并没有随之点亮，房间内除了微弱的手电筒光线外，仍旧漆黑一片。拉姆齐在门厅尽头停住了脚步。

“你觉得保险丝盒会在哪个位置呢？”

“要么是在厨房里，要么是在车库里。也许是地下室，在地下室的可能性更大。”

“我们先去厨房和车库看看吧。”他回答道，似乎害怕我会在伸手不见五指的地下室对他做出什么难以控制的举动。“你手机上没有照明灯吗？”

“我手机忘在家里了。你呢？”

“我说了我的手机没电了。”

他带着我进入厨房，在透光窗户照射进来的月光下，厨房里的橱柜和台面清晰可见，或者说至少在我记忆中是如此，或许那晚根本就没有月亮，而我之所以能看清周围的环境是因为手电筒发出的微弱光芒以及窗外投射而来的暗光。那是一个装修简洁的厨房，用石头和木材堆砌而成，与我的厨房大相径庭。

我拿起手电筒扫向四周，眯着眼仔细寻找，不过我始终不明白为何眯眼能使人看得更清楚，因为它似乎缩小了光场面积，也减少了眼睛本身的可见光量。我打开橱柜，开始寻找隐藏的保险丝盒。我记得一共有两种电箱，其中一种体积较大，且是灰色的塑料材质，箱体较新，大概安装于过去二十年间；另一种则比较老旧，金属表面，有我小时候所记得的巨大黑色开关，但在经历五分钟的搜寻后，我和拉姆齐发现保险丝盒并不在厨房。

“也许在车库。”拉姆齐打开厨房里的一扇门，几步之后便来到了车库。这是一个普普通通的车库，里面摆放着一些园艺工具，一台割草机，还有一辆布满灰尘的沃尔沃汽车，我想这辆车一定是这家屋主的。我和拉姆齐拿起手电筒照向四周的墙体，开始检查靠近厨房门的一排架子和橱柜。仍旧一无所获，在意识到接下来只有前往地下室这一事实后，虽仍旧沉默不语，但我们二人清楚，此刻必须放下心中的不安，一同进入地下室内，不过我脑海中不停想象着各种场景，我思考着倘若拉姆齐认为单独和我待在漆黑的地下室内便可将我击晕或捆绑起来，那我应如何有效应对并将其制服。我考虑了一切可行的计划，我认为这一切都是拉姆齐为了监禁我，甚至杀人灭口的阴谋，不过我想不出任何有逻辑的理由，我不明白为何事情竟会到如此境地，不明白为何迈克尔·拉姆齐会对我怀恨在心。

“我们以前认识吗？”

“你说什么？我……你是什么意思？”拉姆齐站在回到厨房的楼梯上，转过身来，手中的手电筒指向我的上半身。光线恰好照在我的薄弱之点，正中目标。我从微弱的光线中移开，我看不见拉姆齐的脸，但我能感觉到他语气里的惊讶。

“上周星期六在咖啡店见面之前，我们还曾见过面吗？”

“为什么现在问我这个问题，杰里米？”这是我第一次听到拉姆齐以名称呼我，他的语气中透露着一种似曾相识的感觉，这比自我们在咖啡馆遇见后所发生的那一切更让我不安。他脱口而出“杰里米”，仿佛他曾这样称呼过我，或者说仿佛他对我的生活了如指掌，对我的过往点滴知之甚多，以至于继续称呼我为“奥基夫教授”会是一种深深的欺骗行为，而即便是如此坦白称自己是谎言艺术家，并将谎言视为一种艺术的拉姆齐也无法继续以同样的方式对我欺瞒，或者他也许对我的困惑和警戒深表同情。

“回答我的问题。”

“那我先问你另外一个问题。为什么你记不住我？你有毛病吗？你提早得了老年痴呆或者阿兹海默症吗？还是说你贵人多忘事？你是一个对进入过你生活里的人漠不关心的混蛋吗？”

“我不认识你，但你现在说话的语气听上去好像我认识你。或许我们之前见过，一个人一生会遇见很多人，如果对方没有什么值得深刻记忆的地方，那忘记这些相遇也是有可能的，但我确实不认识你，拉姆齐先生。”

“我们还是抓紧看看地下室吧。我的手电筒快要没电了。”

拉姆齐走回厨房，虽然内心惶惶不安，但我仍旧紧跟他的脚步，我觉得在他清楚交代一切之前，我不能轻易放弃。拉姆齐的手电筒光在黑暗中闪烁着，我跟着他沿着走廊走到一扇门前，他打开门，进入地下室，我也紧随其后。这间地下室的地板上铺着地毯，四周是 20 世纪 70 年代时期的仿木墙板，地下室内有一个摆放着熔炉和热水加热器的杂物间，另外一间房内则摆放着洗衣机和烘干机，房内还有卫生间，里面有一套淋浴设备和一张破旧不堪的本世纪中叶时期的流行沙发。我们在熔炉和热水器间四处寻找，最后终于在地下室角落的墙壁上找到了一个灰色塑料盒，当我打开时，立马看到主要电路开关断开了，我将电路开关重新连接上，开关发出啪嗒声，杂物间内开始隆隆作响，热水器传来一阵嘶嘶声，楼上厨房内的冰箱重新恢复电力，然而房间内的灯却依然未亮。

拉姆齐转身走向通往杂物间的房门，打开墙壁上的电灯开关，一盏灯恢复了照明，自从约一个半小时前从我家出发后，这是我第一次清楚看见他的脸，他似乎不再是当晚站在我门廊前的拉姆齐，仿佛变成了另一个人。

他是我的学生！我心想，如同法迪娅是我在牛津大学的学生一样，迈克尔·拉姆齐是我在哥伦比亚大学的一名学生。我在那一刻之前竟对他毫无记忆，即使是之后拉姆齐坦言我曾是他的老师时，我竟也茫然不知，这着实不可思议。我无法回忆起他的相貌，对我们曾经的相遇也没有一丁点记忆，我无法想象他二十出头的模样，甚至想不起我在哥伦比亚大学教过的大多数学生的名字，那段记忆太过久远，而如今的我俨然已是另一番模样，我的大脑早已不如往昔，里面塞满了需要的记忆。于我而言，迈克尔·拉姆齐只是一个陌生人，他渴望将自己表现得是我的熟识，即使并非朋友，至少也是与我的生活有所关联的人。在拉姆齐曾经偶然进入我的课堂后，他似乎便加入了彼得的阵营，他从哥伦比亚大学转到哈佛大学，与彼得同是哈佛大学的毕业生，而我的女儿当时正是哈佛在校生。

我那时认为拉姆齐也许是一个心有不满的跟踪狂，一个监控我隐私生活的黑客，只因多年前不值一提的某天，我在课堂上对他说了几句难听的话。

我一边翻看着手中印满电话号码的纸张，一边抬头看向窗外这座灯火通明的都市，一天又结束了，四周大楼的灯光温暖了寒冷的黑夜，休斯敦大街上，来来往往的车辆川流不息，人行道上人潮涌动，这是一天中行人最多的时候，放学后的学生们赶着去约会或是去做兼职，我知道自己对于迈克尔·拉姆齐的成见何其荒谬。在莱茵贝克镇的那个周末，我的愚蠢想法简直是一出校园情景剧，一名被羞辱的学生对人到中年的教授实施报复，荒诞可笑。如今我明白了，那一切确实大错特错。

不过，究竟什么才是正确的呢？即使事到如今，我也仍旧无法完全确定。难道那些改变我原本生活的事件，那些愈发毁坏曾使我保持在神志清醒领域界线内的事件，比情景剧的荒诞更不切实际吗？难道妄想症（由事实或证据证明的妄想症与合理的谨慎一样不可思议吗？）比爱情、友情或是失去的浪漫证明更不符合社会现实主义吗？我明白，我自己的这段故事并不仅仅是关乎最终被证明无关紧要的妄想症状态。在我回忆过往时，那些愈来愈清晰的久远记忆却被我的疏忽大意再次推远，逐渐模糊。我意识到，我每一次分分合合的情感经历也许最终能证明我的清醒。

自不必说，法迪娅是关键一环。

当法迪娅来到牛津大学参加面试时，正是她高中或中学时期的毕业年，事实上，我清楚地记得她当时就读于一所法国的公立学校，因为她的学校位于巴黎，不知为何，法迪娅认为相对于法国的那些大学而言，牛津大学更优秀，对她更有帮助。虽然法迪娅说话时带有法国口音，但她的英语无可挑剔，从第一眼见到她时，我便觉得她是我所见过的最不同寻常的年轻女性之一。法迪娅留着一头乌黑的长发，有时用发卡盘起，有时则披散着长发，任由其垂于腰部，用彩色束发带固定住，如同路易斯·卡罗笔下巾帼的插画那般，仿佛所有佩戴此类彩色束发带的女生都是爱丽丝组织的成员，而敢于佩戴彩色束发带的男性则是在模仿早熟的金发儿童爱丽丝。在我初到英国时，男生佩戴彩色束发带并不多见，后来一名足球运动员掀起了这股跨越性别的浪潮。

法迪娅身材高大，线条优美，浑身散发出一股纯粹的自信，这种大胆的自信使得她对自己的失败熟视无睹，且对于那些她认为存在缺点的人焦躁易怒，即使对方是师长，或是其大学工作面试的教授，也无一例外。在我见到法迪娅的第一个早上便知晓，倘若她认为自己是正确的，那要说服她认识到自己的错误之处则必须独出心裁，当时我未曾意识到，这一点恰恰正是法迪娅性格中最迷人的地方之一。法迪娅的相貌并不出众，因为她长着一个尖尖的鹰钩鼻，黑色的双眼距离很近，她修长的身形看上去更像是一个柔术演员，而非绝世美女，她将自己装扮得像是身穿长裤西服的贵族，倘若换作是一个缺乏自信的女性，这身装扮看上去像是从白领母亲那借来的，而穿在法迪娅身上却自然得如同她的肌肤，精致平滑，闪着琥珀色的金红光芒。

在入学面试中第一次和法迪娅见面时，我就发现她洞察力惊人，她性格乖张，不善于接受，似乎太过自信，几乎可以说是自负，牛津大学这样的名校通常不会考虑如此妄自尊大的学生。我会调派她去圣希尔达学院，甚至是基督教堂，但我想起了斯蒂芬·杨的请求，因而我在面试中询问了一些鼓励性的问题，我希望这些问题可以引导法迪娅给出符合期许的回答，如此一来，我便可以更轻易地说服贝唐给她一个中间段的分数（我们给每一个候选人打分，在两天的面试结束后与其他面试组的分数作比较），使之即使不能名列前茅，至少位于不会引起他人怀疑的中等排名。或许是那年入学申请人普遍实力平平，或是一场愚蠢的把戏，抑或仅仅是巧合，我无需多发一言，法迪娅便成功获得了无条件入学的资格，不过贝唐认为法迪娅会是一个“难对付”的学生，而斯蒂芬则强调法迪娅家中腰缠万贯，且提及其家庭或许在日后会给学校大量捐赠，事实上，倘若果真有了这笔捐赠，学校也许有能力另设一个历史学教授的岗位，或是给那些来自贫困家庭的女学生提供资助。虽然嘴上不提，但大家心知肚明，从公共关系的角度而言，牛津大学在伦敦刚刚遭遇恐怖袭击的重创后展示其名校担当，录取阿拉伯的学生，以显示其对自由人文主义传统的长期专注未必不是一件好事。当时，我并未过多考虑此事，法迪娅只是年轻学生中的一员，仅此而已，不过我期待见证她在接下来几年中的进步和蜕变，我的意思是，我的兴趣在于教育和监管方面，而非是情感变化。

次年十月，作为新生的法迪娅进入牛津大学就读，但牛津大学本科生的历史学学位结构以及校内课程安排使得我和法迪娅在其入校后的第一年里几乎没有交集，第二年，我被提拔为正教授（不过我对自己的升职申请信心满满），开始重新接手历史学课程的教学。

法迪娅也开始定期参加我每周的辅导课程，自新生面试的一面之交之后再次见到法迪娅时，我想起了我在乔治城读大一时认识的一名埃及男孩。不过我和他并非以好友相称，我们居住在同一栋宿舍，由于我们都是外事学院的学生，因而我时常碰见他，当初，我天真地认为自己会进入外交部或政府部门工作。我已经想不起那名男孩的名字，也许是阿米尔，但我记得自己震惊于埃及竟也有金发碧眼之人，他便是如此，我也记得自己因对他满心好奇而深感不安。在我的记忆中，我们从未有过言语交流，但有好几次，我在课堂上或是演讲时故意坐到他旁边，或者是在从乔治城开往杜邦环岛的巴士上刻意坐到他身后的位置。有一次，那时正值春暖花开的时节，我在一次演讲中坐到他旁边，不自觉闻到了他身上的气味，那种气味并不令人生厌，混杂着古龙香水和他自身身体散发出来的味道，这种味道与我以往所接触过的那些大为不同，竟夹杂着几分熟悉感，甚至可以说是亲切感。当法迪娅出现在我的辅导课堂上时，我再次闻到了同样的味道，虽味道易于辨认，我却找不出二者之间的任何关联。

一开始，法迪娅同其他学生一样，对待学习态度认真，她的功课可圈可点，身上迸发出大学生的智慧火花。然而，在法迪娅毕业前的最后一个暑假，事情发生了改变，年轻的学生在将自己推向青春的尾巴，进入成年时，通常会出现此类情况。暑期结束后，法迪娅在十月返校时，已俨然变成了另外一个人，仿佛她的身体最终开始显露出女性特征。她没有了从前的骄傲自大，取而代之的是更具魅力的自信态度，仿佛经过过去几个月的洗礼，她已成为自己心目中的贵妇人。除此之外，我注意到法迪娅身上出现了一种以前从未有过的焦躁情绪，她开始变得鬼鬼祟祟。在辅导课堂上，她总是坐在相同的位置，只要窗外有任何响动，便会立马警觉地抬头望去，哪怕只是一只鸽子飞过。无论是在校园内，还是在图书馆，甚至是在牛津的街道上，无论何时我看见法迪娅，她总是不时地回头张望，似乎害怕有人在跟踪她。我开始怀疑她在假期时是否遭受了创伤，但由于我和她的关系并不亲密，因而我没有提出任何疑问。有时，她不完成任何作业，也不思考任何发言，毫无准备地前来上课，且不止一次以身体不适为由取消课程，不过我时常看见自称生病的她若无其事地出现在大街上。虽然相貌更出众了，但法迪娅的学业却一落千丈。由于我和贾扬提之间的过节，或由于我在法迪娅身上看到了某些出色的品质，我没有不厌其烦地叨扰她投身学习。

在十一月的某个下午，法迪娅在集体课程结束后单独留下来，询问我是否支持她攻读两年哲学硕士的申请。

“我觉得攻读硕士这条路不适合你，法迪娅，我不想自视高人一等，但你不是攻读研究生的料，这需要大量的自我指导。”

“你不明白，教授，我必须攻读硕士。”

从她的语气和惊慌的表情中，我知道这关乎的不仅仅是学习。

“你是为了留在这边吗？”

“我不明白你在说什么。”

“我以为你会在毕业后马上进入工作岗位。”

她一脸震惊，仿佛“工作”是如此平庸乏味的一个主题。

“难道我对这门学科感兴趣就那么不可思议吗？”

“你对学习并没有太多激情。你的功课完成得很好，但我不得不说我从未被惊艳到。”

“你是说我是一个不称职的学生，是吗？”

“我完全不是这个意思。你在最后几周之前一直表现良好，但并不突出。”

“或许我从现在开始会变得突出。你会给我写推荐信吗？”

法迪娅陈述着她已上过的所有课程，并解释说事实上自己与我志趣相投，她同样也对二战后德国历史的研究颇有兴趣。

“你在斯塔西方面的研究对我很有启发。”法迪娅语气诚恳地说道，这听上去不像是空泛的阿谀奉承，“它让我对埃及有了不同的看法。”

“听你这么说，我很欣慰。”

“是你以东德影视作品为主题的著作激发了我自己的思考。我着迷于欧洲恐怖主义运动，譬如《红军旅》，尤其是《巴德·迈恩霍夫》。”虽然法迪娅依旧语气严肃，甚至没有任何情绪波动，但我想我在她眼中看到了激情的火花，或许只是知识的灵感罢了。“我想研究恐怖主义和媒体，或是媒体与恐怖主义之间的关系。”

“这一领域已经有很多研究了。”

“你觉得法斯宾德导演的电影如何呢？你看过《第三代》吗？这部电影极具荒诞主义色彩，但其电影形式中被疏忽的特性直接表现出了红军派的担忧。他们试图让德国消费社会意识到其自身结构的欺骗性，正如同法斯宾德导演试图通过使用惊悚的电影配音来震慑观众一样，他用这种方式来使观众亲身感受现实主义电影的巧妙。”

“我很久没有看这部电影了，不过我不得不承认，你所说的这些听起来很明智。你不需要马上选定一个主题，如果你获取了攻读哲学硕士的资格，那你就有充足的时间准备。你想过攻读博士学位吗？”

“如果条件允许的话，我想我会攻读博士。”

“这真的是你想做的事吗？”

“你认为因为我是一个女生……”

“我没有这么想过，但我之前没有发现你对学习如此渴求。”

“你这么惊讶吗？难道你认为我只是一个生性懒惰的阿拉伯女孩，毕业后和某个酋长结婚，然后在迪拜的顶层豪华公寓里快乐地生活？”

“我绝对不会这么认为，我也不想擅自猜测。”

“奥基夫教授，我是一个无神论者，我接收的是多元文化，一半阿拉伯，一半天主教。”

“我没有想过……”我欲言又止，我意识到了这场对话所潜在的风险，我们从学习或历史转移到了对法迪娅人生的探讨。我不愿和学生探讨其人生，尤其是在贾扬提事件之后。了解学生的挚爱或信仰似乎要承担太多风险，或许正是由于我如此谨小慎微，因而未能尽到教牧义务，而牛津则将其视为教师的智力成果，对此十分重视。

那天，为了摆脱法迪娅的烦扰，我同意为她写推荐信，我明白，倘若有我的支持，她必定能获取攻读哲学硕士的资格。尽管法迪娅在那学期的状态有所变化，但她的学业成果很有说服力，而且她应该能在期末考试时发挥良好，事实证明的确如此。

当法迪娅被授予一级学位时，她前来对我的支持表示感谢。当时正值盛夏，那是一个令人回味无穷的漫长下午，我流连于令人陶醉的菩提花香之中。

“我很期待秋季的到来。”法迪娅一边说一边递给我一个沉重的礼盒，礼盒表面包裹着厚厚的银色纸张，中间系着一条蓝色缎带。

“这是什么？我得了什么奖吗？”

“聊表谢意，感谢你的推荐信，也谢谢你对我的栽培和教导。”

由于几乎没有收到过学生的礼物，因而我被法迪娅的这一举动深深感动，我开始像小孩子一样兴奋无比。包装纸里面是一个礼盒，而当我打开盒子后，里面竟还有一个盒子，当我打开最里面的盒子之后，一瓶威士忌出现在眼前，和斯蒂芬·杨几年前招待我的那瓶三十年的威士忌一模一样，就是那瓶威士忌让我答应了斯蒂芬·杨要我不惜一切代价确保法迪娅能顺利入校的请求。我从盒子中拿出威士忌，举起酒瓶，夏日的阳光穿透瓶身，映照出酒瓶颜色，我知道这绝非巧合，或许是斯蒂芬本人花钱买下了这瓶酒，抑或是他出此计策，而法迪娅只是照做而已。

一位出身不凡的年轻阿拉伯女性竟会出乎意料地给一个年过半百的男性基督教信徒（而且是美国人）赠送一瓶价格高昂的威士忌作为礼物，我对此深感疑惑。这似乎大错特错，而这种出乎意料的举动使得这份礼物更加意义非凡，仿佛是法迪娅在对我说：“看看我为了对你表达感激之情都准备了什么。想象一下，如果我的家人看到我买这瓶酒，他们会怎么说，对他们来说，这件事甚至比我自己饮酒都更加难以接受。如果他们知道我要把这瓶酒送给你，他们会怎么想。”不过，也许她果真是为自我享乐而买下这瓶酒，那后果可能会更糟。我对阿拉伯知之甚少，我只能对其特殊禁忌的分量程度和范围妄加猜测。除了斯蒂芬这些年来偶尔向我透露过的他与法迪娅的哥哥有关的只言片语外，我对法迪娅的家庭生活一无所知，我不知道他们是否是虔诚的教徒，也不知道他们到底身价几许，更不知道他家所有的钱财是劳动所得还是继承所得，甚至不知道法迪娅父母的职业。那时的我只知道赛义夫被穆巴拉克政府所雇佣（不过我当时并不确定他的职务到底是什么），但法迪娅自己的政治信仰却是民主派，她是激进分子，且声明自己是无神论者。或许这便是她最初被家人送往国外的原因——为了保护她免遭家人牵绊，被政府侵扰和伤害，或者是为了保护她家人免于尴尬，以及规避法迪娅那些政治活动所带来的风险。

在那个夏季学期接近尾声的某个下午，我和斯蒂芬·杨再次撞见彼此在高桌晚宴后孤身一人，他建议我们一同到他的公寓，我拒绝了他的邀请，因为我第二天有个早会，且我不愿与他单独相处。

“奥基夫教授，”斯蒂芬喃喃低语道，“你获取了教授职位之后很忙啊。你得到了应有的奖赏……”

“应有的奖赏？你指的是什么？”

“奖赏你尽到了职责，奖赏你做到了承诺之事啊。”

“我听不懂你在说什么。”

“你完成了当初的承诺，做得很好。当人们完成了答应别人的事之后就会得到奖赏嘛。”

“你是指法迪娅吗？”

斯蒂芬仍旧是那副难以言喻的表情，眼睛大张，唾沫喷溅，犹如突然中风一般，仿佛一股愤怒的力量使软弱的他喷发出浑身怒火。

“我指的是尽到自己的职责，杰里米，我并没有其他意思，没有其他意思。”

他眨了眨眼，然后摇摇晃晃地站起身来，仿佛随时都可能摔倒在地，道过晚安后便转身离开了。我在想，有没有可能因为我被动地帮助法迪娅进入牛津大学，所以斯蒂芬精心安排了我的此次升职呢？倘若我继续关照法迪娅，那么还将会得到其他什么奖赏呢？倘若果真如此，那么法迪娅究竟为何如此重要？难道仅仅因为她是赛义夫的妹妹吗，我相信斯蒂芬爱着这个男人，这份爱意是否得到了报答呢？当时，我不得而知，即便是如今，我也仍旧无法知晓答案。

那天晚上，我和迈克尔·拉姆齐单独待在邻居家中的地下室内，迈克尔·拉姆齐一动不动地盯着我，他脸上苦恼且怀疑的表情似曾相识，我仿佛看到了斯蒂芬的影子，他的双眼比之前更大、更深邃，双眉间的肌肉拧成一团，形成一个“V”字形，双唇如同受过伤般浮肿。

“你之前曾是我的学生？”

“是的，你真的不记得了？”

“不记得了……记得，现在看着你的脸，我倒是想起了记忆中你年轻时候的样子。”我撒谎了，我完全不记得，我无法想象他十多年前的模样。

“除此之外呢？”

“其他的恐怕想不起来了，对不起。”

我看着拉姆齐转身向楼上走去。他和法迪娅不同，我对男性向来没有任何兴趣可言，对阿米尔的迷恋除外，那是一种对差异性的兴趣。站在原地的我不禁想到，或许迈克尔·拉姆齐和斯蒂芬·杨有同样的性取向，又或许我是拉姆齐迷恋的对象，如同一位父亲，一位缺乏父爱的男孩的慈爱父亲。这又是一出闹剧，或是一出校园阴谋，抑或一场同性恋情，我产生了错误的想法。

我们站在厨房，虽几步之遥，却彼此望向别处。

“谢谢你的帮忙，杰里米。”

“能找到保险丝盒真是太好了。屋内应该很快就能暖和起来。”倘若我在此时道歉，似乎不合情理，甚至太过夸张。我为何要向他道歉？为何要因为忘记某事而心怀歉意？“我想我应该回去了，祝你今晚睡个好觉，兴许我们还能有机会在梅雷迪思和彼得下次举办的派对上碰面。”说罢，我停顿了一下，等待着拉姆齐的回答，但他一声不吭。“很抱歉我一开始没有记起你。”

我并不想傻傻等待拉姆齐做出回应，我走出房门。虽然车辆引擎熄火没多久，但我的车摸上去却是冷冰冰的，我坐进驾驶室，启动汽车，转动的轮胎驱走了严寒。此刻的拉姆齐在房内走来走去，依次关上了房内的所有窗帘。我就那样静静地看着，试图从他的某个姿势或下意识的动作中找寻对他的记忆，但终究还是徒劳一场。他只是一名身材瘦弱的年轻男性，普普通通，我无法知晓他的性倾向，也无从猜测他的政治立场。至于年龄，他至少三十岁出头，甚至更年轻。也许天资聪颖，进入哥伦比亚大学虽并非毫无可能，却也是机会渺茫。他的相貌依旧停留在二十来岁的年轻模样，看上去比彼得年轻，他俩的年龄一定不相上下。

回到家后，我将车开进车库，静静地坐在车内，直到车库门缓缓关闭，几经犹豫后，我有气无力地下了车，在进入屋子前锁上了车库门。我仔细检查着每一道房门，甚至是某些窗户锁，唯恐某人推开窗户，爬进房内，轻轻走过客厅，在地板和地毯上留下湿漉漉的脚印，然后不声不响地蹲坐到我的床边。虽然我从未遭遇过非法入侵，我的母亲或其他亲戚也从未有过类似经历，但我总是不由自主想到此类事件。在上楼之前，我再次检查了屋内的所有房门，突然回想起来二楼的窗帘没有拉，于是在关灯之前，我依次进入每个房间，拉上房内的窗帘，随后回到卧室，我望向卧室窗外那片笼罩在蓝白色月光下的农场，在窗户的南边方向，邻居房内的灯光依然亮着，迈克尔·拉姆齐此刻也许正在一边看电视，一边享受啤酒，或者正做着什么不可告人的事。当时天色尚早，甚至不到十点，我赤脚站在卧室的木质地板上，四周漆黑一片，此时的我感觉肩膀一阵沉重。平滑的亮漆地板上四处散布着灰尘，这是人生的印记，这个人类无法掌控的世界正在奋力压倒我们。穿过丛林，我似乎可以看见远处向前行进的军队，那是一支由于长期厮杀而精疲力竭的军队，一支被将军忘却的军队，正为了递送报告而缓慢前进。

恩斯特·布洛赫在第一次世界大战中写下了《乌托邦精神》，他在书中题为“埃及人如磐石般的意志”的部分写道古埃及的“磐石精神”，“一个人看见自己的未来，却同时看见自己时日无多”，最终演变为“对死亡的无名恐惧爬上每个埃及人的脸。”虽然这是异族事物，且掺杂着布洛赫自己的文化假设（任何一个历史学家或多或少都会有一定的文化假设），但布洛赫的文字进入了我的思想，在认识法迪娅之后，这些文字在我脑海中重新排列成为新的表述方式，每每听见这些文字时，法迪娅的脸庞便浮现在眼前。对死亡的预知爬上她的脸庞，直至她最终树立起磐石精神。

在法迪娅大学时期和攻读哲学硕士期间，我们之间始终保持着师生关系，虽然她美丽动人（她的美丽是旁人不由自主便会注意到的，有时我甚至会因她的某个姿势而分心，我喜欢她鼻子恰到好处的弓形，喜欢她乌黑的长发，有时她会扎成辫子，不过通常情况下，她会披散着秀发。头发顺着脸的弧度自然下垂，细细的小卷须随着脸的弧度弯曲成为螺旋形状，偶尔会不小心钻进她微微张开的双唇），但我可以对我自己，甚至是对其他所有抱有好奇心的人断言，我从未想过对她展开追求。这绝不是我的行事风格，我和许多单身或远离妻儿（甚至是自己的丈夫，如今这已不足为奇）的男性学者不同，我绝不会与学生之间你情我爱。或许这源于一名年老清教徒的自我克制，或是对一切复杂事物的厌恶，但这些年里，无论班里的女学生多么令我动心，如今我还可以想起几个大美女，却从未想过勾引她们其中任何一个，不过我有时倒会白日做梦，但那只是个人幻想，虽肮脏色情，却也不动声色，绝无任何将其变为现实之意。

那是法迪娅攻读博士的第一年，那年一月，法迪娅陷入了困境，更确切地说，是她生活在埃及的父母以及哥哥赛义夫的世界开始崩塌。在那一年的“警察日”这天（这是埃及的一个节日，以缅怀在1952年抵抗英国侵占的斗争中牺牲的警察），埃及民众开始揭竿起义，对抗政府，甚至是国内警察以及内政部镇压式的组织和运作方式，内政部多次违背公民自由，对政治活跃分子实施严密监管。某天晚上，我在参加完高桌晚宴后碰巧经过学校的公共休息室，当时法迪娅正和一群学生聚在一起观看有关于最近所发生事件、危机以及改革的滚动报道和分析，不过这场改革似乎最终在一次军事政变面前败下阵来。

我始终记得，在那个一月的晚上，当我在MCR外驻足时，徘徊在门口的法迪娅抬头看我的眼神，她的脸上浮现出一丝希望之光，却又掺杂着丝丝恐惧和不安。她似乎在胜利与挫败，兴高采烈与惶惶不安的两级情绪之间备受煎熬。我早已推测到法迪娅与其家人之间有裂痕，不过我后来才明白这种裂痕远比年龄差距所致使的歧见更复杂，靠着那时我对她本人及其家庭情况微乎其微的了解，我感觉到，她因其自身蔑视的政体分崩瓦解而欢欣，却又不免因担忧这次变革给其父母、兄长以及其他亲戚所带来的灾难而恐慌。或许法迪娅那时还不知道赛义夫真正的立场，或许斯蒂芬·杨也无从知晓，甚至连赛义夫本人或许都不得而知，不过我想阐明一点，我从未与赛义夫有过任何会面或交流，与法迪娅的其他任何家庭成员也不例外，在这一点上我始终是清白无辜的。

那几个月，斯蒂芬不在学校，事实上，只要中东地区陷入危机，他通常都不在，我本能地以为他只不过是一个普通的大学教师或学者罢了。我怀疑他被卷入了一张牵涉政府及全球智慧的大网当中，为中情局或军情六处卖命，不过我至今仍不敢妄下断言。在我看来，他的行为举止和间谍无异，因而我开始相信他拥有间谍身份，身穿灰色三件套，戴着小礼帽，帽檐挡在鼻子之上，脚上穿着一双粗革皮鞋，快步走在特尔大街上，如此装扮的他看上去更像是二十世纪二三十年代在维也纳或柏林活动的间谍，或许这是最大的欺骗，将自己乔装打扮成过去的人，而事实上并非如此。那时，我已在牛津生活了将近十年，在这些年里，我知道倘若我遇到任何电脑方面的问题，无论是在家还是在学校，斯蒂芬永远可以帮助我轻松解决，且比其他任何人更迅速，而每次，我只需要与他一同在教员休息室小酌一杯以作回报，无一例外。我是多久之前开始寻求他帮助的呢？倘若我能锁定准确的日期，并将其与我在纽约所收到的三个包裹中记录开始的时间进行比对，也许能找出罪魁祸首，得到我一直苦苦寻求的那个答案。

次日，我在骑自行车从学校回家的路上恰巧在红砖地的铜鼻小巷碰见法迪娅。一月的上午混沌昏暗，我打开自行车的车灯，黄色的灯光穿透雾气，洒落在法迪娅身上。当时的法迪娅身穿一袭黑色长外套，戴着一条纯白色围巾，围巾尾部绕过肩膀，顺着背部线条下垂。尽管寒风刺骨，我和法迪娅仍旧停下脚步，站在光滑的鹅卵石板上，彼此对望着。

“你家里的情况还好吧？我昨天晚上就想问了……”

法迪娅深吸一口气，缓缓地呼出一团雾气，说道："我希望我可以跟他们一起面对这些，我本应该马上坐飞机回去，但我不能这样做，是，我是可以选择立马飞奔回去，但我的母亲不允许。他们将会面对什么，谁都说不准。这一切真的很复杂，杰里米，我相信你一定能理解。"

不知为何，在法迪娅攻读哲学硕士期间，我们的关系逐渐变得亲密起来，她对我的称呼从最初的奥基夫教授转变成如今的杰里米。这并不稀奇，我的某些同事很乐意学生从一开始就直呼其名。我从未定过如此规矩，只是允许学生以适当的方式与我交流，但言辞中要显示出对师长的尊重，不过学生对老师的不敬在牛津大学并不多见。法迪娅的口吻里仍旧带着那股独一无二的法式音调，当她说出"杰里米"这三个字时，听上去像是"杰瑞米"，我开始想象自己是个道德败坏但衣着光鲜的人。法迪娅已不知不觉地改变了我对自己的看法。如今想来，这是我愈加意识到自己被她深深吸引的开始。

"你的家人安全吗？你父母的情况怎么样？你好像还有个哥哥，是吗？"我当然知道她有个哥哥。我装作一无所知，好让自己看上去不那么狡猾，表现得仿佛未曾花时间浏览过她在各种社交平台上的档案和资料，这些资料暴露在公众之下，人人可见。我知道她喜欢什么样的音乐，也知道她中意什么样的电影和书籍（她喜欢爱德华·哈拉特、艾赫达芙·苏维夫、阿米纳·泽丹、埃莱娜·西克苏、弗朗茨·法农、雅克·德里达，还喜欢希尔比希、卡尔维诺、波尼亚托夫斯卡和利斯佩克托），她对许多事物热情高涨（动物权利、民主、言论自由、审查机构的推翻、环境、女性和未成年的权利，更别提巨蟒剧团）。我明明对这一切了如指掌，却假装不确定她家中是否有个哥哥。

此时，法迪娅的眼泪似乎要夺眶而出，她双眼发红，一言不发。我摸了摸她的上臂，试图给她一些安抚，随后劝说她放弃去图书馆的想法，邀其随我一同前往我的住所喝杯茶，此时的她似乎无心坐在图书馆阅览室内，在我看来，一杯茶和一块饼干是平复内心不安的镇静剂。随后，法迪娅跟着我一起回到学校，经过门卫室，穿过前厅，走到楼上的教员休息室，我煮好一壶茶并随手拿走一些饼干后便下了楼，从另一处上楼回到我所居住的房间。房间下面是一片精心打理过的绿色草坪，即使是在严寒的冬季，看上去仍旧是一番生机勃勃的景象，仿佛是在表演生命，而非生命本身。

我和法迪娅在壁炉旁相对而坐，我在这里居住期间从未生起过壁炉，脚下灰色的地板吱呀作响。法迪娅将茶杯连同杯托一同放到咖啡桌上，脱下黑色外套，取下白色围巾，放置在空椅子上，她摇摇头，蓬松的秀发耷拉到胸前。如今我已想不起她里面究竟穿了什么，应该是奶油色的丝绸衬衫，搭配上黑色羊绒衫，下身穿黑色毛裤和黑色皮靴。随着时间的推移，法迪娅早些年所穿的那些靓丽颜色已不复存在，取而代之的是朴素的灰色、白色、象牙色和黑色，她很懂搭配，以至于有时我未能认出她所穿的T恤和毛衣其实是几个月前的旧衣服。她是一个善于改变的人，不过一开始（即我们亲密关系的开始），我并不完全能领悟这种艺术的力量。

那个昏暗一月的早上，法迪娅坐在我的房间里喝茶，将其家中的故事娓娓道来。她的父亲和舅舅是埃及内政部的高层管理人员，哥哥赛义夫同属内政部，从小在法国长大的母亲珍妮·爱丽丝与法迪娅一样，拥护民主。在那个特殊的时刻，这样的愿望主张似乎合情合理。让法迪娅提心吊胆的是，她的父亲哈利德和舅舅萨米尔因为他俩与穆巴拉克政府息息相关，法迪娅担忧他们的人身安全将会受到威胁。

“他们在商量着离开埃及，到伦敦来，这样做倒不是不行，但并不是一个好主意。我知道我爸和我舅舅所做的那些事，我也知道埃及政府一直以来都在错误的轨道上，这一点我很清楚，不然我母亲为什么会送我到国外读书？她知道我不能忍受埃及所发生的一切，如果继续留在埃及，我将会变成家里的一个大麻烦。而现在，赛义夫也成为了一个麻烦。我眼前经常会浮现一个可怕的画面：我爸妈试图逃跑，一群满腔怒火的人突然出现，将他们拦截下来。这些人憎恨我爸，也憎恨他所代表的政府，他们完全有理由憎恨，但我始终不认为我爸是一个坏人。我害怕看到四处逃窜的爸妈被群众拦截，甚至被杀害，我也很可能在这群人中间，被混乱的人潮推着走。我知道赛义夫就在某处，他也在进行着抗议活动，跟其他人一样，在看见如同我爸一样带着妻儿逃跑的人后，他或许也会上前堵住其生路，而心中难以抑制的怒火或许会致使他，我的亲哥哥，成为开枪杀死自己妈妈的罪魁祸首，或者他会把我爸捆绑起来，同那群人一起，以私刑处死他，成为帮凶。我总是无法摆脱这个画面，无论是早上走过三一教堂门前，打开讲述德国历史的书籍，还是每天晚上入睡之时，又或是打开新闻，看见我出生的这个国家和国家的人民时，这幅画面无时无刻不在我脑海里盘旋，这个国家和这些人民仿佛比以前更亲近，却又更遥远，因为我了解他们，但如今我又不了解他们。我在法国和英国生活了太长时间，我已经变成了法国人和英国人，我不得不提醒自己是一半的法国人，我既是欧洲人，也是埃及人，而这种分裂有时难以承受，以至于我想过回到埃及，忘记生活在欧洲的那个自己，做回不完整的埃及人，为大多数人相信的国家未来而奋斗。我不知道你是如何做到的，在远离家乡的这么多年里，你究竟是如何挺过来的？你离开自己的家人足足十年之久啊！

你怎么能受得了呢？”

“我会坐飞机回去看望他们。”

“说起来倒是很容易。”

“不过要花费很多钱。”

“这是当然，总是这样的。”法迪娅望向别处，我知道她无需考虑开支问题。

“你和你的哥哥谈过吗？”

“他总是不接我的电话，也不回我的邮件或短信，他已经不再是我认识的那个哥哥了。”

我不禁开始思考斯蒂芬·杨究竟与此事有何牵连，他在其间究竟扮演的是什么角色。他的肤色看起来像极了埃及人，却有着意大利人的容貌特征，我记得他的祖母是美国人。或许斯蒂芬也在埃及，在愤怒抗议的人潮之中，或者是挤在人民推崇的民主党和拒不认输的暴君中间，像鬼魂一样四处游移，向那些仍旧紧握权力不放的人宣布示威者的身份。那赛义夫呢？我确信斯蒂芬深爱着这个男人，这些年来，他的名字总是在我和斯蒂芬的对话中不断出现，我和斯蒂芬之间的交流通常是在深夜的教员休息室中，那时一般只有我们两个人，有时还有另外一两个意气相投的同事，在高桌晚宴的畅饮过后，有人会不揣冒昧地向斯蒂芬询问起赛义夫的近况，以及斯蒂芬最近有无与他见面等尴尬话题，面对询问的斯蒂芬总是点点头说：“他还不错，谢谢你的关心，不过有时我也会担心他，总是有些人成为他的绊脚石，所以他必须格外小心，处处谨慎。”说出此番话时，斯蒂芬仿佛自我定位的某个溺爱叔叔，或是年轻主妇的情人。

这种对话没有任何价值，斯蒂芬从来不会过多提及赛义夫便是他的爱人一事，如今在我看来，假定事实如此，似乎是掉进了某个陷阱，或许正是斯蒂芬一手布控的。

大约一周之后，法迪娅说她的父母已逃往伦敦，虽然她的母亲到牛津待了一天，但法迪娅并未前去探望。在攻读哲学硕士的最后一个夏季学期，法迪娅回校参加考试，那时，我此前在她身上所看到的天真直率的光芒已不复存在。在那几个月里，我未曾和法迪娅谈起过她父母的现状，不过我知道其他一些潜逃的埃及官员的财产已被英国政府冻结，这种政策的事实似乎并非一视同仁，此前的某些恶霸当权派与英国政府的关系似乎比其他人更要好。斯蒂芬不停来来去去，仿佛是在躲避我，不过这只是我的个人猜测。斯蒂芬和法迪娅彼此是否见面，我不得而知。我很少前往斯蒂芬的公寓所在地，除非有人恰巧提议去前河酒馆喝酒畅聊，或是我决定在八人划船竞赛周前去为牛津大学加油鼓劲，那一段泰晤士河流域被当地人比作是古埃及的丰饶女神伊西斯，瘦弱的年轻参赛者奋力在水中划着木浆。

牛津大学历史系同意了法迪娅的博士申请，我将继续担任其导师，指导她深入研究媒体和影视在欧洲恐怖主义构造和批判中的角色。英国的博士学习和美国的截然不同，在美国，负责学生专题论文的是专业学者委员会，而在此前的两年时间里，学生必须完成指定课程和口述测试。而在英国，博士生只有一至两个论文指导教师，且没有任何指定课程，只有项目研究。在实际情况中，这意味着学生的学习生活状况完全取决于其导师，大多数情况下，学生都是不学无术，得过且过，这是人尽皆知的英国方式。

那个夏季过后，法迪娅搬离博物院路的住所，住进了神之路的校办公寓，就在我的房屋对面。法迪娅的卧室在公寓顶层，由于她的窗台正对着街道，因此也恰巧正对着我的卧室和客厅，这两个房间都位于我住宅的正前方。神之路是一条具有多元特性的街道，从我和法迪娅各自房间所处的视角看来，这条街道太过狭长，仿佛各自站在街道两边的人均处在同一位置。

起初我对与法迪娅成为邻居一事并无想法，我们是导师和学生的关系，是同一所大学的成员，经过这些年的磨合，彼此之间的生活联系更为紧密，这种纠缠如同攀缘而上的玫瑰卷须穿过栅栏那般自然。我的一个从事人类学研究的同事在自己家中为一名博士生腾出了一间空房，不过似乎所有人都认为这是有违伦理的做法，我记得那个博士生在搬进去后发现房间昏暗阴冷，且我的同事性情古怪，因而她在约定时间未到期前便搬离了同事家中。

秋天悄然离去，冬天随之而来，雾气飘散在河面上空，牛津城内的大街小巷笼罩在一片朦胧的薄雾中。某天夜里，突然从睡梦中惊醒的我下床沿着走廊摇摇晃晃地走向浴室，不久又回到卧室内，当我准备重新回到床上时，突然注意到窗外亮着一束光。我将窗帘拉向一边，望向窗外笼罩在黄色路灯下的街道，对面，法迪娅房间的百叶窗是打开的，房间内灯火通明。法迪娅站在窗边，裹着一袭白色长袍，正在打电话。显而易见，她心情很低落，肩膀和手臂因情绪激动而微微颤抖，挂掉电话后，她坐在窗台的书桌边，抬眼望向窗外的夜色。

我退回到卧室内没有灯光照射的暗处，而此刻，法迪娅却抬起头，仿佛她已经看见了站在窗户边的我，或者说至少注意到了我刚刚的移动，注意到一个暗中观察者从她的视线范围内悄然移开。我的心咚咚直跳，我控制住自己的呼吸，甚至开始咒骂自己，不过我没有立马回到床上继续睡觉，而是站在漆黑的房间里，看着我的学生远远地注视着我。很快，法迪娅将视线从我身上移开，看向考利路上一个骑自行车的人，随后，她便关上百叶窗，且熄灭了房间内的灯，这些动作自然随意，似乎不想引发我的过分在意。

担任牛津大学的博士生导师意味着我在次年一月之前都没有机会单独与法迪娅见面，有时一学期最多只能见一次面。我坦言，那时我开始习惯性地留意法迪娅在房间内的一举一动，当我上床睡觉时，我会留意她的百叶窗是否打开着；她何时在家、当天的穿着、洗澡的时间是在晚上睡觉前还是早上起床后；她是否外出前往图书馆，或一个人坐在卧室的书桌前；何时邀请朋友前来家中与其他房客一同玩耍；是否和年轻男性一同外出，或者是年轻女性，我不清楚她的性取向。在那些默默观察法迪娅的日子里，我从未曾见过她与谁单独待在一起，她总是身处群体之中。

斯蒂芬大约在同一时间回到了学校，他去年几乎一整年都待在埃及，只是在改革浪潮席卷阿拉伯世界时才短暂地返回过牛津。当我问及他这一年来的近况时，斯蒂芬暗示称这是政府官方机密。

“哪个政府？”二月的某个晚上，与斯蒂芬单独坐在教员休息室内的我大声询问道。

“你觉得呢？”

“你是美国人，所以我猜一定是我们的政府，不过与此同时，我又觉得假定有关于你的任何事情，或者说假定你的从属性是明确的，好像有点太天真了。你是在为我们的政府工作吗？”

“我们的政府？我亲爱的杰里米啊，对于像我们俩这样的绅士来说，这种忠诚是务实且不固定的。你拥有双重国籍，我也同样拥有双重国籍，我为哪个政府工作是一个关乎情境、时刻和意图的问题。”

“还有谨慎。”

“那是自然了。”斯蒂芬笑着回答说，从教员休息室的酒水托盘中拿起一瓶谈不上好坏的威士忌给我倒了一杯。

“赛义夫怎么样了？”

斯蒂芬犹豫了几秒，我从未见过他这般犹豫不决的神情，仿佛他在权衡究竟应该向我透露几分，关于赛义夫的问题似乎是最需要谨慎对待的。

“我并不清楚，我不能再与他见面了，也许永远也见不到了。他离开了埃及，我想他现在应该在叙利亚。”斯蒂芬咧开嘴，露出一个冰冷的微笑，像极了牵线木偶，然后迅速合上嘴，问我：“赛义夫的妹妹怎么样了？”

“她进步很大。我为她的成效感到高兴。五年前，或者六年前，我记不清了，总之当那时你告诉我一定要确保她顺利进入牛津大学时，我无法想象她会有如今的坚持和进步。”

斯蒂芬眨了眨眼，他的目光里没有一丝神采。

“我听不懂你在说什么。”

斯蒂芬的回答让我不知所措，我一时不知如何作答。我认真地看着他，想弄明白他是否在跟我说笑，或是在玩某种把戏，但他仍旧是一副茫然不知的表情。

“有一天晚上，我们在你的住所喝得烂醉如泥后，你告诉我必须确保法迪娅顺利进入牛津大学，你当时还威胁了我。”

斯蒂芬喝了一口杯中的威士忌，默不作声。几分钟后，我恍然大悟，他绝不会承认这一切。

“你应该对她多加小心，”斯蒂芬终于开了口，“这不是一个家庭……”

斯蒂芬突然停住，仿佛在思考如何更好地表达他的意图。

“不是一个什么家庭？”

“你只需要记住一定要多加小心，如果你还有理智的话。”

“不好意思，我不懂你在说什么。”

“有人知道你被法迪娅所吸引，我跟你说，这是很愚蠢的，不仅是因为她是你的学生，还有很多其他理由，你必须保持你们之间这种单纯的师生关系。你就当这是一个朋友给你的忠告吧。”

或许当时我摇了摇头，或者向斯蒂芬表达了谢意，或是他在说完这番话后便转身离开了教员休息室，我们再未提及此事，抑或是我因斯蒂芬贸然对我的私人和职业生活提出建议而心生怒气，所以率先离开，如今我记不太清了，不过我记得当时我离开校园，沿着特尔大街一路步行到主要街道，随后叫了一辆出租车回到神之路的住所，当时，我看见法迪娅卧室的灯依然亮着，于是打开手机，找到法迪娅的电话号码并给她发了一条短信，询问她近况如何，并邀请她到家中与我小酌一杯，虽然当时天色已晚，我还是毫不犹豫地发出了邀请。不管这件事是否发生在那天晚上，在去年的那个春季，我终究是这样做了。我们在我家餐厅里喝着小酒，看着窗外夜幕笼罩下的花园，那便是我们之间关系升级的开场。

我站在莱茵贝克镇的房屋内，望向窗外，注视着邻居家点亮的灯光，迈克尔·拉姆齐要在那栋房子里度过周末，我不清楚他是否有意而为。突然，邻居家的灯光熄灭了，留下我独自站在漆黑的夜色中，注视着窗外的朦胧月色和点点星光，以及丛林对面那座遥远小镇所散发出的昏黄灯光。此时此刻，一股强烈的孤独感将我吞没，过去十年来，这并非我第一次如此落寞，倘若在其他情况下，也许我会再次发短信邀请与我有些微关联的陌生人前来家中陪我饮酒，但迈克尔·拉姆齐不是法迪娅，我不愿与他成为朋友，更不愿成为他的爱人。倘若我真有所求，那我希望和迈克尔·拉姆齐的距离再遥远一些，我怀疑，倘若再与他单独待上一个小时，或许我能得到前一周种种疑问的答案。

站在黑暗中的我突然想到自己还没找到失手放错地方的手机，如若不找到它，我必将难以成眠，于是我开始在房间内四处寻找。我打开房间内所有的灯，在各个抽屉和衣服口袋中不停翻找，检查一切合乎逻辑的地方。在一番寻找无果后，我决定前往厨房看看，我在橱柜和架子上仔细查找，但始终未见手机的踪影，此时，除了冰箱以外，我四处都找遍了，于是我侥幸地打开冰箱，竟然找到了，它就放在冰箱最上层的牛奶盒旁边。我不记得自己曾将手机放进冰箱，我努力思考是否有可能是迈克尔·拉姆齐趁我不注意时将手机藏匿于此。当时我至少一次背对着他，也可能是两次。我想打电话给拉姆齐，却发现我没有他的电话号码，当我触碰到手机键盘最上方的中央导航键时，手机屏幕亮了，信息编辑栏里赫然出现五个大字，我确信这是迈克尔·拉姆齐写下的。我赶紧将手机放回到厨房的桌面上，双手瑟瑟发抖，手机屏幕暗了下来。我伸手点击导航键将其再次点亮。白色屏幕上那五个黑色大字看上去像是在漫不经心的状态下打出的，或者说像是一条匆忙打出的电报，拉姆齐没有充足的时间完成这一切，因为当他夺走我的手机时，当时正背对着他的我即将转过身来。我能想象这一切在我背后悄然发生的场景，拉姆齐迅速敲击手机键盘，打出这五个大字。

我再次看向手机屏幕。

上面写着：电话在被监听。

第二天早上，窗外没有下雪，但道路两旁的丛林披上了一层薄冰，房间的窗户上也已结霜，折射着投射下来的阳光。我喝着手中的咖啡，心想，此刻迈克尔·拉姆齐一定在屋内来回走动。虽然我在牛津生活的这些年里从未碰上过如此低气温的天气，但我在这里所感受到的寒冷却比其他地方更加浓烈。我在只有单片玻璃窗户，且不隔绝严寒的透风房间里瑟瑟发抖，站在牛津或迪德科特的火车站台，甚至是伦敦的维多利亚火车站，寒风刺骨，虽说应该建设一片玻璃墙，以保护等待区域的乘客不受寒风侵扰，但似乎没人想到过这点，即使是在英国冬天气候愈加难测的今天。冰冷的寒风席卷北大西洋，伴随着倾盆的大雪，始终一心认为自身气候温和的国家饱受摧残，单单是这种不适便足以激起我回到美国的内心渴望，回到那栋和莱茵贝克镇这栋房屋大同小异的公寓。

几周前，我回到纽约，满心欢喜，终于回到了可以隔绝外界严寒的家，这里的窗户是双层玻璃，加压气流的暖气在通风管中流动。一直以来，我都打算效仿区域内的其他邻居，在家中安装太阳能电池，并准备添置其他可让屋内更暖和且更舒适的设备。而如今，这些计划是否实施似乎难以确定。这栋房子还能归属于我多久呢？我不得而知，我只能祈祷无论发生什么，无论我的自由将受到何种威胁，无论我将如何妥协让步，我名下的财产不会被掠夺一空。

在牛津的这些年里，虽然我买下了神之路的住所，即使在那之后，我又获得了双重国籍，但我内心的不安却从未消散，这是一种征兆，预示着我脚下的这片土地某天会突然分崩离析，或是预示着我某天会发现自己处于法律体系的错误端头，这一端的法律规定似乎以完全无法预知的方式断定某人有罪。有时我会想象自己退休以后的生活，我会生活在一个社区，周围朋友众多，却没有一个足以让我在难熬的夜半时分打电话哭诉的挚友。每次当我在短暂离开之后返回英国时，我总是对自己说："明天我就可以消失得无影无踪，根本不会有任何人在意。"我内心没有归属感，漂泊在外，被人遗忘，至少我周围的人不会对我有丝毫在意与关心。英国似乎没有邻里情一说，至少与我想象中大相径庭，在牛津或伦敦这样的大都市，这样的情愫实属罕见。也许在苏格兰及英格兰北部地区，情况截然不同，但在牛津，人们只信守自我，在牛津生活得越久，对梅雷迪思的想念越是浓烈，便也越是想回到母亲和家人身边，回到年过八九旬的舅舅、舅妈身边，回到那些已十年未曾谋面的表亲身边，这种思念之情使得我内心的隔离感越发强烈。

每每看到朋友在网上晒出家庭聚会，或从堪萨斯州前往加州探望亲戚的照片时，那些洋溢着幸福光芒的笑脸总是狠狠刺痛我的内心，我生活在一个本不属于我的地方，心中那股想要离开英国生活的强烈欲望难以抑制，我不愿再浪费力气经营这与世隔绝的生活了，我也不再在意自己是否达到了他人的期许，我只想写书，写出那些能得到美国大学教育机构赏识的书，写出那些能在正确的学刊上发表的文章，创作出全体会议演讲或是会议论文，好让美国名列前茅的历史研究部门中的顶尖成员在思考谁有加入其行列的资格时能转头毫不犹豫地跟对方说："杰里米·奥基夫怎么样？"然后另一个成员会说："他不是在哥伦比亚大学吗？他是不是没有得到终身教授的职位？"接着有人会回答："是的，不过他很幸运，他努力工作，在牛津开创了新的职业生涯，发生在哥伦比亚大学的那件事已经过去了，看看他发表的这些书籍和文章，统计列表足足有我一条手臂那么长了，而且他以告密者的私生活为主题的专题著作也很有创新性。"

真是妄自尊大，的确，我并不否认，不过这是我坐在房间里时的真实想法。那个晚上，严寒刺骨，气温降到了零下，我注视着窗外，有时躺倒在床上，透过大开的窗帘望向对面法迪娅的房间，天色已晚，但她房间里的灯依旧没有停止工作，她坐在书桌前埋头学习，百叶窗敞开着，她总是将自己包裹在那一袭美丽的白色长袍中，在我初次邀请她到家中小酌后，她便一直穿着这身衣服。大概是去年的二三月份吧，时间的精确性在这件事情上来说并不那么重要，我的日历和日记上也没有任何具体的记录。对于一个历史学家而言，我越是想要锁定精确的时间，便越是发现那些日期模糊不清。或许事情的发生正是那时，又或许是在那之后，这并不重要，重要的是我迈出了这一步，而法迪娅也回应了，我们之间的纠葛就此开始。

在我发出邀请信息大约十五分钟后，法迪娅前来敲门，在这短短的十几分钟内，我换掉睡衣，穿上牛仔裤、T恤和毛衣，喷上古龙香水和除臭剂，并精心打理发型。我打开房门，站在门口的法迪娅身穿黑色外套，裸露着脖子，双眼发红，仿佛几个小时以前刚刚哭过，或者只是因天气寒冷且身心疲惫所致，她手上拿着一盒巧克力，或许是父母送给她的礼物（法迪娅此前告诉我，当时她的父母安顿在伦敦的上流住宅区，住在一栋位于沙特大使馆附近的有着类似方尖塔的房屋中），抑或是她为应对突然邀请而特意准备的礼物。那是一个方形的白色盒子，里面装有十六块巧克力，精致得如同一件艺术品。我未曾料到法迪娅会携带礼物前来，而这盒巧克力改变了我对当时所发生一切的理解。我顿时感觉自己才是被追求的那一方。

“晚上吃巧克力，”法迪娅咳嗽了两声后继续说道，“好像并不是很好，不过也许这个时间点正是体现它用武之地的时候。”

我将法迪娅的外套挂到挂钩上，带领她转过走廊，想象着走在我身后的她此刻正在想些什么。或许她认为作为导师的我试图勾引她，因为寂寞、绝望、饥渴或是关心她是否安好。倘若法迪娅对美国人的习惯知之甚少，或许她会误认为这是美国人某种非比寻常的文化造作，是一个纽约客拒绝相信这座城市已进入睡梦的冥顽不化，而眼前这些巧克力足以说明无论我作何感想，法迪娅也同样感受到了某种难以抗拒的吸引力。不过如今回想起来，我知道她只是出于礼貌才买了那盒巧克力，因为我是她的教师，是她的指导者，亦是良师益友，从某个角度来说，还是她的保护人，倘若在夜晚收到此类人的到访邀请，像她这样的年轻女性除了欣然接受外，还能有什么其他选择呢？她有选择拒绝我的权利吗？她认为拒绝可能吗？如今这些问题在我脑海里挥之不去，不过我始终坚信，我们之间所发生的种种毫无任何胁迫之意可言。

我打开厨房的灯，当法迪娅走到桌前坐下后，我拉上窗帘，唯恐有人爬上花园墙壁偷窥我们。

“你为什么不坐到这里来呢？”我抬手指向房间另一边的沙发。“你想喝点什么？你送给我的那瓶酒，我还没有喝呢。”那时，我知道法迪娅已被西化，饮酒自然不在话下。事实上，这些年我在英国认识的大多数阿拉伯女性都对饮酒这一行为没有丝毫避讳，他们中许多人是在英国的寄宿学校接受的教育，其父母分别生活在伦敦和中东两地，远远相隔。虽然法迪娅声称自己是无神论者，但我认为从文化角度而言，她在某种程度上依然保有阿拉伯特性，此外，我所认识的其他阿拉伯学生和同事往往信奉我眼中的罗马天主教。我曾在大学晚宴上见过此番场景，且极少有人佩戴头巾或面纱，至少在牛津大学极为少见（实际上在牛津，尤其是我所居住的高里市的女性数量是在逐年增多的），而那些聚集在人群中，身穿传统衣物、留有胡须的男性数量比女性更多。倘若我说身处这些人中间完全没有任何不适，那绝对是一派胡言，但我始终想要保持思想开放。在伯明翰，当一群人因受到涉嫌恐怖活动指控而被逮捕时，某天，我从伦敦乘坐出租车回家，一路上，司机喋喋不休地咒骂道："我他妈的在这里已经生活了四十年了，从没见过这么无理的事情。这些老鼠屎总是他妈的坏了我们一锅汤。这和我们没有任何关系，你明白吗，教授？所有这些他妈的恐怖主义都跟我们没有任何关系！我只想回家，我他妈的太累了，只想安静地喝喝酒。"这名出租车司机笑了笑之后继续说道，"我的老婆和孩子不明白，我是个混蛋！"

"威士忌啊，算了吧，喝了之后我会睡不着。"法迪娅轻咬嘴唇的表情让我感觉十分愧疚。她的这一动作透露出一丝紧张，甚至是孩子气，我扪心自问，自己到底在做什么？我是在想着勾引自己的学生吗？还是说只是单纯地在展示我的深夜好客，别无他意呢？倘若这两者并不自相矛盾的话。若是我恰巧看见自己的女儿深夜经过我的公寓，如同我总是透过卧室窗帘所看到的法迪娅那般孤独无助，我也会对她同样热情。"你有葡萄酒吗？"

“你想要红葡萄酒还是白葡萄酒？”

“有巧克力的话，我想应该喝红葡萄酒吧，你觉得呢？”

“班涅斯红葡萄酒怎么样？还是说你比较喜欢其他的？”

“班涅斯就行了。”

我给自己和法迪娅分别倒上一杯酒，在相互碰杯后，我拿起一把椅子放到法迪娅坐着的沙发旁边。我清楚地记得法迪娅当时身穿平时的单色制服，配上灰色的羊毛长裤和带有大樽领的海马毛白色毛衣，脖子上戴着一条精致的银项链。我打开巧克力盒，拿出一块递给法迪娅，我内心认为像法迪娅那样苗条的女性不会吃巧克力，但她毫不犹豫地伸手接过巧克力，用修长的手指轻轻捏住。

“我妈妈一定会很喜欢吃。”法迪娅喝了一口酒后微笑着说道。我想，这不是引诱的微笑，而是精疲力竭，享受好物的微笑。

“你的父母还好吗？他们喜欢伦敦吗？”

“他们过得不错。但我本人讨厌伦敦。我爸的资产被冻结了，但我妈的没有。我不是很明白这其中的原因，他们现在居住在我外公外婆名下的房子里，所以一切暂时还比较顺利，不过，其实我妈并没有那么多钱。他们的经济受到了限制，但是他们依旧像有钱人一样生活。一方面，我很同情他们；另一方面，我又觉得他们的抱怨不可忍受。”

“你经常去看望他们吗？”

法迪娅摇摇头，咽了咽口水，伸起左手撩撩发丝，将头发压到耳后，这一动作在我看来是下意识的调情，这是第一次，我在以往从未见她做过如此动作。

“知道自己的爸爸做过一些可怕之事还若无其事地生活当然很奇怪，他折磨别人，杀人灭口，但他在做这一切时是如此……怎么说呢，如此谨慎，以至于我以为他永远不会为此承担责任，而且，英国和埃及之间没有将亡命者送还本国的条约，所以他在这里很安全。我很好奇这是否就是他们想让我长期留在这里，而不是法国的原因，好像他们早就预见了这一切的发生，并且害怕家人也会被牵涉其中。我不知道，这件事想来很奇怪。我再也不能像以前那样跟我爸对视了，不会跟他有直接的眼神接触，因为每当我看着他的双眼，我便会想象他的那些所作所为。知道他所做过的一切总比生活在对他的不确定中要好，但我就是不敢开口问，就算我问了，我也不认为他会告诉我实情。直到我搬到巴黎上学后才真正了解了他。那时我和祖父母住在一起，在祖母的引导下，我渐渐知道了一切。祖母并没有明说，但是房间里总会放着一些有关埃及滥用人权的文章，之后，我在学校的朋友那里也听说了一些事情，我知道了真相。我以前真是太天真了。在我搬往巴黎居住之前，我以为每个人都有身穿无尾礼服的仆人，以为每个人都有私人司机和警察护送，甚至以为每个小女孩都会去伦敦、纽约以及巴黎购物。至少我以前这样认为，但如今我明白了，我明白我的那些司机和仆人，以及我小时候在车内看见的那些生活在贫困地区的人们和我的生活截然不同，那时我从未想过贫穷这个词。我搬到巴黎之后，过上了没有仆人伺候，没有司机接送，也没有警察护送的生活，但在那之前，我甚至都不能正确看待贫穷。在我开始理解自己家庭生活的性质后，我发现自己无法再与我爸单独待在一起，甚至无法跟他有任何肢体接触，我逐渐开始厌恶他身上的味道。”

“那你母亲呢？你和她还有交流吗？”

“她和我爸分房睡，她的卧室是新的，我相信如果她能保证自己的安全的话，便会离开我爸。不仅仅是财务上的安全，我觉得她担心自己离开后，我爸会做出什么令人难以想象的行为，或是说服他的前同事对我妈下毒手。我不知道这是不是幻想。你认为呢？”

“老实说，我不知道。你问错人了。如果她离开你爸，那你觉得她会去哪里呢？”

“她应该会回到法国，也许会与我的舅妈或者外祖父母一起生活。我很爱我妈，但如今她就在英国，她经常跑来牛津，带我出去一起吃午餐，那家餐厅菜单上的所有菜我都吃过了，我只想告诉她离我远一点，好让我继续完成自己手头上的事，但是她总是一副惊慌失措的表情，一想到她所面对的这一切，我就完全可以理解她内心的焦虑，但我不知道如何帮助她渡过难关。当生活瞬间崩塌，你爱的人消失眼前，或者你离开自己所爱的人时，这种焦虑不安的情绪要如何克服？因为我们所持有的信仰，我哥这一辈子都不会再跟我们说一句话，这是因为他有自己的信仰。在我看来，信仰本身就是一种恐怖主义。（法语）”

“你的法语说得很好。你有赛义夫的消息吗？”

法迪娅做了个鬼脸，下意识地流露出一脸的厌恶与怀疑。

“是斯蒂芬让你来问我的吗？”

“不，当然不是。”

“我知道你对这些很清楚，没关系的。斯蒂芬这几周始终缠着我不放，好像我知道什么事似的。我一直跟他说我什么都不知道。”法迪娅喝了一口杯中的红酒，伸手拿起一块巧克力。“我们的内心和大脑的想法并不是完全一致，有的时候内心会指使大脑做出很多难以理解的行为，斯蒂芬的内心非常奇怪。”

“你还是没有跟赛义夫联系吗？”

法迪娅摇摇头回答道：“你为什么会在意这个？”

“我只是好奇，也是出于关心吧，毕竟他是你哥。虽然你不想承认，但难道你就一点都不担心他吗？”

“你知道的，我和赛义夫的关系向来都不怎么亲近。他比我大十五岁。我似乎遗传了我妈所有的基因，或者说至少遗传了她的敏感，而他则像我爸多一点。他满脑子想的都是意图和目的，他是一名安保警察。当我理解这其中的含义后，我和他就不怎么亲近了。我也是很久之后才知道的，在我搬去巴黎之后。而如今，他背弃了这一切，找到了宗教信仰，这在某种程度上更令我恐惧。我已经几乎一整年没有他的消息了。他就那样……怎么说呢，人间蒸发了。我打赌斯蒂芬跟他的联系更频繁，也许他现在在叙利亚，这是斯蒂芬的想法。我爸妈也没有赛义夫的任何消息，我知道一旦他们得到消息，就会告诉我，至少我妈会告诉我，她很不善于保守秘密。我想我爸也会告诉我，因为他认为自己遭到了赛义夫的背叛。他会感觉到自己赢得了胜利，如果他证实了……”

法迪娅欲言又止，仿佛不确定哪种后果才是更加难以原谅的背叛。如今我已不记得当时我的内心想法，或许在那一瞬间，我猛然想到赛义夫可能是一名恐怖分子，是某个组织或隶属组织的成员，这个组织不断壮大、合并、分裂、重组，拥有多种不同的名字。在我眼中，赛义夫是一个反政府的自由战士，关于他，我再无过多考虑。我曾认为我们应该用武力解决叙利亚的反抗，如今看来，那真是愚蠢至极。我宁愿每晚在独裁者的统治下入眠，也不愿给予那些如此不可预知、如此知之甚微的组织以援助，这些组织也许轻而易举便可与身边的人反目成仇，对自己的亲人痛下毒手。

我再次给法迪娅倒上一杯酒，不过这次倒得很少，因为她抬手拒绝了我，并从盒中拿起一块巧克力。我和法迪娅都保持着头脑清醒，至少我那时并无醉意，只是沉醉于内心的渴望与孤独，以及早春时节夜晚的寒冷。我猜想这一点甜酒也不至于灌醉法迪娅，我曾多次目睹法迪娅与同学畅饮的场景，因而我相信她懂得如何巧妙地控制酒量。我暗自提醒自己，法迪娅是一半法国人，是在巴黎生活过的青少年，她的祖父是一名杰出的批判家，祖母是一名经济学家，她的祖父母一定允许她在晚宴上饮酒，我确信她懂得如何把控自己。

“杰里米，你为什么会邀请我过来呢？”

“我想知道你最近怎么样。我们很久没见面了，而我刚好看见你房间里的灯也亮着，所以就邀请你过来坐坐。难道导师不该对学生表现出殷勤好客吗？”

“该，不过通常不会是在半夜，至少不会是当两个人单独相处的时候，况且导师是男性，而学生是女性。”

“你的意思是我这样做很不妥。”

“不，不，我没有什么针对你的意思。我只是觉得这很不寻常，所以我想知道你的意图。”

“我的意图就是表现得热情一点，打发难熬的时间。我注意到你总是单独待在自己的房间内，虽然你母亲频繁地带你出去吃午餐，你也总是一个人待着。你似乎学习很刻苦，不过有时离开书桌，稍微放松一下也不是什么坏事。”

“我会放松啊，我每周都会去学校泳池里游四次泳，每次游一个小时。”

“那我想你应该完全不需要我的好客。你随时可以走。你没必要认为自己有义务留在这里。”

法迪娅将酒杯放到沙发和我所坐板凳之间的靠墙桌子上。“说话别这么英式，你不是英国人，英式礼节并不适合你。我更喜欢你在对待其他事情时所表现出的美国人样子。我更喜欢那个在我做得不好时直言不讳，在我做得好时给予我赞赏的教授，而不是像这些英国人一样，说话吞吞吐吐，希望别人能从字里行间揣摩出其意图。当这些英国人说某事‘并不太好’时，其实是指太他妈糟糕了，而当他们说‘你做得不错’时，其实是指‘你真是太优秀了’。我觉得这既可笑又虚伪，这些间接的表达方式和委婉说法真是给生活添堵。”

我不记得自己接下来说出了怎样的话，不过我清楚记得自己站起身来，走向厨房，或许我对法迪娅做了一个意味深长的表情，无论当时究竟发生了什么，法迪娅跟着我绕过走廊转弯处，来到楼上的卧室。卧室内的窗帘依然敞开着，对面，法迪娅房间漆黑一片的窗户清晰可见。

“你每晚都在这里偷偷看我吗？”

“也不是每晚，许多晚上都是。难道你早就已经知道了吗？”

“我并不确定，不过我这样想过。”

在接下来的一个小时里，我的大脑完全沉浸在所发生的一切美妙之中，沉醉在夜色中的同时也清楚意识到近在眼前的可怕深渊，可怕的是我对一己私欲的纵容，我侵占了法迪娅，侵占了这个受我掌控的年轻女性，倘若我有意，便可使她的人生举步维艰，不过我无法想象自己会做出如此残忍之事。夜色中，当我们躺在彼此身边，我知道法迪娅正在看着我的身体，她的目光落在我的每一寸皮肤上，我想到了《圣经》里的挪亚和含，以及窥淫癖罪，我裸露身体，毫无防备，如同挪亚赤身裸体躺在帐篷里一般，任凭法迪娅看穿我的身体，正如我看穿她的身体那般，看见我如此模样，注视我赤身裸体的法迪娅进入我的身体，我也同样进入了她的身体。我伸手抓住法迪娅的手，彼此交融。

“这有什么特殊的意义吗？”我询问道。

“共享这份好客，这是你说的。还需要有什么其他的意义吗？”

那晚，我和法迪娅相拥而眠，但法迪娅在黎明前便悄然离开了，趁着送牛奶的小工骑着电动推车闪过街头时，悄悄溜回了自己的住所。我独自躺在床上，感受着法迪娅遗留在床单上的芳香气息，此时，那个金发碧眼的埃及男孩的脸庞不由浮现眼前：同样的味道，同样难以名状的熟悉感。我想，我的生活真是一部小说。我望向对面，法迪娅快速关上了百叶窗。最终，这部校园闹剧导致了其他事的发生，引发了另一场混乱。

在接下来的几周，我和法迪娅每隔一两晚便会私自幽会，通常是在我的住所内。我从未期许过在饮酒畅谈后必定跟随床事，在每次私会时，我总在等待法迪娅发出讯号，任凭她牵引着我进入楼上的卧室。有那么一两次，我们只是一同饮酒，并无其他事发生。

“我认为我应该说清楚，”有一次我对法迪娅说，大概是在距离我们第一次幽会的一周之后，“无论我们正在做的是什么，这种共享的好客绝不会影响我们的日常工作。”

“你的意思是说，如果我对你说我想停止这一切，你也不会突然找我麻烦。”

“当然不会，我想让你感受到这件事的掌控权在你手中。”

“我确实有掌控权。”当我写下这句话时，眼前浮现出法迪娅在沙发上坐直身体，拿起一杯红酒一饮而尽的场景。“作为测试，我现在就跟你说晚安，然后任由你想象我们之间是否还会有下一次。”

“这是对我的测试，还是对你自己的测试？”

“对我们两个人的测试。”

我和法迪娅始终保持着这样的地下情关系，期间，我开始想象，在我们彼此认为可以将这段感情公之于众以前一直保持这样的来往，或许直至我要求她，或是她要求我将这段关系正式化之前，无论我们到时将面对何其严重的后果。在十多次幽会之后，法迪娅突然开始不回复我的任何信息。她毫无征兆地沉默不语，房间的百叶窗总是紧闭，虽然我能判断出她房间里的灯何时亮着，甚至能看见她来回走动的身影，看着她每天早晚规律地进出房间。平心而论，我始终明白自己不能要求她解释什么，也不能要求她说出突然将我拒之门外，突然对我不予理睬的原因所在。看着我，我想对她说，看着我，告诉我，我到底做错了什么？

一个月过去了，法迪娅始终对我不理不睬，而我也一直在等待着局势的转变，等待着法迪娅重拾对我的好感，如同我们的一夜春宵那般突然。我不愿沦落为痴迷于学生的教授，不愿屈身前去敲响法迪娅的房门，也不愿对她进行邮件或短信轰炸，更不愿到图书馆或校园泳池围追堵截，虽然我在某天突发奇想地想买一套新泳衣，不过我很快便意识到了这一想法的不堪后果。

从我和法迪娅表面的师生关系而言，在春季末期之前，我们没有任何理由见面，我自信地认为即使我们再见面，彼此之间也不会出现任何难言的尴尬，无论那些共度良宵的夜晚显得多么荒诞。那些醉翁之意不在酒的邀请，那些夜夜在诱人热情驱使下的畅聊，以及发展到同床共枕的直接，如今回想起来，真是不可思议。

的确，最初发出邀请信号的是我，带领法迪娅进入楼上卧室，暗示进一步发展的也是我，但法迪娅在过往几周以来对我的不理不睬令我开始觉得她才是那个一直在利用我的人。虽心有不快，但更多的却是震惊，因为我同其他女性在一起时，从未有过如此感受，包括前妻苏珊，性爱于她而言似乎只是一种需要以耐心和善意对待的机械使命，而非是享受其中的身心欢愉，不过这并不是致使我们感情破裂的罪魁祸首，实际上，我们之间的裂痕早已存在。如今我在想，难道是我自己完全误解了和法迪娅之间的种种吗？她的冷漠难道是在暗示我，我们此前所做的一切实际上并非她内心所求吗？

在法迪娅人间蒸发的那一个月里，无论是衣着周正，还是衣不蔽体，我都更加注意紧闭卧室窗帘，将自己的赤身裸体隔绝于马路对面的法迪娅之外，也隔绝于整个世界之外。牛津是一座小城市，任何人都有可能从我的门前走过，无论是学生、同事，还是学校里的其他工作人员。

去年四五月的某个夜晚，法迪娅突然给我发来一条短信，询问我，她可否过来我家坐坐，我惊讶万分，立马回信答应了她的请求。我没有其他什么安排，于是便询问她可否赏脸一起共进晚餐。法迪娅回答说她已经有约了，但或许在晚餐后可以过来喝喝酒聊聊天。当然可以，这样很好，我回复道。我的坚持所暴露出的内心脆弱，或我任由女性主宰的方式再次使我的世界动荡不安，与不久前共度良宵的学生见面的欣喜使我内心产生了一种脆弱感，我感觉自己此刻正站在两块对立的石板上，一块向左移动，一块向右移动，而我越是想要保持平衡，脚下的石板便越是逐渐分离，难以把控。

如今，我明白了法迪娅始终沉默不语的原因所在。几周前的那个星期六，我站在莱茵贝克镇外的小屋内，点点晨光洒进房间，看着窗外茂密的丛林，听着暖气流过通风孔的声音，我开始思考着法迪娅究竟为何在消失整整四周后突然重新回到我的生活。这时，我忽然想起中午要带上母亲共进午餐一事。这正是我始终渴望回到美国的原因所在，为了享受与家人待在一起的闲暇周末，为了能在女儿和母亲两家之间来回走动，为了在一时兴起时能与前妻见面，有那么一瞬间，我以为她也许会发现，在历经多年的两地相隔和情感迷失之后，她仍旧能与我再度相拥。我想象着自己必须填补的那些漏洞，想象着必须坦诚相对的那些事，坦言自己与贝唐以及法迪娅的亲密关系，甚至与好几个女性的一夜春宵，如今我安然无恙，没有染上任何疾病（因某些原因，我比之前在美国时更害怕）。

从我母亲上车的那一刻起，我便知道事情不妙。她坐立不安地翻找着手包，最终坦白自己忘记预订餐位。因而我们不得不放弃原来的餐厅，前往距此一个半小时车程的意大利餐厅，我对此心生不悦。

“怎么了？出什么事了吗？”我询问道，语气中透露出一丝不耐烦，因为母亲不停地在手包内四处翻找。

“呃，没事没事。”

“你是不是丢了什么东西？”

“不，没有，我只是在整理手包而已。”母亲愉快地回答道，我能感受到她极力佯装的愉悦情绪，她随时都将陷入不快。

“你让我很分心，妈。”

母亲吐出一口气后，关上了手包。一路上，我们彼此沉默不语。进入餐厅后，母亲因我们的餐位靠近窗边，不能抵御寒风而抱怨不休。这个餐厅刻意营造的托斯卡纳风令我感到一阵恶心。母亲首先点了一份焗烤千层茄子，而我则要了一份八爪鱼沙拉，最后我们一致决定点一份搭配阿月浑子麦粉的鱼作为主食（我认为这不是很可信，不过我没有说）。在我们等待第一道菜时，母亲开始心烦意乱地环顾四周。

“跟我说说，你教的那门课怎么样？就是那门影视课。”

“你想让我跟你说什么？”

“我不知道，你总是神神秘秘的，你从来不告诉我任何事，跟我说说你的学生们吧。”

“我的学生是混合分组。有偏好阴谋论的，有喜欢哲学的，也有生活在象牙塔里，身上带有文身的无政府主义者，还有一些认真专注于影视哲学的男学生，他们整天把动态图像挂在嘴边，不过实际上，我对这个并不太了解。我对那些记录特殊社会情绪的电影更感兴趣。”

“我完全听不懂你在说什么。”

“你当然听得懂。”

“但是你的语速实在是太快了。我希望你能更好地解释一下，你这样讲课，你的学生们怎么能听得懂啊？”

“我下次再跟你解释。”

“你总是这么敷衍我。”

“有什么问题吗？”

“没什么。只是你接下来会变得不高兴。”

“因为什么不高兴？”

“因为我接下来要告诉你的这件事情。”

我有一种强烈的预感，我知道母亲接下来的一番话语必定与前一周所发生的种种有关；与上周星期六的怪诞事件有关——那天我坐在咖啡天堂等待雷切尔，而她却迟迟未来，因为我，或是其他人给她发邮件重新约定了见面时间；与我收到的那几个快递箱有关；也与法迪娅、赛义夫以及斯蒂芬·杨有关。想到这些时，我已是一身冷汗，最终，我确信，迈克尔·拉姆齐也一定牵涉其中。

“我接到了一个电话。”

“谁打来的？”

“他没有说自己是谁。”

“是个男的，对吗？”

“声音听起来像是男的。大多数时候，我都能从电话声音判断对方的性别，虽然在你眼中，我精神很不正常，但我还是能准确判断声音性别。”

“你说话别这么大声。”

“没人听得见！”

“你只管告诉我他跟你说了些什么就行了。”

“他说我应该知道你不是一个好人，你是一个大混蛋。”母亲突然噎住了，“他说你做了一些很见不得人的事情，说你是反美国分子，是敌人的朋友，你信仰恐怖主义，并且一直给那些圣战分子金钱支持，与美国的利益作对。他说了很多不堪入耳的事情，那些话真的让我很难过。之后他还说，我都不知道怎么说出口，他说你在牛津的时候，和一名与极端分子组织有关联的年轻阿拉伯女性暧昧不清。我知道这些都不可能是真的，但我不知道要怎么回答，于是我就冲着电话里的男人大吼大叫，我跟他说他在撒谎，然后他回答说如果我想让自己过上惶惶不安的生活，那也是我自己的选择，与他无关，但他建议我不要再跟你说话或是见面了，之后我就挂断了电话。这个电话真是太让我糟心了。”这时，母亲的脸颊上早已布满泪水。“他说的这些都不是真的，是不是？”

在母亲说话的时候，我感觉自己的肌肤渐渐冰冷，肚子里翻江倒海，双脚因头昏脑涨而不停摆动。我想，我的生活被完全暴露了。但究竟因何而暴露呢？因我无法控制一己私欲吗？因我不小心深陷恐怖主义的漩涡吗？因我未能站在历史的正确立场吗？因我未能成为自己希望成为的人吗？我脸上的神情毫不遮掩地显露出我此刻的内心情绪，我从母亲的表情中明白她看到了我的羞愧与罪过，也看到了我的不安，一股极强的恐惧感在我心头蔓延开来。

“这都不是真的。”母亲重复了一遍，仿佛试图说服我，也说服自己。

“当然不是真的，也许这只是某个对我心存不满的学生的恶作剧罢了。他说的话没有一句是真实的，一句都没有。”说出此番话倒是轻而易举，但我努力控制着自己的语气。“他还说了其他什么事吗？”

“我跟你说了，我当时挂断了电话。我不想再听下去了。”

“但在那之前，除了你告诉我的这些，他还说其他什么了吗？”

母亲摇摇头回答道：“在我印象中，没有。你在牛津的时候认识一个年轻的阿拉伯女性吗？我记得你有一个埃及的博士生，你是不是提起过她？是叫菲奇娅吗？”

“法迪娅。”

“对了，我就记得你说起过她。但她只是你的学生，对不对？我知道你绝不会和学生做出那种事的，是吧，杰里米？”

“当然不会了，不会的，我绝不会跨过那条底线。”

我试图回忆自己是否一直善于对母亲说谎，那些毫不迟疑脱口而出的话，但我想不起任何曾对她有所隐瞒的巨大谎言。在我的童年生活里，从未因破坏他人财物而逃跑或是无故逃学；从未假装生病；从未将温度计靠近电灯泡或取暖电毯，抑或是热水中，以此假装发烧。我并非生性顽劣，或许因为我父母本身忠于事实，我从未见过他们对任何人说谎，哪怕是善意的谎言，这种真诚往往造成的是巨大的社会和职业代价。他们常常在最后关头拒绝朋友的晚宴邀请，只因其中一个不再想出席，或是父亲每隔几个月后便打电话向朋友解释称自己不会出席晚宴，因为他厌倦了如今的生活轨迹，想要好好休养身心，而他如今每年两周的假期显然不足以掩盖其余五十五周来的劳累，如此一来，父母与朋友便渐渐疏远。

在我记忆中，我唯一向母亲隐瞒的巨大谎言便是苏珊将我赶出家门之时。出于对苏珊的忠贞，我告诉母亲，需要做出改变的是我，陷入危机的是我，是我自己选择背弃妻女，离开那个曾经的家，不过后来我对母亲坦言这并非事实，如今回想起来，这个谎言其实并不关乎于想要保护苏珊，而更多的是关乎于想要保护自我，保护自我免于承认自己被认为是一个不合格的丈夫而终遭赶出家门的羞愧。

“他说话的声音是怎样的？这个打电话给你的人，听起来大概是什么年纪？”

“我不知道，听上去大概五十来岁吧。”

“是美国人吗？”

“这个我不能判断。不，不是美国人，或者是一个非常守旧的美国人，就像是四十年代的电影明星加里·格兰特。”

“加里·格兰特不是美国人。”

“他不是吗？”

“他是英国人。”

“那个打电话的人说话的口音就很像加里·格兰特，你认识这样的人吗？”

“好像不认识……”我当然认识与之描述相符的人，尽管我从未想过这个问题。“可能是某个对我心生妒忌的同事，或者是某个其作品被我贬损过的人吧。”

“他的声音太特殊了。”

“没事的，我向你保证。”

生活在英国的这些年里，我没有学会撒谎，但我学会了向家人（母亲，女儿，甚至是前妻）隐瞒我的生活状况，将所有个人关系和相识之士划定为顶级秘密范畴。母亲竟还记得法迪娅，这令我惊讶无比，因为我记得当初只是随口一提，无关紧要，正如我严格保守与贝唐以及其他女人的秘密一样，无论母亲在这些年里怎样三番五次地盘问我的感情生活，我始终闭口不谈。这些年里，母亲总会时不时委婉地询问我有无遇见某个特别的人，或是否有约会对象，抑或是我是否想过安定下来。每每问及这些，我总是不耐烦地回答说自己没有任何想法，我告诉她我已彻底远离此前在美国的生活，因而显然已经“安定下来”。我尽我所能地让自己安定，以自己的名义买了一栋房屋，在多个银行留有存款，且得到了一份终身职位的工作。“这样的安定为什么就比不上我余生的每个早上都在同一个女人身边醒来呢？”我曾对母亲如此质问道，她听后只是叹了口气，并承诺再也不问如此刺探性的问题。这样的承诺也许会持续半年，或者她某天会突然想起关心我的幸福安乐，于是她会背弃承诺，再次问起同样的问题，语气中充满期待，她想知道自己是否有可能再有一个儿媳。

在接下来的用餐时间里，我和母亲相对无言，只是各自默默地吃着盘中的食物，买单离开餐厅后，我们来到一家礼品店，母亲在店内买下一张毫无用处的法式花桌布。在驾车回家的路上，母亲始终注视着车窗外，她心事重重的样子令我开始怀疑她无法相信我对那通电话内容的否认说法。虽然打电话给母亲的那个人可能是迈克尔·拉姆齐，或许他改变了自己说话的声音，不过我心知肚明，斯蒂芬·杨也势必牵涉其中。

“下周见。”

“好的，”母亲停顿了一下，“我得看看日历，也许我下周和别人约好了一起吃午餐。”

“周末两天都有约吗？那晚餐呢？”

“一定要现在决定吗？”

“不，我们可以在周一至周五期间再商量。你下周有什么安排？”

“星期二有普拉提课程，星期三有西班牙语课程，而且我想提前想想圣诞节的安排。你想好给梅雷迪思和彼得送什么礼物了吗？”

“我想给他们送书，或是送一罐姜饼人饼干，那比什么礼物都有意义。”

“变化真是来得太快了，是不是很奇怪？某年我还在担心梅雷迪思，如今突然就换成她担心我们了。”

“说真的，妈，你不用担心什么。”

“不用吗？好吧，你这样说，我就放心了。”母亲说完后，给了我一个吻别。

在驾车回家途中，我在心里预演了一遍那个匿名电话人对我的所有指控，这些指控愚昧鲁莽，且几乎完全与我毫不相关，虽说不上是对我政治及意识形态的恶意攻击，却令我心烦意乱，在我听来甚至像是宗教中的连祷，只不过颠覆了原本的意味，并非祷告，而是诅咒，在我头脑里形成单调低沉的拉格音乐（印度教的一种传统曲调），而且是以我母亲的声音吟唱。我试图转换这一画面，想象对我发出这些指控的人模仿的是斯蒂芬·杨的语气，仿佛这种音色变换可以平息所有错误的断言，或者说与女性相比，男性的诅咒更不具杀伤力。

我绝不是恐怖主义的爱好者，虽然在高中时期，我曾一度沉迷于爱尔兰共和军和爱尔兰独立的观念，且多次参加凯尔特音乐节，众多友好的爱尔兰组织代表会在音乐节上展示写有“我们的时代终将到来”以及“英格兰滚出爱尔兰”标语的车尾贴和随身用具。我承认我买过这些车尾贴，并将其贴在我的车身后面，但我从未真正认可过这些标语内容。在我前往英国生活之后，才恍然大悟自己购买这些车尾贴的行为或许会被视为是对恐怖组织的支持。在贝唐的父亲公开表示自己对爱尔兰人的厌恶后，或者是生活在牛津的我开始注意到自己的名字有时会招致商店收银员或银行柜员的敌意后，我才更加深刻地意识到这一点。许多人在看到我的名字之后，原本友善的态度突然消失得无影无踪，随之而来的是鄙夷与厌恶，仿佛只要是以字母“O”开头的名字便会令其不悦，仿佛这些人自己的联想或记忆使得其将任何拥有爱尔兰风格名字的人视为潜在敌人（或许与贝唐的父亲一样，他们的毕生所爱被爱尔兰人所杀害，或者自己的亲人遭受爱尔兰共和军恐怖主义的威胁），至少是令其回忆起不堪往事的提醒人。

大约一年半之前，我和法迪娅再次坐在我家的餐厅里。那时，娇艳的水仙花已经凋谢，郁金香争奇斗艳，道路两旁那些观赏性的樱桃树披上一层粉红色的外衣，而在浓浓的夜色中，一切艳丽黯然失色，逐渐褪色成为昏暗不清的彩笔画。

此时，倘若我说法迪娅看上去与之前不一样了，气氛会更浪漫温馨，但事实上，我并未觉察到法迪娅有任何变化。她仍旧是那般楚楚动人，虽然回想起来，当时我也许不由自主地说出她更加有活力了，或是她的脸上闪着希望之光，但事实并非如此，因为她始终一副心事重重的样子，心烦意乱，等待安抚。

“我给你拿点喝的吧，你想喝什么？”

“有薄荷茶吗？”

“不想喝点更刺激的吗？”

“不了，喝茶就行。”

“你的研究进行得怎么样了？你开始研究法斯宾德档案了吗？”

“我最近很忙，所以还没有开始研究这个，我没有力气去想这些。我还没有开始，也许这个夏季我会开始着手研究。夏季是柏林一年四季里最好的季节，那时可以游泳。”

“只要你到了那里，就会心情舒畅，是吗，亲爱的？”

“不是的，只有在夏天去那里，我才会心情舒畅。”

这次见面一如往常，我坐在椅子上，法迪娅则坐在沙发上，不过与以往不同的是，她脱掉鞋子，双脚盘坐在沙发上。我感觉到这将会是一个不寻常的夜晚，但在那一刻，我对接下来将发生的一切还不得而知。我和法迪娅各自喝着手中的咖啡，相对无言，虽只过去了几分钟，却感觉像是一个小时那般漫长。我一言不发，等着法迪娅先开口。虽不是什么光彩之事，但我不得不承认当时我正想着当晚是否还会和法迪娅再度良宵，不过与此同时，我也担忧她会因我身上的某种缺点而对我百般指责，或者也许她此番前来的目的只是要澄清我俩之间的这段关系。

“我要告诉你一件事，杰里米。”

“你听起来好像对此不太高兴。”

“我不知道我到底是什么感觉……”

也许法迪娅是想让我见见她的父母，我暗自心想。

“是谁说了什么话吗？”我小心翼翼地询问道，唯恐她的某个朋友，或我的某个同事知道了我俩之间的暧昧不清。

“当然不是，但是……我希望你在听到我说的话后，不要进行任何反驳和争论。”

“我绝对不会想要与你争论的。”

“我不想让你在听后说服我任何事，我知道事实就是我想的那样。”

“你说得太神秘了，就别卖关子了。”

“不是卖关子，我只是想先阐明前提。你不准争辩，也不准对我接下来告诉你的这件事产生怀疑。”

“没问题。”

法迪娅再次喝下一口咖啡，她的双唇紧贴着白色咖啡杯的杯沿，我暗自心想，倘若我与法迪娅此生携手相伴，倘若我与她跟我年纪相仿的父母见面，并最终与她的哥哥赛义夫见面，那会是怎样一番情景呢？除非赛义夫是法迪娅所害怕面对的基要主义者，如此一来……我陷入沉思，倘若果真如此，那这对于我的人生、我的职业、我的生活，以及我母亲、女儿甚至是前妻的生活意味着什么呢？倘若作为教授的我竟和自己的学生结婚，而这名学生恰巧是恐怖分子的妹妹，是暴君密友的女儿，那我的人生会陷入怎样一番境地呢？我会与我如今的生活彻底远离吗？我与在牛津的生活格格不入。我会从此过上完全外国化且本身自相矛盾的生活吗？这意味着我会在越境时被无情拦下，飞机旅行突然变得复杂繁琐，甚至被置于多个政府安保部门的监控之下，不仅仅是英国和美国，甚至是埃及和以色列，这些形式多样的监管或有形，抑或无形。我感觉到法迪娅将目光从我的身上移开，仿佛她无法忍受与我有任何的眼神接触。天知道爱上法迪娅究竟意味着什么。我对她的文化和国家一无所知，甚至对她在成为我学生之前的那段人生经历也全无所闻，而如今，我对她的一切仍旧了解甚微，我只知道她的学术进展、日常习惯以及作息时间，我知道她会定期去牛津大学的泳池游泳，也知道她总是打扮为成熟女性的模样，但除此之外，空空如也。

我无法断定目前正在写作的我是否处于一个预备阶段，之后我将面对的也许是自己的生活被卷入法迪娅一家的严重后果。难道我迫使自己写下这些文字是因为我与本身无罪却由于亲属联系而被卷入风波的女性发生了关系吗？我不得而知。我只是不停地写，不停地写，毫无疑问，总会有人在某个时刻阅读这些文字，并得出评判，倘若这些读者做出对我不利的评判，或许他们会力争对我实施某种形式的惩罚；倘若我仍在世，这种惩罚可能是针对我个人；倘若我撒手西去，则可能是针对我的遗赠。在过去一周的写作中（真的只过去了一周吗？如此多文字只花了短短几天时间吗？我究竟写了多少？我数了数，至少有三百张纸，但我无从知晓到底有多少个字），我开始预料到自己正等待着那个也许永远不会到来的结果。也许我会一直书写这些彰显我无罪的文字，眼看着它们日渐尘封，直到我清清楚楚将自己置于法律的对立面，或者直到有人不得不检举我，致使权力机关对我提起诉讼，这个人也许会是斯蒂芬·杨。斯蒂芬符合告密者的所有特质。那些门卫值得信任吗？那个定期来清理我公寓的女人呢？我的女儿、女婿、前妻、母亲，这些对我至关重要的人又如何呢？他们其中一个会是告密者吗？

虽揣测不安，但此刻与法迪娅坐在一起的我满怀兴奋，我渴望接受和法迪娅的进一步发展，我说服自己，也许这便是法迪娅即将提出的要求。

"我没有来例假，"法迪娅平心静气地说，"我买了一个测试盒，就是那些可怕的塑料品，之后我去诊所看了医生，我不能去找校医，我也不想冒险去牛津或伦敦的诊所，我怕有人看到我。医生断定我怀孕了，现在还处于孕早期，但确实是怀孕了。你明白吗？"

我心中突如其来的喜悦似乎与法迪娅语气中透露出的惶惶不安形成鲜明对比。法迪娅的脸上没有一丝笑意，也没有一抹喜悦之情。我明白，这一切出乎她的意料。我很想正确处理此事，将我最初所做错的这一切归于正轨。

我和法迪娅在过程中使用了避孕措施，但这种事在所难免，事实上，梅雷迪思也是诞生于同样的意外之下。我明白法迪娅不愿让我对我便是孩子父亲的事实提出任何疑问，在我看来，她并非那种曾有过很多交往对象的女性，我未曾知晓她有过其他任何的情感纠葛。

“所以你的这番话究竟意味着什么呢？如果你不愿意，我就不会擅自推测自己所承担的角色。”

“我想知道你的想法，这就是我今天来这里的原因。倘若我能自己理清思绪，那么我也许不会把你牵扯进来。”

“如果我问你是不是想留下肚中的孩子，会不会显得很冒昧？”

“是的，多少都会有点冒昧，但我很欣赏你的诚实。事实上我也不知道要怎么办，我还没有决定，我没有打算现在就生孩子，但我确实想要孩子，只是在我想象中，那是几年以后的事，结婚之后和丈夫一起收获爱情的结晶，也许是十年之后，至少是在我事业稳定，可以维持生计的时候。”

“我们可以结婚。”

法迪娅笑了笑，回答道：“虽然我很喜欢你，你很有魅力，而且我也不为我们之间所发生的这一切感到后悔，但我无法想象会跟你结婚，我这样说，希望你不要介意。”

我当然心灰意冷，但我努力掩盖自己的失落情绪。“我想首先就是年龄差距，我的意思是，我们来自两个不同的地方，彼此所存在的文化鸿沟……”

“是的，这些事情会很麻烦。我爸，我哥，如果他有一天回到我的生活的话，他们不可能理解的，虽然我爸向来都比较世俗。我小的时候，他大部分时间都在喝酒，或者是在俱乐部打壁球，他在很多方面都很自由，我是指他在生活方式上的自由，而不是信仰方面，我可以很确定地说，我爸在这一点上绝不能理解，甚至连我妈都不太能接受我们俩结婚。”

“那我们还有什么其他选择吗？”

“原则上，我不反对堕胎，这会是我妈比较赞同的合理实用主义，但我不确定这是不是我想要的结果，我也不确定这是不是我必须做出的决定，我绝对不会考虑让别人领养这个孩子，所以，要么堕胎，要么坦然接受我将抚养一个孩子的事实，那意味着生下你的孩子，这也许行得通。”

“我不能替你做决定，决定权在你手上。”

“你这样说，我很欣慰，你能尊重我的选择，我很高兴，但让你知道自己将面对的两种情况会对我比较有帮助。”

“无论你做什么决定，我都支持。”

“这究竟是什么意思呢？你会在情感上给我支持吗？”法迪娅顿了顿，皱起鼻梁，一缕黑发遮住她的双眼。“还是在经济上给我支持？或者说你已经准备好承担一个父亲的责任呢？你会参与孩子的生活吗？”

“无论你最后的决定是什么，我都会在你身边。当然了，如果你不愿如此，那我也可以从你眼前消失。如果你决定打掉这个孩子，那我会负责手术费用；如果你决定生下来，我也会同样支持你，扮演你希望我在孩子生命中扮演的任何角色。我不是一个混蛋，至少我不想成为一个混蛋。也许这是我犯下的错误，但我想竭尽所能地去弥补，或者说做正确的事，做对你最有利的事。”

“那你自己呢？即使我们今后各自过活，你也想和我一起生下这个孩子吗？”

我没想到法迪娅竟会提出如此问题。在梅雷迪思出生后，我和苏珊一致决定不再要孩子，我们认为这是一个合乎道德的决定，不仅有利于控制世界人口的决策，且有利于我们两个学术之人在纽约生活的财务状况。如今，情况有所不同了，我突然发现自己此后的生活衣食无忧，且无需担忧梅雷迪思的生活状况。换句话说，我有能力再抚养一个子女。倘若我只能是这个孩子生命中的匆匆过客，倘若他或她生活在埃及，或法国，甚至是牛津，而我却只能一周与其见一次面（那时，我还没有接到纽约大学的工作邀请，因此还未曾想过自己很快便会回到纽约），那会是怎样一番感受？

“我有一个女儿，年纪跟你差不多大。她去年才刚刚完婚，比我想象得要早。我知道这意味着什么。”当时我轻而易举地说出此番话语，我在想，如今自己是否也会如此轻松应答。

“你是说，这些事情难免发生。”

“我是说我有当父亲的经验。我想比我更年轻的男人可能并不需要有这样的经验，但这并不是说我只能坦然接受第二次当父亲的事实，即使是孩子与我相隔遥远，当然了，这一切的前提都是你希望生下这个孩子。”

“如果我决定生下这个孩子，你会接受吗？”

“接受。”我毫不犹豫地回答道，甚至连我自己都惊讶于这份肯定。“你想过吗？你想过如果留下这个孩子，一切还能行得通，我们还能正常生活吗？”

“我不知道能不能行得通，这就是问题所在。如果我决定留下这个孩子，那我就必须想办法跟我父母解释。我爸一定会想知道孩子的父亲是谁，也许他甚至想……我也不知道……我不认为他是一个残暴的人，但我脑海里突然浮现出一组画面：在我跟他坦白一切后，他勃然大怒，然后冲出家门，驾车来到牛津，砸开你的房门，把你掐死在床上，或者跟踪你到天涯海角，让你在美国的家人生不如死，我相信他有能力做到这一切。过去这几天以来，这些画面在我脑海里始终挥之不去。所以我不知道到底该如何应对这一切。或许我可以撒谎说孩子的父亲是我的某个同学，或者说我酒后乱性，完全不记得孩子的父亲是谁。但我想，我暂时不可能跟我爸妈说孩子的父亲是你。即使我爸不想把你置之死地，但他人缘广，人脉多，尤其有很多美国朋友，可能随时会扰乱你的正常生活。”

“那我会在孩子的生活中占有一席之地吗？”

“会的，我很希望如此。我不知道怎么办，也不知道什么时候能作出决定，我还没有想好，我需要时间，好好想想所有后果，但你的立场会对我很有帮助，你能告诉我你的想法，我很欣慰。”

“你对所发生的这一切感到遗憾吗？”

“遗憾吗？我不知道，我想我需要再独处一段时间，但谢谢你的安慰和建议。”说罢，法迪娅站起身来，将手中的空杯递给我。

“我应该等你的消息吗？”

“等吧，目前来说，这是最好不过的了。”

“如果你需要……我是说如果你需要占用一些研究时间，我都可以给你安排。”

“好的，我知道了，说话别这么英式腔调。”

“无论你最后的选择是什么，我都会竭尽全力挽救这一切。如果你决定生下孩子，那你可以休假，如果你不想生下孩子，也同样可以休假，如果你需要钱，那我给你。”

法迪娅转身注视了我一会儿后说道：“我希望你可以抛开那些闪烁其词，

说出你真正的想法。”

我毫不迟疑地给出了回答。“留下，留下这个孩子，这就是我内心真正的想法，我们会找到办法顺利解决这一切的。”

法迪娅一脸惊讶，不过她仍旧反身靠过来亲吻我的两颊，她的吻落在我的嘴巴两边，随后，她转身穿过厨房，朝门厅走去。当法迪娅走到人行道上时，我冲向前门，抬手挥别，并跟她互道晚安。

法迪娅走后，独自待在房间里的我想象着我们的孩子，心中一阵暖意。不过我尽量不去想那是我的孩子，虽然我在这件事情上不可或缺，但此时此刻我并不确定法迪娅是否最终愿意让我参与其中，甚至不确定她是否会允许我与孩子保持亲子联络。暖意过后，一股强烈的孤立感涌上心头，我不能向任何人透露此事，不仅仅因为我想保护法迪娅免遭伤害，更因为我想保护自己，我害怕，害怕倘若学校发现我让自己的学生怀孕这一丑闻，后果将不堪设想。倘若这件事公之于众，那我必定会失去在牛津大学的这份工作，甚至可能扼杀我在其他任何地方的职业生涯，这比无法得到终身职位更加可怕。我想象过自己余下的职业生涯将会在某个停滞不前的州立大学或社区大学度过，甚至是沦落到某个以英语为母语的遥远国度，在亚洲某所名不见经传的大学或非洲的某所技术学院教授历史，在那里，没人会知道我过去的一切。英国人向来善于散播丑闻，甚至有人听过这样一个故事：一个出身良好却未能完成父母期许的失败儿子离家出走，来到肯尼亚、南非或是澳大利亚，试图创造属于自己的生活，在那里，他的窘迫状况不会让其留在英国的家人难堪。在美国，这样的情况并不存在，或许因为美国人更善于原谅失败，且美国国土幅员辽阔，那些害怕自己无法达到父母和社会期许的人或许会考虑躲藏在某个偏远的西方村落。如此多个世纪以来，这种陶醉于北美生活的可能性在英国始终未能实现。

这些想法在我脑海里不停旋转，站在房间里的我有点喘不过气，沉思着再次成为一名父亲的可能性。我的女儿对此会作何反应？母亲呢？突然面对一个新生的孙子或孙女，在她不可能期待再有另一个外孙的时候突然出现一个宠溺的对象，她会接受吗？我试图让自己冷静下来，不去妄加猜测任何事，但胸中的那股暖意，伴随着再次宠爱一个新生子女的热切期待在我的全身流淌，仿佛是对创造美好事物的期许，对不受约束的新生活的期许。

在离开母亲，驾车回家的路上，我打开车里的暖气，伸展双手，感受穿梭在指尖的暖流，我一路向北，朝自己的住所方向行驶。于我而言，如今那里不仅仅是一个住所，更是我的家，虽然我此前并没有将其纳入我在这个世界的归属地之列，我对归属地的想法瞬息万变。但后来，我想也许我会在这个狭小的北方城镇，在这片林木茂密的土地，在这栋坚固朴实的楼房里度过余生，在我生活无法自理的时候，我的女儿，或她花钱雇佣的那些家佣会前来探望我、照顾我。那是我想象中的生活，我天真地以为我已经将在牛津发生的那些繁杂琐事抛之脑后，或者以为自己有义务忘却它们，因为我在今年早些时候已经采取可靠手段对其进行妥善处理。而如今，我明白，事实并非如此。

很快，我便到达家门附近，这段车程很短，以至于我没有足够的时间思考自己所做之事，也没有足够的时间再三考虑，最终，我没有回自己的家，而是将车停在了我邻居的家门口，我坐在车内，温暖的空气逐渐消散，我的手指触碰到了穿过通风口的冷空气，惊讶地感受着暖气流失的速度之快。天气太严寒，我根本无法久坐，我知道迈克尔·拉姆齐此时此刻一定在看着我。在我还没有按响门铃之时，迈克尔·拉姆齐竟打开房门，站在门口傻笑着对我说："我就知道你会回来找我。"

"我能进屋吗？外面太冷了。"

"你带武器了吗？"

"当然没有，你怎么会问这么愚蠢的问题。"

"我只是想知道让你进屋的这个举动会不会将我自己置于危险的境地。"我无法判断拉姆齐是否是在说笑。

"我想也许我才是那个应该感到害怕的人。"

拉姆齐脸上的笑容一瞬间不见了踪影。"你可以打电话报警。"

"我把手机忘在家里了。"

拉姆齐站到一边，我进入屋内，前一晚，我在那般不寻常的情况下第一次踏进这个房屋，在一片漆黑中四处游走，如今回想起来，那或许仅仅是拉姆齐用来检验我内心恐惧极限的诡计。

我的邻居疯狂迷恋于古老的美国家具，屋内所有的陈设及艺术品均来自那个时代，家具的色调和外形规规矩矩。我所坐的沙发既硬又不舒适，只适合身形比我更矮小的人。

"拉姆齐先生，你昨晚说你是我的学生。我到底什么时候教过你？"

"你是我大三和大四时期的老师。"

"你上过不止一门我的研讨班吗？"

"是的，我差不多上过三门。"拉姆齐似乎惊讶于我竟不记得他一事，不过，这的确是事实。我对几个不止上过我一门课的学生记忆犹新，即使不能准确回忆起他们的名字，但至少能记起他们的模样，不过我认为这并不是什么记忆缺失，而是一个自然过程，每年面对众多新面孔的老师（有时这些新面孔来自不同的学生分组，每一学期都有）可能因与某些学生在某段时间的接触而记得该生，但这段记忆并不能维持多久，一旦该生完成学业，离开学校，老师的这段记忆便会自动消失。老师必须净化头脑中的记忆，管理记忆数据，以将记忆空间留给其他人，留给更重要的信息，留给那些与记忆者本身没有长久关系的人，或是那些与记忆者之间的短暂关系无法形成永恒记忆的人。

“原谅我，我努力想要记起你，但我还是想不起来。”

“我当时也是很优秀的学生啊。”拉姆齐一脸苦笑着说道。他的回应方式使我第一次认为眼前的这个人或许思想不正常。

“你是在说笑吗？”

“没有，我当时真的很优秀，四年来，我的每门课程都是A，这是最高荣誉。”

“这些年来，我教过很多学生。”

“但没有一个学生跟我一样。”拉姆齐的嘴角再次扬起一抹假笑。

“你那时是个麻烦精吗？”

“不要谈论我了。”

“为什么？我觉得这很有趣啊。我想多了解你一点，迈克尔，我可以叫你迈克尔吗？”

“你想怎么叫就怎么叫吧。”

“我记得你说你是数据管理员。”

“差不多吧，说是企业档案管理员更合适。”

“你在哥伦比亚大学的专业是历史学吗？”

“是的，我还辅修了德国文学和文化史。”

“你是在读硕士的时候认识彼得的吧？那你的硕士学位是什么专业呢？”

“国际关系。”

“然后现在你成了档案管理员。你没有获得图书馆、信息科学或类似的专业学位吗？”

“我接受了这份工作的相关训练。我上过在线课程，有相关文凭和证书。”

“你能告诉我为什么我们过去一周以来频繁见面吗？”

拉姆齐笑了笑，回答道：“机缘巧合咯。”

“这可能吗？”

“这种事情在纽约不足为奇。”

“所以，按照你的说法，十多年以前，你有好几个学期都在上我的课，我们在哥伦比亚大学的研讨班上相处了很长一段时间。”

“总共是三个学期。而且你是我毕业论文的指导老师。”

我试图保持冷静，隐藏内心的震惊，在我看来，这一切可能只是拉姆齐的凭空捏造，也许只是为了令我不安，又或者是想看看这样的谎言会令我产生何等反应。此刻，我头脑里只有一个问题：倘若迈克尔·拉姆齐果真是那三个包裹箱背后的幕后黑手，倘若他一直在暗自跟踪我，那他的目的是什么呢？他是想证明自己有能力伤害我吗？因为过去对我心怀不满？或者说他是想以一种更复杂的方式帮助我，提醒我，警惕自己正处于一个更大实体的关注焦点之中吗？在我看来，迈克尔更像是同盟，而非敌人。有没有可能像迈克尔这样的人其实心怀两种矛盾意图呢？想给予帮助的同时也想复仇，显露自己身份的同时又有所隐瞒，这有可能吗？一种极大的可能性便是迈克尔·拉姆齐与这一切毫不相干，过去一周以来，他的出现的的确确只是纯粹的巧合而已，而另有他人正想方设法对我进行威胁，并使我丧失信誉，这个人只能是斯蒂芬·杨。

“你有没有给我母亲打过电话？”

“我不知道你在说什么。”

“所以你是在否认给我母亲打过电话，是吗？”

“是的，我否认。”拉姆齐毫不迟疑地回答道，“我有什么理由要给你母亲打电话？我根本不知道怎么找到她。”

“你在撒谎。”

“或许这样说是有点不切实际。的确，我能查清她的身份和住址，除非她正处于证人保护之中，不过即便是那样，也有办法可以进行定位。但是，我没有，我不知道你母亲的住址、姓名、婚姻状况，也不知道她的名下是否有住所，是否有一长串联系人号码或瑞士银行账户。我不知道关于你母亲的任何事。”

“那我们现在为什么会见面？”

“你说啊，是你主动来到我门前的。”

“为什么你要待在这栋房子里？”

“我跟你说过了，这栋房子是我朋友的。他们这周周末本来是要回来的，我们准备来一场有北部地方特色的狂欢！”拉姆齐举起拳头捶向半空，这一充满英雄气概的手势似乎与我记忆中不大相同，或者说这只是我的错误记忆罢了。“我在这附近没有任何家人，朋友就是我的家人。这周本来应该只是会有点扫兴而已，没想到除了扫兴以外，还冷得要命。不管怎么说，至少现在供暖设备恢复正常了。谢谢你昨晚的帮助，如果我让你不安，让你觉得情绪崩溃，那我给你道歉。”

“我对你做过什么恶劣的事吗？我是说在你还是我的学生的时候，我对你做出过什么让你愤怒的事吗？”

“我没有生你的气，杰里米。”

“我以为……”

“没有什么你以为，你是一个好教授，我那时很机灵，你也很有耐心。有时候你的确会叫我闭嘴，话不多，而且在我需要推荐信的时候，你拒绝了……”

“对不起，我向你道歉。”

“没事，我的意思是，这并没有阻碍我后来的发展，我还是顺利进入了哈佛大学，那才是我真正在意的，能去哈佛大学肯尼迪学院是我的梦想，虽然因为你没有给我写推荐信，导致我不得不在最后关头奋力一搏，但在这件事情上，你还是给予了我帮助，所以没关系，我们之间没有矛盾，我没有对你怀恨在心。难道你认为我一直都在跟踪你吗？”

“因为巧合的事实在是太多了……足以令人产生怀疑。”

“或者是产生被害妄想症。”

“所以你没有跟踪我，是吗？”

“当然没有。”

“这一周以来，你也从来没有在晚上的时候站在我的公寓外面，抬头看我房间的窗户吗？”

“我为什么会那么做？”

“我在问你，回答我，迈克尔。”

“没有，妈的，我的回答就是没有。一周以前，我们在那家咖啡馆偶然碰见，之后我们再次在彼得和梅雷迪思的派对上偶然碰见，然后我又恰巧在昨晚按响了你家的门铃。”

“你不得不承认这看上去像是一个模式，就像是一种循序渐进靠近对方的诡计。”

“如果我真想跟踪你，但我先阐明，我没有这种想法，不过如果我真的要这么做，我会更加小心谨慎。在一切为时已晚之前，你甚至根本不会发现我在跟踪你。但不管怎么说，我跟踪你的原因究竟是什么呢？我对你没有任何恶意，你那时是一个为人正派的教授，而我们两个人的生活因为机缘巧合又有了联系，我不知道你是梅雷迪思的父亲，我跟她不太熟。巧合，你看吧，就好像在这些社交网络上……”

“我不怎么使用社交网络。”我回答道，不过这只是我在胡言乱语而已。

“好吧，如果你使用过的话，你会发现，社交网络这个东西真的很让人毛骨悚然，机缘巧合在我们生活中所扮演的角色真是太诡异了，也许这不是巧合，使用社交网络一周以后，我发现我的两个不同阶段的朋友居然彼此认识，这两个我永远不会联想到一起的人居然是独立于我之外的朋友。举个例子吧，我在哥伦比亚大学有一个室友，人很好，在国务院工作，我发现他竟然认识我在柏林的时候交往过的一个电影摄制者。我的表姐，我对我的表姐其实不是很了解，我们小时候相处得不怎么好，这是题外话了，总之，我的这个表姐住在洛杉矶，我发现她现在最好的朋友的妻子竟然是我的一个同事。这是巧合，是偶然。如果这不是巧合，那我们都不知不觉地在本就设计好的社交网内移动，或者说当我们每次决定和谁成为朋友，或是接受某份工作，或是和新欢上床，抑或是和某个十多年没见的老友再次取得联系时，甚至连我们自己都不知道这是在编织社交网。或者说，这个就更诡异了，我们被推着在世界棋盘上移动，我们自己根本没有自由意志，只是某人模拟棋盘里的玩家，而我们看不见游戏规则，也不清楚自己的团队和各自的关系，甚至对彼此之间真正的联系也一无所知。或者说在此之前，在我们开始精确地看到自己的社交网之前都对这一切不得而知。如果我们要进行绘制，如果有人选择绘制我们之间所有联系的社交网，那有可能才会开始重画真正的图像和边界。在那之后，请认真点听我说，我知道这一切听上去很疯狂，但的确存在很多这样的情况，我跟某些人之间有差不多十个、二十个，甚至是更多的共同好友，但彼此却从未见过面。我知道他们是谁，但从来没有真正介绍过彼此，从来没有给彼此写过邮件，也未有过交流，即使这种混乱的联系正在将我们彼此拉近，也许有一天我们会真正认识彼此，但在那之前，我们彼此的生活中从来没有出现过过足以建立这种联系的交集。你和我，我想我们俩注定要认识，无论是巧合所使，还是某些疯狂的基因历史，也许我们本就彼此相关，人们总是说你和你最亲密的朋友有很多共同的基因，即使你认为你们彼此没有任何关联，你可以觉察到那些虽然遥远，但却与你有所关联的人，真的可以觉察到。或者既不是巧合，也不是基因历史，而是某些事、某些人，或者是某个实体，说是宇宙也好，上帝也好，甚至是控制模拟世界的玩家也好，是他们在推着我们向彼此靠近，看看到底会擦出什么样的火花，发生怎样的故事。而现在，我们无法确定我们是否必须处于这场游戏的同一立场，你不能，我也不能，不过前提是这不是一场可自由选择的见鬼游戏，而且的确有立场划分。”

拉姆齐在这番热血愤慨的小演讲末尾几乎激动得难以呼吸，他坐在椅子边缘，身体前倾，双掌合并，十指对准我所在的方向，仿佛是一个耶稣会会士在试图改变愚昧之人的信仰。

“你说的这些很有意思。的确发人深省，我不知道应该用什么词来形容。我想我们之间暂时没有什么事了，我该走了，也许我们还会再见面。”

“我们肯定还会再见面的。”

说罢，我朝大门走去，而当我中途突然停下转过身来之时，竟惊讶地发现拉姆齐就贴在我身后，离我只有寸步之遥，仿佛他一直步步紧跟着我。

“你真的没有给我母亲打过电话？”

“妈的，杰里米，我对天发誓，我绝对没有给你母亲打电话。”

我本想询问他是否给我寄送过三个快递箱，但欲言又止，头脑中有个声音阻止了我的这一冲动。我相信拉姆齐没有给我母亲打电话，即便果真是他，也是另外一部分的他，因为那一瞬间，站在我眼前的这个男人似乎对我友善有加，这种感觉难以言喻，他似乎对我毫无恶意，我想，也许仅仅是机缘巧合将我们凑到一起罢了，无论那三个快递箱是怎么回事，也无论一周之前我与雷切尔的约定被操控究竟作何解释，拉姆齐并不愿伤害我，即便他与这些事件息息相关，但法迪娅的家人却是另一个问题。给我母亲打电话的人也许是法迪娅父亲的某个朋友，或是法迪娅自己在牛津的朋友所为，甚至是斯蒂芬·杨，我再次想到了他，也许，由于我已安全远离了法迪娅以及我们的儿子所在的城市，因此他千方百计地意欲抹黑我的名声。

当我回到自己家中时，天已经快黑了。倘若是在过去，我会在下车后立马关上车库门，而如今，这是我第二次在车库门自动关闭后才精疲力竭地打开车门，然后仔细锁上车库门，再三检查家中的所有房门是否安全上锁，最后紧闭房内所有窗帘，与此同时，我不断想象着无人机或人造卫星能否放大其长镜头，拍摄我普通生活的种种习惯。我陷入沉思，自己究竟为何会成为监控目标？我不得而知，但无论这一切的幕后使者是谁，此人想监控我的一切活动，预演我所犯下的一切罪过。对我心存敌意的人也许列了我的以下几条罪状：

1. 我在国家最危难的时刻，在纽约和华盛顿遭遇恐怖袭击的短短几天内便移居海外。一个爱国者面对此番情景会改变原有计划，留在国内照顾自己虽已疏远的妻子和年幼的女儿，倘若我不是一个叛徒，至少也是一个自私自利之人；

2. 在牛津生活的这些年，我和一个几乎可以确定是间谍身份的人成了朋友，我假定他与我们身处同一阵营，无论我们的阵营是什么（主要是美国，但后来也包括英国，因为依照法律规定，我同属这两个国家的公民，我曾对最高统治者以及其膝下子女许下诺言要永远忠于国家，不过事实上，那时我将手插进了口袋里）；

3. 在英国生活的后半时期，我认识了一位埃及女学生，并与其有过多次幽会，而如今她的兄长加入了恐怖组织，妄想建立一个全新的王权，此外，她的父亲也曾因在埃及革命的二十年间所犯下的罪过而被通缉；

4. 我与这位恐怖分子的妹妹，暴君追随者的女儿产下了一个私生子，我们在英国法律明令规定的法定堕胎期前决定留下这个私生子，怀胎十月，在预产期的七天之后，他降生了，被取名为赛利姆。

以上合乎道德的案情记录足以危及我的隐私，甚至是我的自由吗？在我看来，我没有任何罪恶可言，除非给法迪娅金钱支持本身就被视为一种犯罪行为。法律瞬息万变，我们无法知晓生活中的那些平凡琐事何时会被明令禁止，也无法知晓我们所采取的始终被公认为合法且毫无罪过可言的处理方式何时会变成不法行为，几百个人在一个闷热的房间内突发奇想，于是一夜之间，从前的一切规定都被置之度外。不知晓法律规定并不能成为抗辩的理由，这些法律制定者自身似乎往往也对其所通过的立法章程一知半解。按照英国和美国的法律规定，一名恐怖分子的妹妹自身也加入恐怖组织是好还是坏呢？我合法争取抚养自己儿子的行为危害了我的自由吗？

昨晚，在埋头苦写这些文字的几个小时里，我疲倦睡去，继而恍惚醒来，反反复复好几次，我瘫倒在家庭办公室的坐卧两用长椅上。这间房里除了四面白色的墙壁，和我在几年前买的摆放在书桌上的尼奥·劳赫的艺术品之外，空无一物。昏昏沉沉的我进入了梦乡，梦里，我独自坐在一个与此相似的空荡房间，房间的角落里摆放着一个不锈钢马桶和一个水槽，白色墙壁上高高的窗户将我与外界隔绝开来，高墙之外所发生的一切与我毫不相干，房间的门上有一个狭槽，我通过这个狭槽将我所写的纸张递向门外，当我需要重新写作时，狭槽外会递来许多笔和白纸，我的一日三餐和水源供应都是通过这一狭槽递送。在梦里，我听不见其他任何人的声音，也不知道自己到底身在何处。每隔两天（在梦里，时间的流逝更容易判断），便会有一个声音命令我席地而坐，将双手靠在房门狭槽上。随后，一双手伸进狭槽，用头巾蒙住我的双眼，紧接着一个声音命令我双手抱住头部，站起身来。当我服从命令后，房门被打开，有人抓住我的手臂并扭转到身后，铐上手铐。随后，这个男人（我假定对方是个男人。）带领我来到一个大厅，然后解下头巾和手铐，将我独自留在一个洗澡间内，我只有十分钟的时间清理身体，十分钟后，那个男人会回到洗澡间，命令我背对着洗澡间的房门，双手抱头，之后我再次被蒙住双眼，双手也被铐上手铐。这一梦境似乎持续了好几周，甚至是好几个月，在梦里，我每隔两天便可以洗澡，但又有足够的时间独自写下这些文字。无论你是谁，当你读到这些内容时，你会同情我吗？还是说你在等待一个我无法给出的忏悔和供认呢？从我自身人生观的教规来看，供认我自己参与自身无从知晓的犯罪本身就是一个更严重的罪过，于我而言，这种供认源于我早已摈弃的宗教信仰，如同法迪娅一样，我发现那种信仰本身就是最可怕的恐怖主义形式。

十一月星期六的那个夜晚，在与母亲共进午餐并得知匿名电话一事后，我找到迈克尔·拉姆齐进行了一番交流，此后，回到家中的我独自坐在莱茵贝克镇外的房屋里，给自己倒上一杯酒，脑海里想着我的儿子赛利姆，如今他也快一岁了吧，我举起酒杯，隔空敬酒，敬儿子赛利姆的健康，也敬我对家人所隐瞒的这一秘密，我甚至开始对我自己隐瞒，将与赛利姆有关的任何想法深埋于心，因为法迪娅早已明确表明，从今往后，她不愿让我牵涉其中。法迪娅曾承诺会来纽约探望我，我一直生活在一场持续缓期的希望中，热切盼望着与法迪娅所说不同的另一种未来终会实现，或许我和法迪娅最终能够组成一个非常规的美国家庭，一个具有十足纽约风格的家庭，一个曼哈顿或布鲁克林所能容下的家庭，一个最终也许能融入莱茵贝克镇生活的家庭。对这种未来生活的遐想越多，法迪娅杳无音信的时间越久，我便越意识到自己正在呵护一个几乎不可能愈合的伤口。法迪娅不可能如期而至，我心知肚明，一切遵循她的主张，这一点我们早已达成共识。从某种角度而言，法迪娅拯救了我，使我免于职业生涯被摧毁的悲惨境遇，也逃脱了屈身于那些对于已经将毕生心血投放在某国历史的我而言，毫无用处之地的厄运，譬如位于林波波河地区的某个技术学院，或是位于印度恰蒂斯加尔的某所大学，抑或是诸如此类的斯塔顿岛社区大学。

法迪娅编织了一个谎言，她对父母谎称自己在一次派对上酒后乱性，完全不记得孩子的父亲是谁，这一做法使我免于难堪，也幸免其他诸多不良影响，她只身扛下了这般羞耻之事，高尚地扮演着独自抚养儿子成长的单身母亲角色。至少在我看来是如此，法迪娅对我守口如瓶，我没有产生任何幻想，我知道这是奇耻大辱，或许她的父母会因此不再对她宠爱，不过法迪娅始终坚持说她的父母对此坐视不管，这是其父母自身日渐衰败的境况所致，她父亲的账户仍旧处于冻结状态，母亲的财力也日渐下降。当我问及法迪娅的父亲对她怀孕一事作何反应时，我记得她如是回答道："他勃然大怒，这点你可能早就料到了。他威胁说要跟踪我，他说我应该去做一个 DNA 测试，找出孩子的生父是谁，但我知道他最终不会选择这么做。我的行为只是让他觉得很挫败而已，在我爸得知这一消息后不停咆哮的那几天里，我意识到如今的他早已失去权势，现在我妈才是掌权的人。”在我们的儿子赛利姆生出不久后，法迪娅告诉我，他父亲对此事的态度彻底逆转。“赛利姆当然是他的儿子，是他的宝贝，他在赛利姆脸上看到了自己的样子，好像他才是孩子的爸爸，好像赛利姆生来就只有爸爸，没有妈妈。这一点让我很生气。”

为补偿法迪娅，我承诺每个月定期给她一笔赡养费，这笔钱将自动从我的英国银行账户转至她的账户，我猜测，如今我越来越肯定，这便是我被监控的原因所在：给一位其兄长是恐怖分子，其父亲卖命于美国所憎恶政权的女性打钱，这足以引起伦敦、华盛顿和以色列特拉维夫情报部门的关注，促使其使用监控设备，在远处注视并分析我的一举一动，利用电子设备翻阅我的每个抽屉，用一系列二进制代码对我生活的方方面面进行追踪。我竟如此天真地以为一份以法迪娅为收款人的长期委托书只是我们两人之间的私事而已。

为图方便，也为了以防万一（我总想着倘若某天美国消失于历史长河，而英国却奇迹般地留存下来，我也许将再次返回牛津），我一直保留着我在牛津的银行账户，并在账户里留存了足够多的钱，以确保法迪娅在之后的几年内可以定期顺利收款，并计划着在法迪娅钱财耗尽时能及时给她汇款，或者说，我内心最深处始终埋藏着一线希望，希望法迪娅在将来的某天同意搬往美国，成为我的合法妻子。这样的内心渴望证明了我对法迪娅难以割舍的爱意，我甚至想与她共度余生。当时，这一想法似乎并不荒谬，去年的夏季和秋季，我眼看着法迪娅一点点成长，她逐渐显露的曼妙身姿使我着迷，令我动容（相比之下，苏珊怀上梅雷迪思时反而令我不安），我和法迪娅结为夫妻的想法似乎不无可能，或许我们会对彼此之间的年龄差距谈笑风生，当我一天天老去，也许我会对法迪娅的红杏出墙熟视无睹，纵容她与更为年轻的男性寻欢作乐，以满足生理需求，然而即便如此，我也会始终对她心怀忠贞，绝不会沉溺于其他女性的温柔怀抱，我会心怀感恩，感恩美丽聪慧的法迪娅屈尊爱上我，接受我，这份爱意带给我温暖，这份爱意（或是宽容，随便你们怎么说）将繁衍出我们之间爱的结晶，随之降生的子女会看到父母之间强大的能量，正是这份能量创造了他，他也会知晓自己的存在将始终成为一个无法公开的秘密。他一定会问，这两个人怎么会一起创造我呢？在某种程度上，我们都会对自己的父母抱有如此疑问。这两人爱的程度不同、时常令对方勃然大怒甚至相互排斥，这样的两个人怎会彼此燃起火花？

与迈克尔·拉姆齐的对话让我松了一口气，我相信倘若他不是这一切的幕后元凶，那一定是另有他人所为。我知道我没有丧失理智，我也知道，甚至可以完全确定，寄到我公寓的那三个箱子不是我的幻想，箱子里的内容也绝不是幻觉。我并没有忘记与雷切尔的邮件往来，那毫无疑问是其他人在侵犯我的隐私，干预我的生活轨迹。母亲此前讲述的那个电话也绝不是空穴来风，我相信迈克尔始终坚称的清白。也许正如迈克尔·拉姆齐本人所说，他与这一切毫不相干，或者说他试图以他唯一可得的方式给予我帮助，这种可能性令我更加好奇。

次日一早，我打电话叫了一辆出租车，准备前往莱茵克利夫车站。当我刚用座机拨出电话号码的前面几个数字时，电话那头突然传来一阵拨号音，仿佛我是从某个更巨大的通讯网打电话，无法与外界连通，我反复尝试了好几次，结果都一样，刚拨入四个数字，电话那边便传出一阵拨号音，于是我挂断电话，拿起自己的手机。我用手机拨通了完整的电话号码，电话铃响起，对方接起了电话，而当我开口说话时，却只听到了自己的回答声。

“你好？”我说。

“你好？”电话那头传来我自己的声音。

“有人在吗？”

“有人在吗？”仍旧是我自己的声音。

我挂断电话，再次尝试，同样的事情又发生了。

“你好？”

“你好？”

“能尽快给我安排一辆出租车吗？”

“能尽快给我安排一辆出租车吗？”

我再次挂断电话，拨通了另外一个公司的电话号码，电话接起，这次终于不再是我自己的声音了，一位女性在电话中说，出租车十五分钟后将会准时出发。在前往车站途中，我打电话给母亲，借口称因约见老友，需提前返回纽约，或者我撒了其他小谎，我早已忘记当时究竟借何托辞，我只记得母亲回答干脆，仿佛心中另有所思，或者是不由自主想起那个匿名呼叫者及其在电话中对我的指控，致使她无法再跟我开口交流。

我站在莱茵克利夫车站，这是一个二十世纪早期搭建的砖棚，车站内安置着外形优美的条形长椅，候车室内天花板很高，空气温暖且干燥，跟我以往去过的英国车站迥然不同，此时，我猛然想起斯蒂芬·杨曾对我说过的一番话。那一定是我和他的最后一次对话，大概是今年一月，在法迪娅分娩不久之后。那天，吃过午餐，我和斯蒂芬一同在教员休息室内，当其他人陆续离开后，斯蒂芬朝我的方向走来，踉踉跄跄地跨过地毯，似乎已经有些微醺，或者只是无法看清脚下的路，他笨重地移动着，我在想他是否会摔倒在地，而斯蒂芬顺利走过来，在我对面坐下，一边点头，一边透过那副小巧的圆框眼镜注视着我。我没有向任何人透露法迪娅怀孕一事，在此期间，我经常与她碰面，但每次都是在校园内，倘若是在我家中，则总是有其他博士生或同事在场。就我所知，没人知晓我老来得子，无人察觉如今的我已有了一个可爱的儿子，也正是如此，我内心的洋洋得意之感被一种与世隔绝的意识所冲淡。

“我应该给你一支烟，”斯蒂芬窃窃私语道，“不过也许你才是应该主动拿出香烟的人。”

“我不明白你在说什么。”

“你当然明白，不过你要装作不明白的话，也没关系。”

“说实话，斯蒂芬，我真的不知道你在说什么。”我回答说，我当然知道他的意思。

斯蒂芬先是惊讶地瞪着我，紧接着闭上双眼。当他再次睁开双眼时，瞳孔间闪耀着一丝细微的光线，我知道那是阳光折射到了他的眼镜上，但我因此想到了阿拉伯神灵。一股气体从斯蒂芬的双唇间迸出。倘若我能许下三个愿望，会是什么呢？带我回到纽约；重新分配我的家庭生活；让斯蒂芬·杨永远从我的生活里消失。此时，斯蒂芬正喃喃自语着什么，我无法听清，之后，他小声对我说道：

“我预测你在接下来的几天会接到一封邀请你申请美国某所大学教师职位的邮件，可能不止一所大学，我建议你去申请。我还预测对方会给你提供职位，可能也不止一个，我给你提个醒，到那时，你最好接受你更加中意的学校和部门的职位邀请，要安排你在牛津的事宜很简单，这是一个卖方市场，你的房屋装修精美，我猜测你会讨价还价，但如果你不接受对方的出价，那就太愚蠢了，不过如今在我看来，你比我最初想象的要更愚蠢。不要放在心上，当所有一切安排妥当后，你就会如愿回到美国，听明白了吗？”斯蒂芬冰冷的语气里没有丝毫感情色彩。

“这是什么游戏？”

斯蒂芬抚平灰色绒裤上的褶皱，撅了撅嘴。

“这不是游戏，杰里米，别跟我装模作样，我已经说得很清楚了……”

这时，一位同事突然出现，斯蒂芬立马哽住话语，那位同事冲我们点了点头，在倒上一杯酒后便转身离开了。

“我已经把重点全部说清楚了，”在同事离开后，斯蒂芬继续说道，“我不是在跟你开玩笑，我不明白像你这样的历史学家怎么会对当下的历史如此盲目。这就是历史，杰里米，你已经卷入一场正在进行的故事，这个故事可能会将我们全部席卷到一边。你对法迪娅了解多少？你对她的父母和哥哥又了解多少？除了法迪娅亲口告诉你的那些情况外，你有费心去调查过她家的其他任何事情吗？你对她所说的一切进行过独立验证吗？她天真地谈论起青年党，仿佛那只是一群追求民主的年轻革命者，但你怎么能确定她不是另有所指呢？”

在离开牛津前的几个月，我与法迪娅和赛利姆有过几次短暂的见面，通常是在我的校园宿舍内，学生在如此场合下向其导师炫耀子女似乎不会引起怀疑。过程中，我和法迪娅之间礼貌有加，我终于能亲手抱抱自己的儿子，并和他逗乐玩耍，不过我总是尽量克制自己的激动情绪，唯恐法迪娅警惕于我不禁流露的强烈喜悦。一个人的时候，内心难以克制的欢愉汹涌而来，我喜极而泣，我试图说服自己，这无异于我在梅雷迪思出生时的内心欢呼，但扪心自问，我不得不坦言这其中还掺杂了其他内心情感，或许因为赛利姆诞生于一段禁忌重重的复杂关系，在这段关系中，性别是唯一合乎情理的因素。在梅雷迪思的成长过程中，我从未像此时此刻这般渴望拥有一个儿子。而赛利姆到来的特殊情况意味着我在每次与他相处时不得不控制自己的情感，那是我一生中从未感受过的兴奋之情。

每一次看着法迪娅抱起赛利姆，放进婴儿车，在前庭散步，并最终走出校园大门，消失在远处时，我内心确信，再也没有下一次了，她随时可能不辞而别，没有解释，也不会留下住址。我坚持不对法迪娅进行任何威吓，总是等着她主动通过邮件或短信联系我，安排我们下一次的见面，这样的情况一直持续到我离开英国之前。今年一月底的某个晚上，是我准备收拾行李离开英国的前一天，也是我与法迪娅母子的最后一次见面，那天，我主动冒险提出见面要求，邀请法迪娅和儿子赛利姆前来家中做客。那时的赛利姆已有七个月大，虽还不会爬行，但他转身警觉地看向我，我想，那一定是他见到我很高兴的表现。我和法迪娅坐在花园里，我将赛利姆托在腿上，他舔着我的食指指尖，昏昏欲睡。

“他长得可真快啊。”

“因为他的父母身材都很高挑，祖父母也是，至少我的祖父母身材高大，你的祖父母一定也一样吧。”法迪娅说道。这时我意识到我们从未向对方展示过彼此父母或其他家庭成员的照片，我在网站上看到过法迪娅父母的照片，他们看起来似乎不太高大。我没有冒险搜索过赛义夫的有关资料，我害怕在搜索引擎上输入他的名字会引起有关监视方的高度警惕。

“按理来说，他日后会成长为一个身材高大的小伙子，我们两个的身高都在一米八三以下，我不知道我的身高究竟是遗传谁。”

“可能是饮食习惯好吧。”

我和法迪娅总是这样闲聊，但我知道，这样的对话太过客气。我们曾不止一次鱼水之欢，最终产下爱情结晶，并对这意外之子宠爱有加，如今，我们之间怎么会如此陌生？

“我这周末就离开了。”

“你跟我说过，我记得。”

“所以这次就是告别了。”

“是吧。”

“你和赛利姆会来纽约吗？我能抱有这样的希望吗？”

“赛利姆还没有护照。”

“这很好解决。”

“别给我压力，杰里米。”

“我没有想过要给你压力，真的。”

“我理解，我知道你希望能与赛利姆再见，我也希望如此。”

大约十五分钟后，法迪娅起身说她该离开了，因为赛利姆需要小睡一会儿，且她自己也想做点事情。那便是我最后一次见到他们母子。在那之后，我给法迪娅发送的每一封邮件，编辑的每一条短信，打过的每一通电话，甚至是写过的每一封信全都石沉大海。我猜测法迪娅和赛利姆依旧居住在牛津，不过我知道他们有可能早已搬往伦敦或巴黎，甚至是埃及首都开罗（这一推测令我感到不安）。每个月，我英国银行账户里的钱都会自动转到法迪娅的账户上，循环往复，我期盼着这些钱能支撑我儿子的成长，也期盼着无论赛利姆身在何方，日渐成长的他能够知道我是他的父亲，我竟抱有这样的想法，或许会显得我愚昧不堪吧。

几周前，我坐在从莱茵贝克镇返回纽约的火车上，过去的种种回忆扑面而来。被风吹到身后的外套衣角就像是一对翅膀，窗外的卡茨吉尔山脉逐渐远去，我被载着前往纽约这座都市，前往我是非难料的未来，逐渐远离我一直以来冥思苦想的种种过往，注视着窗外冻结成冰的河水，感受着从加拿大一路吹过的狂风，钻进我生活的满目疮痍。

这天虽是星期天，且梅雷迪思的画廊没有开放，但我知道她此刻也许正一如往常地在画廊里工作。当我到达画廊门前时，梅雷迪思正站在一幅巨大的帆布油画之前，这幅油画上数百万密密麻麻的小点描绘出一幅酷似纽约街头的风景，不过我并不能断定，这幅画看上去像是悬挂在路灯柱上方的CCTV 摄像机拍摄下的画面：四五名女子和两名男子四处走动，其中一名女子正在打电话，紧跟其后的那名男子将手伸进她的包内，她却全然不知。我错过了十月的画展开场，因而对这幅画作的作家一无所知，他是一位名叫纪尧姆 · 帕里的法国画家，他的名字被粉刷在画廊的一面墙壁之上。

梅雷迪思打开门，在礼貌地亲吻了我的两颊之后，她转身面向那幅画。这幅画看上去像是机械制作的，每个水性漆的小点都完美地呈现在画面上。

“我情不自禁地一直盯着它看，今天其实我完全没必要到这里来，但我想回来亲眼看看这幅画，没有政府官员或收藏家的打扰，也没有任何下属在场，我只想单独欣赏这幅作品。"

"如果你觉得我打扰到你了的话，那我可以现在就走。"

"不，爸，我不是这个意思。你又不是外人。你觉得这幅画怎么样？"

"画工非常精准，不像是人手工画的。"

"这幅画是用数控机械完成的。帕里从 CCTV 的摄像机里取景，然后在电脑上进行操作，对这些画面进行分级处理，然后将其转化成当下的印象派画面，就像法国印象派大师毕沙罗或修拉。我们忘记了印象主义者描绘的是当下生活，没有经典场景，也没有圣学场景，这本身就是一场革命，是驱使他们将普通生活转化为艺术，证明画画能做到拍照无法做到之事的推动力，不过有人可能会对此存有争议。我猜也许那就是帕里正在做的事，他在证明被降级处理的照片与绘画能达到的效果并无两样，也或者是在证明绘画本身就是一种与机械有关的过程，绘画的效果最终与照片无异。当你用手机或平板电脑拍摄照片，并使用某一程序修图时，照片看上去便像极了用画笔完成的绘画作品。我们很难对艺术有一个绝对的定论，当帕里巧妙地处理好这些画面时，电脑便对机器发出指令，机器随之完成画作。"

"艺术家不参与绘画的画作还能叫艺术吗？"

"但他参与了啊，这是他的设计，是他的程序，只是实际的媒介操作是由机器来完成罢了。我觉得没有什么区别，只是参与程度的问题而已。我觉得这些画作很美，同时也很诡异。"

"他是怎么找到这些画面的呢？"

"这些画面全是经由所有相关执法机构允许的，至少帕里在巴黎的美术馆经营者是这么跟我说的。我从来没有见过纪尧姆本人，我甚至有点怀疑他根本就不存在。到处都找不到纪尧姆的照片，跟我交谈过的所有人也都说从来没有见过他，甚至连玛丽·伊迪斯都对他一无所知。玛丽·伊迪斯是法国的一位画廊经营人，这些画作由一辆货车运输到她在巴黎的画廊，但货车司机拿到这些画的地点却是在乡下的某个仓库里，玛丽·伊迪斯说她曾经甚至尝试过追查仓库的主人，但只查到了一家控股公司，随之继续追查，又是另一家控股公司，再往下查后，就是一家空壳公司了，这一连串公司就像是俄罗斯套娃一样。这个仓库在一条荒无人烟的街道上，那里没有 CCTV 的监控摄像。无论这个纪尧姆·帕里究竟是谁，他有办法做到自我隐形。或许他的真名根本不叫纪尧姆·帕里，他也许是其他的什么人，甚至可能并不是一个艺术家，又或者纪尧姆·帕里这个名字的背后是一群艺术家或积极分子。所有的这些不确定性，以及这个创造出可见作品的不可见的艺术家都太奇妙了。我写了一篇以此为主题的文章，我有没有给你文章副本？”

“我还没有机会看那篇文章。今晚回家后，我会拿出来看看。这里现在就只有我们两个人吗？”

“怎么了？你要杀了我吗？”梅雷迪思大笑着问道。这真是一个诡异的玩笑。

“我只是想问你有没有时间喝杯咖啡。”

随即，梅雷迪思带我走过画廊里的三间房，在画廊背后，穿过一道上有雕刻的白色房门后（这道门本身就是一件艺术品，是卡斯泰拉尼的雕刻作品，它的价值可能比梅雷迪思助理一年的薪酬都高），便来到了办公室和厨房，梅雷迪思按下咖啡机的按键，研磨豆子，制作咖啡，最后将煮好的咖啡倒进两个不锈钢的咖啡杯中。

梅雷迪思办公室的屋顶一半垂于工作室窗户之上，我总是因此而联想到艺术家布满阳光的巴黎风工作室。我和梅雷迪思坐在窗户下凹陷的休息区，窗外是早冬的蓝天。这个房间位于卫星的监控范围之内，美国国安局或其他部门能够清晰地看见我正和女儿在其工作场所闲聊，我知道这并非我的个人想象。我的一位乔治城的朋友此前一直在白宫工作，他在几年前曾向我讲述他们在白宫西楼测试新型卫星技术，并收集其他职员的子女在自家后院玩耍的实时影像的场景。最近，母亲给我看了她保存在平板电脑上的一幅莱茵贝克镇的三维地图，地图画面如此详尽，我不免认为她及她邻居的房屋，甚至是我自己的住所都遭受了严重入侵。人类究竟是从多久之前开始能够收集我们所生活街道的影像的呢？无论你相信与否，我们每个人自始至终都生活在监视之中。

“你在莱茵贝克镇住得怎么样？外婆最近还好吗？星期三那天，她似乎有点心不在焉。”

“人多了对她来说就比较困难，因为她不太能听清别人在说什么，但她的身体状况很不错。”我顿了顿，抬头看向窗外的蓝天，一架直升机掠过空中，一只鸽子忽然从河面的方向腾空而起。“其实我是因为个人原因才过来找你的，我来是想跟你谈谈我自己的事情。”

“你说话怎么遮遮掩掩的？怎么了？出什么事了？”

“别担心，我没有生病，也没有丢掉工作，一切都很顺利。我不应该这么惊慌，也不应该这么焦虑。看看我的手，自从我完成博士论文之后，就再也没有出现过这样的情况。”

“你遇到什么金钱上的麻烦了吗？如果是这样，那我和彼得可以帮你解决。”

“不，不是这样的，但还是谢谢你愿意慷慨解囊，亲爱的。我希望你明白，我对你的爱胜过对任何人和任何事，而我即将告诉你的这件事绝不会改变这个事实。我为你今天所取得的成就感到自豪，而且你年纪轻轻就获得了这一切！你甚至不知道你在我眼中有多么不可思议。我跟你一样大的时候，还是一个灰头土脸、迷茫无措的毕业生，而你却有了自己的事业，也有了自己令人羡慕的人生，你所拥有的这一切真是让我高兴得晕头转向。”

“你就别拍我马屁了，爸。”

“别这么谦虚，也别打断我。我必须在自己退缩之前向你坦白一切。”梅雷迪思看向我，她皱起眉头，流露出不悦的神情，我第一次想象到梅雷迪思真正跟我生气，或是对我失望的样子，这种可怕的想法只会徒增我的焦躁情绪，我的内心翻江倒海，仿佛在当了这么多年教师后，发现自己再次变回学生，变回被成年人管束和责罚的孩子，而这个成年人承诺要使一切回归正轨。“我在牛津的时候，教过一个学生，她比你稍微年长一点。我和她的关系变得很亲密，我教了她几年，一次偶然的机会，她住到了我房屋对面的公寓内，所以我们在普通的师生关系之外也经常见面。这在牛津这种地方并不稀奇，任何大学城都可能发生这种事。”我几乎快要喘不过气来，于是我停下来做了好几次深呼吸。此时，梅雷迪思脸上的不悦更加明显了。“有一天晚上，我邀请她到家里来喝一杯，我想接下来的事情你应该知道了，但之后又发生了另外一件事。”

梅雷迪思直接从座椅上站起来，抬起手对我说：“拜托你别再说了，爸，你为什么要告诉我这些？我不……我真的不想听到这些。”

听见自己的父亲说他如同当初抛弃你那般轻率地与跟你年龄相仿的女子寻欢作乐，究竟是何感受？梅雷迪思怎么可能愿与法迪娅和赛利姆见面呢？我已经从女儿身上夺走了那么多，如今又有什么权利期待她如此地宽宏大量？

“亲爱的，相信我，如果我不是非告诉你不可，我也不会选择告诉你的。”

“所以你跟自己的学生上床了，我不能……”

“当时她是我带的一个博士生，不过没错，我和她上床了，而且不止一次，这种关系持续了好几周，在那之后，我有好一阵子都没有她的任何消息……”

“等等，你说什么？我不明白，你不是说她住在你对面吗……你们双方是自愿的吗？”

“当然是自愿的。你怎么可以这么问？从很多方面来说，她才是有主导权的那个。”

“你和你的学生上床，然后彼此之间又断绝来往，这一点我觉得很奇怪，听起来像是她在故意躲你，或者是你在故意躲她。”

“当时并不显得奇怪，她非常独立。”

“爸，能不能不要说这些废话！你后来给她打电话了吗？”

“梅雷迪思，别对我大吼大叫好不好？你这样，我真的很难过，我并不想表现得很挑衅，我只是想做正确的事情，想知道她想要什么。最后我终于有了她的消息，大概在我们私会的一个月之后。”

“呵，我能猜猜接下来发生的事吗？我真的无法相信……”

“我想尽量平和地告诉你这些。”

梅雷迪思再次抬起手，我不知道该将其理解为投降还是轻视。

“她是来告诉我她怀孕了，而孩子的父亲只可能是我。”

“然后你就这样相信她了？我的老天爷啊，爸，这是他妈最古老的把戏。”

“如果你认识她，你就会理解的。她不会撒谎，她对真实有着最炽热的信仰，实际上，我和她之间所发生的这一切迫使她不得不一再妥协。为了保护我，她对家人撒谎了，我知道这听起来让你很不快，但无论如何，我和她讨论了所有可行的选择，我也承诺无论她最终的决定是什么，我都会支持并尊重她的选择。在经过几周的深思熟虑以后，她决定生下这个孩子。”

梅雷迪思双唇紧闭，眼睛大张，一根手指抬放在眼角边上。

“不到一年以前，我和她的儿子，也就是你同父异母的弟弟出生了，我在回到美国之前，与他们母子有过几次见面。他跟我长得很像。今年七月，在我们最后一次见面之后，她开始不回复我的任何消息，不过我始终相信法迪娅如今依然生活在牛津。”

“法迪娅？这是个什么鬼名字？她是阿拉伯人吗？”

“梅雷迪思，拜托你别这样。他们是埃及人，准确地说是一半法国血统，一半埃及血统，法迪娅的母亲是法国人，而出生的那个小男孩当然是三国混血，其中有一半是我的血统。”

梅雷迪思走向台阶上的办公桌，打开办公桌抽屉，拿出一瓶威士忌和一个酒杯，给自己倒了满满一杯酒，一饮而尽。梅雷迪思的胸膛上下起伏，她试图让自己保持冷静，脖子上青筋暴起，双手平放在办公桌上。

“我希望故事到这里就结束了，然而并没有。”

之后我便向梅雷迪思讲述了我在前一周的种种遭遇，包括我收到的那几个诡异的包裹，与迈克尔·拉姆齐突如其来的几次偶遇，以及我母亲接到的匿名电话，此外，我还表示了自己的困惑不解——为何有人对我如此密切关注，为何以这种方式让我知晓自己正处于监视之中。“我能想到的唯一原因就是我给法迪娅打的那些钱，因为她哥以前是埃及政府的职员，在改革之后便人间蒸发了。我和法迪娅最后一次谈起此事时，她说她认为她哥在叙利亚，我唯一能猜到的就是某个情报部门的人注意到了我用自己的账户给法迪娅打钱一事，也许法迪娅一直在用这些钱资助她哥赛义夫，或者，我也不知道怎么说，也许她不需要给赛义夫任何东西，我也仍旧很有嫌疑，因为我给一个其哥哥可能被视为恐怖分子的女性打钱这件事本身看上去就很可疑。我之所以告诉你这些，是想听听你的意见，你对这件事怎么看？”

“你还给她钱？”梅雷迪思在书桌后来回走动，眉头紧锁。

“在我看来，这是正确的做法。她没有找我开口要钱，是我自己主动提出的，从法律上来说，我有义务这么做，无论如何，我不会逃避这个义务。”

“你找律师谈过了吗？”

“我又没有做过什么违法的事，为什么要找律师？”

“你需要找律师谈一谈。我本来想说让你跟我和彼得的律师见一面，但我觉得这不是个好主意，彼得不会……我会让巴里推荐一个律师给你。明天你就去和律师见面，以免事态更加严重。”

说罢，梅雷迪思再次倒上一杯酒，双手不停颤抖，她在努力克制自己的情绪，我从未见过她如此愤怒。我对法迪娅所做的这一切卑鄙无耻，这点我心知肚明，我也理解梅雷迪思为何如此，不过在我看来，我和法迪娅之间所发生的这一切只是内心孤独和惺惺相惜的产物，当然也是出于相互尊重，导致事态如此复杂的是这件事所产生的最终结果，我们双双被逼入一个难以挣脱的境地，而我的生活可能因此而面目全非。我知道，无论梅雷迪思如何想方设法使自己不被牵涉其中，她一定想见见自己同父异母的弟弟，她绝不能容忍法迪娅和赛利姆生活在自己的掌控之外。梅雷迪思会将法迪娅和赛利姆藏匿于公众视野之外，为了我们家庭自身的利益，逼迫他们与自己的家庭断绝一切往来。至少，这是我的心中所愿。

“这么说，你认为我没有被害妄想症？你相信我所说的一切都是事实？”

“既然有人向你寄送证据证明你在被人监视，那我想你就没有被害妄想症，这一切都是真实存在的。”

“但我只是一个无足轻重的普通人而已啊。”

“我们每个人最初都是无足轻重的普通人，直到我们做出某些事情让自己博得关注，成为大人物，爸，你的选择就是通过这种事来让自己跳出普通。在当今社会，要站在法律的对立面实在是太容易不过了。过去做一些极其恶劣的事情难上加难，而如今眨一下眼就进大牢了。”

“也许不是这样的。递错信件、传播流言蜚语、在不明是非的情况下向告密者提及你的邻居公然和某个疑似不法之徒讲话，这些行为都可能致使自己锒铛入狱，在我看来，过去和现在并没有什么区别。将自己推入深渊一向都很容易，唯一的区别仅仅在于罪恶程度和当权机关的回应速度罢了，他们会宣布你是否将被逮捕或被处决。迈克尔·拉姆齐……”

“爸，我觉得拉姆齐和这一切没有关联。他是彼得所认识的人中最迟钝的。”梅雷迪思顿了顿，抬眼注视着我，脸上堆满了失望，“我们必须将这些事告诉彼得，因为你的关系，我和彼得都会被卷入这场风波。”

“你说得好像自己是一个恐怖分子的女儿。”

“你不能拿这些事情开玩笑。这就是世界的现实，无论你是否有意，你的的确确已经越过警戒线，做出了出格的行为。”

梅雷迪思从未激起过我的愤怒情绪，而此时此刻，我却想冲她大声吼叫。我能怎么办？当初我还能怎么做？除了给予法迪娅金钱支持以外，我别无选择。这是我能想到的唯一合乎道德的举动，而如今，倘若法迪娅利用这笔钱行不当之事；倘若她和赛义夫恢复了来往；倘若她出于某些偶然，或是受人蛊惑，给予其身为恐怖分子的兄长以援助，那么当初的这一选择极有可能将我推向违法犯罪的边缘。我当初不该和法迪娅越过道德边界，不仅因为她是我的学生，还因为我对她家庭的了解，但我难以抑制自己的内心渴望，难道这就是我最大的失败吗？

当法迪娅生完孩子回到学校后，校园里和整个历史系便开始流传一些风言风语，不过我从未听闻我的同事对我个人抱有任何指控，除了斯蒂芬·杨。当时，斯蒂芬大部分时间都不在牛津，而是忙于政府要事。我总是时刻关注新闻，期待能看到他在新闻上露面，或许是作为中东专家的头部特写，或许是淹没在埃及或叙利亚的人群中，站在美国及英国选派进行支持表态的代表人或代表实体旁。也许除斯蒂芬以外的其他同事知晓或怀疑我与法迪娅怀孕一事有关，但我从未听过此般传言。

当我公开宣布将在今年早些时候回到纽约后，学校安排了我的另一个同事接管法迪娅的论文指导工作。今年七月，那是我和法迪娅母子的最后一次见面，我们一起坐在我公寓的花园内，法迪娅要求我等待她的主动联络，并提出在那之前不能打电话、不能发邮件、也不能写信，但在法迪娅踏出我家房门的那一刻，我知道我不可能答应她的这一要求。将我的儿子全权交由其母亲照顾，无从知晓在他成年之前，自己是否还能与之再见，这令我痛苦不堪。我必须想尽一切办法联系法迪娅，以证明我的大门永远为她，也为我的儿子敞开。几个月过去了，法迪娅依然杳无音信，我害怕自己从此再也没有机会见到他们母子俩。

昨晚，我再次梦到了那个四面白墙的房间，这个地方看上去像是我的家庭办公室，也像是存在于美国和海外，用于秘密关押囚犯的黑房囚室。在梦中，我罩着头巾，双手戴着手铐，被人带着穿过一条走廊，我以为这次一如从前，等待我的是一次为时十分钟的洗澡，但我逐渐意识到自己被领着来到了一个更大的房间内，房间的屋顶很高，墙壁之间距离遥远，四周传来空荡的回音。有人将我的头巾向上提，露出耳朵、鼻孔和嘴巴，但我的鼻梁上方被紧紧遮住，只能透过头巾的缝隙隐约看到一丝光线。我听见纸张沙沙作响的声音，金属椅子在亚麻地板上被来回拖动，通过声音判断，房间里应该有三个人，两个人坐在椅子上，而另一个则是带领我来到这里，提起我的头巾并站在我身后的那个人，他将双手放到我肩膀上，手掌的温度流入我的身体，那一瞬间，我对他竟充满了莫名的善意。我曾经梦到过他，我熟悉他身上的味道，他便是那个带我去洗澡的人，他态度坚决，却从不残忍，在我洗澡的过程中，总是一言不发。

未等我的囚禁者们先发言，我率先开口。

“如果这是对我的监禁，那真是令我大失所望。你们就不能来点更狠的吗？让我遭受身体上的折磨，让我能真切地感受到痛苦，生生拔掉我的指甲盖，让我眼睁睁看见死亡，而不是让我孤零零地站在这里，这种感觉就像是在下课后被强迫独自坐在教室里，思考着老师究竟什么时候才回来一样。”

“我们可以如你所愿，”一个女人的声音对我说道，“不过难道那才是你应该受到的惩罚吗，杰里米？”当她说出我的名字时，我知道这个说话的女人一定是法迪娅。我眯缝起双眼，透过丝丝光线看见了法迪娅的脸。“我们可以继续把你当成是犯了错误的学生那般对待，我们也可以让你更痛苦。我们只是想要你反省自己所做的一切。”

站在我身后的那名男子，那个双手温暖的警卫靠过身来，在我耳边窃窃私语道：“目前的情形已经远比校园监禁更严重了。”他一边说一边紧紧捏住我的右肩膀。

“杰里米从来没有遭遇过校园监禁，”法迪娅说道，她似乎听到了警卫的窃窃私语，“他是一个好学生，从不调皮捣蛋。”

“没错，”我回答道，“我在上学的时候，从来没有被学校监禁过。我女儿知道我被监禁了吗？她对此坐视不管？有本事你们告诉我。”

“你女儿当然知道，”一个男人回答道，“她跟你不一样，她已经得到教训了。她的母亲把她教育得很好。”

“我也有功劳。”

“是吗？”那个男人大笑道。从他的声音中，我判断出这名男子就是斯蒂芬·杨。“她无能为力，我们监视你太久了。”

“我从没想过……”

“杰里米，每个人都应该想到也许有人在监视我们，即便不能确切地知道这些人是否真的在监视，或者究竟何时在监视。我们已经把这个世界变成了一个切切实实的圆形监狱。”

“这么说来，自由完全是无稽之谈。”我的脑海里浮现出一组方程式：监禁＜掠夺＜除名，这是惩罚方式的阶梯，阶梯的最顶端只有处决，倘若罪犯或嫌犯不幸面临死刑，或面临没有正当程序的罪罚，无视法律规定，被囚禁在紧闭的大门后，用任由他人支配代替被除名，问题很快便会得到圆满解决，无需再升级惩罚方式。

我从梦中醒来时，嘴上还念着那组公式，我知道我可以利用它回忆这段梦境。我躺在床上，窗外是一片白茫茫的天空，附近楼房的倒影倾泻下来，马路对面五颜六色的广告牌一个个映入眼帘。虽未被监禁，但我至少处于被掠夺的状态，掠夺了我对自由的信仰。换言之，我相信在不久之后的某一天，或许是今天，抑或是明天，也许我再也不能自由地在这片土地上行走，我的一切将被掠夺一空，只剩下对自由的幻想，我拥有过自由，却不曾珍惜它的可贵。

我所面临的监禁或许与校园监禁有某种相似之处，我被监禁在一间四面都是白墙的阴冷房间内，而行为不端的学生则被监禁在学校大厅内。在这两种情形下，监禁者均迫使被监禁者表现良好。任何一丁点的反抗便会招致额外一小时的惩罚，不得不被继续囚禁在老师的目光之下，这是迈向掠夺的第一步，这是一种诡异的惩罚方式，它一定被视为是对某些儿童的馈赠，他们被禁足在家中好几天，甚至是好几个星期，倘若被惩罚者最终仍然未能达到惩罚者的期许，则将过渡到除名阶段，即永远被驱逐出校，随后，被驱逐者一定会被送往其他学校，或是某些特殊的学校。我与那些被驱逐出校的人接触不多，不知晓他们最终身归何处，是何境地。这些人就那样消失了，年少的我选择残忍地忘却他们的存在。（那些我的心中所爱将我遗忘的速度究竟能有多快？）校园以其威胁式的手段对我们进行驯化，威胁校园存在暴力，威胁将我们逐出群体，训练我们为成年世界里更加残酷的暴力做好准备。我曾经沉迷于阿尔都塞的理论，在意识形态国家机器（譬如学校和焦糖等）近来的构想中看到了自己童年时期的画面，看到了自己经历社会教化和控制的过程：走进校园，学习有关社会和法律的课程；走进教堂，感受附加的精神启迪，接受十诫的谆谆教诲，学习《福音》，所有这一切都是为使自己屈从于譬如警局、法庭、军队以及情报部门等强制性国家机器做准备。

倘若被拘禁，我会接受审讯吗？我将站在法官和陪审团面前，听着他们就我的自由争论不休吗？或许被告人不再有权参与此类审讯，正当程序被不正当地审判。伴随这种缺乏正式感的监禁而来的徒刑无异于学生被掠夺其踏进学校的资格，不过这一比喻并不能站住脚，因为监狱使罪犯远离家（家是指高墙之外的自由世界），而非远离机构，而学校及公共主体则期望过错者的父母将其软禁在家中。（如今，我会希望被母亲，被身负义务的家软禁于其疯狂的统治之下吗？）

再往深处想，倘若监狱生活未能纠正我的行为，那我呱呱坠地的这个国家也许会将我驱逐出境，把我赶回英国，甚至是把我推向另一个残忍国度，那是恐怖主义的领土，是恐怖分子的地理王国，他们会斩杀其敌对者，为杀鸡儆猴，甚至为娱乐自我。我在美国的家人也许会将我从家庭生活中永远除名，或许我会遭遇一场特别策划的无人机袭击，一个两英尺长的追踪导弹横冲而来，炸烂我的脸，炸碎我的身体，而操控者则是一名患有创伤后精神紧张性精神障碍的小男孩，他坐在位于内华达州某个不毛之地的控制中心内，操控着近在眼前的机器，也操控着远在天边的生命。

在我的大家庭中，未曾有人因违法犯罪而被拘留逮捕，也未曾有人遭受牢狱之灾，据我的了解，超速驾驶是他们所犯过的最严重的违法行为。在我的社交圈中，没有人接受过警方询问，不管是朋友还是家人，他们每个人都是如此遵纪守法且平凡乏味，他们的生活一帆风顺，只遭遇过最不值一提的受害情形：我母亲的上一辆车被另一辆车擦边撞击；我认识的一位叔叔曾在中央公园遭遇歹徒抢劫；我一位朋友的银行账户被尼日利亚国籍的窃贼洗劫一空（他是我在牛津大学的同事，瑞士人，博士后，在牛津大学的第一年，他的房间就在我对面）。倘若我在美国或是英国不幸被拘，那么虐待、折磨以及某些肉体胁迫必定在所难免，仿佛其他被拘留者在新的太平盛世初期所遭受过的种种痛苦，在那个时代，人类失去人性，试图统领我们所生活的地球。历史学家看待问题，不仅注重细节，也注重时代，不仅注重宏观面，也注重微观面。人类想象自己进入了一个反面乌托邦，在恍惚中走进真实的可怕梦境。

目前为止，我始终能轻松应对一切。遭受残酷威胁的只是我的思想，而非身体，事实上，我对身体折磨的恐惧多过精神痛苦。我害怕在那些反复出现的梦境中，那条罩在我头上的头巾某天可能会紧紧地缠绕住我的脖子，一盆盆冰冷刺骨的水从头而下，浸湿我的身体和衣物，让我体会在陆地被水吞没的恐惧，直到我奄奄一息之时，方才罢手，随后又是另一场缓期执行的死亡嘲弄，死亡逐渐靠近，而后又转身退回，如此循环往复。或许那些拘留者会不慎失手，意外致我死亡，我倒进死亡之神的臂弯，眼前一片漆黑，难以呼吸，嘴里、鼻孔里塞满了浸湿的棉布。垂死之际，眼前出现一条黑色隧道，隔绝外界的光明，通向远处的光明。

孤独本身也许就是一种折磨。我是否如同路易·皮埃尔·阿尔都塞一样，早已不再心智健全？（难道是我对路易·皮埃尔·阿尔都塞的了解致使我我受人怀疑吗？难道是法国人太过异类吗？）我是否能像阿尔都塞那般勒死心中所爱之人？我也应该受到电击刑罚吗？倘若我当初选择留在牛津，继续在大学里任教，将自己的人生限定在学术高墙内，如同阿尔都塞那般，一生徘徊于师范学院与精神病院两地之间。

如今的一切或许截然不同，在学术界，古怪可以忍受，甚至受人赞扬。但我与阿尔都塞毕竟不同，我不是幕后操控者，也不是国家所崇敬的伟大之人，倘若我杀害前妻或女婿，不会有任何理由为我所犯下的罪过开脱，也不会有任何人为我求情，争辩说我功过相抵。我只是一个无名小卒；一个对历史和哲学领域浅尝辄止的业余人士；一个一知半解的浅薄之人；一个自称有影视哲学才能的影迷；一个失败的爱人；一个不了解子女，甚至也许永远无法与子女互相了解的父亲；一个婚姻破裂的男人；一个掠夺成性的老师；一个看见心中佳人便无法自控的恶魔。我需要阿尔都塞口中的强制性国家机器对我加以约束，防止我在不知不觉间成为一个叛徒，背叛国家，乃至背叛我身边的每一个人。

我在日历上对日子进行标记，墨汁弄脏了日历光洁的表面，我开始思考如今距感恩节已过去了多久，是因为我的双手不停颤抖而弄脏了这些标记吗？还是其他为密切监视我的人效力的人所为呢？是负责打扫公寓的那个女人吗？在某些夜里，我在恍惚中似乎听到了种种声响，或是楼上，或是楼下，抑或是门厅外，但当我驻足聆听，或者打开房门一探究竟时，却空无一人，我害怕这些窃窃私语的声音只是我头脑所产生的幻听。

有没有可能连与我最亲近的人都只是一场凭空想象呢？我记忆中的女儿、母亲、前妻、在一起不过三周的学生、脸庞与我幼年时期一模一样的儿子，所有这些难道都只是一场虚幻吗？或许他们只是我捏造出来的人物，是一场谎言，一场欺骗。莎士比亚在其作品中从未使用过"凭空想象"一词，英国哲学家霍布斯却了解其力量，将其转变为人格化理论：一个幻象，或是大脑适度的凭空想象，也许能被人格化，如同异教徒所信奉的神灵被人格化，不断享有人类一次次供奉的财务以及其他物资和权利。但幻象并不能成为创始者，因为它只是一场虚无。

倘若杰里米，如今这个正在与自己疯狂思想对话的我，我的家人甚至我的过往都只是霍布斯哲学中的幻象，是我头脑的凭空想象，是我一直以来都在人格化的假想，那一切将会如何呢？难道幻象这位艺术大师的双手借助我过往熟识的脸庞，操控他们，使得控制我思想的机器将其转变为虚假记忆的幻灯片吗？倘若我自从高中或大学毕业后便一直被囚禁在一个四面白墙、阴冷黑暗的房间，受人监视、持续接受药物治疗和电休克疗法，但最终仍被认为对自己或他人构成威胁，因而被独自关押在一间软垫病室（精神病院或监狱中墙上装有衬垫以防止被监禁者自伤的房间），手铐枷锁，蒙住双眼，只能单独洗澡，甚至永远无法知晓那些囚禁者的模样，那会是怎样一番景象？这便是我，这是否是我丧失理智的首发症状呢？我是否已患上了精神分裂？我不得而知，也无法确信。手中的钢笔来回移动、墨汁快要用尽，金属笔尖不断发出刮擦声，划破劣质的苍白纸张，这些由木浆和其他许多非均质材料制作而成的纸张很快便会破损，我写下的这些文字也许会消失不见，在我完成这本证明自身清白的书本之前彻底分崩瓦解。

十二月的第一个星期天，我来到梅雷迪思和彼得的公寓，因为他们二人执意要让苏珊牵涉此事，因而她也随之前来。虽然苏珊所在的住所距此不过二十分钟的步行路程，但彼得还是特意安排一辆专车去接她，盼望她尽早到达，仿佛我是一颗不定时炸弹，而我的前妻是唯一知晓如何平息危险的人。

我们四人一同坐在俯瞰中央公园的公寓客厅内，我被逼迫着一遍遍解释自己的失败行为和轻率之举，接受他们咄咄逼人的问询。

“你和其他学生上过床吗？”苏珊问道，她脸上的神情像极了此前的斯蒂芬·杨，双眼大睁，脸颊通红，愤怒难掩。但我又能奈她何呢？我能将她置于死地吗？不，这不可能。

“我求你了，妈，别问这种无聊的问题，这不是重点。”梅雷迪思叹着气说。

“我认为杰里米应该明确告诉我们这是他的一贯行为，还是纯粹的一夜春宵。”

“以前从来没有发生过这种事，以后也绝不会再发生。”

“当然不会再发生，因为警察会把你送进监狱。”苏珊唏嘘道。

“我没有做任何违法的事情。”

“我不敢这么笃定，”彼得突然插话说，“如果你一直在给恐怖组织打钱，即使是间接给予金钱支持，我想这也是违法的。”

“但法迪娅没有加入什么恐怖组织，她不是恐怖分子，只是跟他哥关系不和，我们甚至不能百分百肯定赛义夫……”

“我的天啊，你仔细听听你说的这些名字！”苏珊咕哝着说。

“妈！够了！别再添乱了！”

“不管怎么说，你自己其实也不太清楚，不是吗？”彼得继续说道，“你看见过法迪娅账户的银行账单吗？你确认过那个账户只是登记在她一个人名下吗？你确定没有联合签署人？你确定她爸或者她哥没有在那个账户名下吗？万一这个账户其实是她哥的，而法迪娅只是联合签署人呢？你怎么能确定事实不是如此？假如法迪娅只是为恐怖分子筹集资金的线人呢？你可能只是众多受骗者之一罢了。”

我没有说话。这些问题虽令我不快，但也不是全无道理，我的确从未确认过这些细枝末节。“我相信她，我儿子出生的时候，我就在病房里面。我觉得自己爱上她了。人们都会相信自己所爱的人，不是吗？”

“杰里米，你真是愚蠢至极啊，你怎么可以相信那种人？”

“妈，你别再添乱了，我说真的。”

苏珊讽刺地说：“我很高兴这一切都没有改变，这些老生常谈的忠贞……”

那一瞬间，房间里一片沉默。随后，彼得和苏珊继续滔滔不绝地大声说教，仿佛一个职业性的摔跤二人组，彼此之间显露出我未曾预料到的默契和相互理解。

“我觉得你很幸运，你到现在都还没有被逮捕，我们大家都很幸运。”彼得最后终于说出这句话，仿佛这是最重要的一点。我的行为不仅使我自己面临名誉被毁，失去自由的风险，也将我的整个家庭，甚至是所有朋友和同事的名誉和自由置于风口浪尖。

“彼得，亲爱的，你这样说不公平。爸的所作所为是很愚蠢，但我认为我们不应该这么咄咄逼人，他已经道过歉了。”

“道歉没用，这还牵涉到法律层面的问题。”

“这个我们可以处理，”梅雷迪思回答道，“我相信我们一定能处理好。我们不是那种会被法律问题所扰的人。”我很感激女儿的这番话，但同样也感受到了她语气中的绝望。

虽然梅雷迪思和彼得劝说我留在公寓过夜，但最终我还是坚称想回自己家中，并提议等到星期一再继续商讨此事，因为彼得未能联系到巴里，且他不愿向其他任何一名律师透露如此敏感的问题。

当我站起身准备离开时，彼得一把抓住我的手臂，双手紧紧捏住我的外套。“我希望你能去看一下精神科医生。如果有什么问题，那你需要接受治疗。”

“接受电休克疗法吗？”

“他们说这其实并没有那么糟糕。”

“谁说的？”

“爸，你别这样。”梅雷迪思打断我们，领着我走向公寓门口。

“当时是我犯傻才会发生这种事。”

“是的，你是犯傻，但是我们会想到办法解决的。”

“我以为永远没人会知道这件事，我始终保守着这个秘密，因为法迪娅希望我这么做。”

“别再说了，你已经说得够多了，该知道的我们都知道了。”

“我没有疯，你们觉得我疯了吗？”

“我觉得你压力很大，而且很焦虑。”梅雷迪思顿了顿，努力控制自己不将视线从我身上移开（在我看来是如此）。“也许一点药物治疗会对你有好处。”

“你想让我对药物产生依赖吗？我这辈子只服用过几次抗生素，没有比这更猛的了，我只吸过一次大麻！”

“不用这么狭隘，放宽心。”

“你觉得我该不该请假修养一段时间？”

“不，这样做太不明智了。别表现得好像你对什么事情都心怀歉疚一样，照常生活，照常去上课，完成这一学期的课程，希望到那时我们能找到解决办法。”

梅雷迪思和彼得给我安排了专车，车辆行驶途中，减震器在井盖和路面坑洞处发生颠簸，刹车时几乎没有任何声响，仿佛制造汽车的伦敦同业公会了解其顾客期待在行车途中产生一种幻觉：在安静泡沫中穿行，逐渐靠近防护严密的安全住所。此时，我想到了法迪娅和赛利姆，想象着他们在牛津的生活。他们母子二人睡在用我每月定期支付的金钱租住的公寓里，梅雷迪思用那笔钱支付儿童托管费用，如此一来，她便可继续自己的博士生学业，梅雷迪思如今的导师是我此前在牛津大学的同事，她是一位一板一眼的女性，从小生活在柏林，与我相比，她无疑可以给予法迪娅更好的指导。

梅雷迪思、彼得和苏珊是最先知道有关法迪娅和赛利姆一事的人，我理解他们得知此事后的惊讶和愤怒，愤怒于我此前的欺瞒，愤怒于我的道德偏失，但他们并未表现出将我拒之千里的意思。没有人说永远不想见到我的儿子赛利姆或是其母亲法迪娅，每个人似乎都认为我有责任和义务采取措施，将功补过，甚至连苏珊也是如此。我必须采取措施向权力机关阐明我所处的境地，我愿意如此。若他们需要更多的证据，不妨开口，我定会言听计从。

当我到达公寓门口时，恰巧轮到当天值班的门卫埃内斯托一如往常地坐在前台后（在皇后区与其姐姐一起共度佳节后，他再次回到工作岗位。）

“教授！又有一个你的包裹，看起来和之前那个几乎一样，你没有遇到什么麻烦吧？”

“没什么麻烦，我能应付。你还记得我之前请求你帮忙拍下送包裹的人的照片吗？”

埃内斯托点点头，拿起手机，左手食指在手机屏幕上来回滑动，随后他举起手机，给我看偷偷拍下的照片。“这就是送包裹来的那个人，看上去一点都不友好。”照片上的人看上去与迈克尔·拉姆齐有几分相似，不过我无法完全肯定。

“他有跟你说什么话吗？”

“没有，有些送包裹的就是这样，但这次我特意看了他一眼，他并不是什么自行车送信人，他身上没有一件是自行车送信人的装备，衣服和鞋子都不符合，至少可以说这个人不像是普通的邮差，我想可能是一个实习学员什么的，但是他看上去又没有实习学员那么年轻。”埃内斯托顿了顿，问道，“你认识他吗？”

“我想我之前见过这个人。我的包裹在哪儿呢？”

埃内斯托伸手指向靠近信箱的地板处，一个和此前相差无几，或许稍大一些的包裹箱静静地放在一棵装饰圣诞树旁，我不在的这个周末，它似乎长大了。这是我收到的第四个包裹箱，它比此前的三个略重一些，我战战兢兢地抱着它走进电梯，心中的恐惧似乎快要将我绊倒在地。

进入公寓后，我没有急着打开包裹，而是径直走到电话旁，查看语音信箱，却没有收到任何消息。或许骚扰我母亲的那个人不太热衷于留言，抑或他只是一个惹是生非的人，也许他生活在牛津，也许是法迪娅的新男友，或是她的兄长，抑或是她的父亲，不过如我之前所想，更有可能是斯蒂芬·杨。我未将自己在纽约使用的电话号码列入联系人列表，而母亲却常常将自己的号码保存在电话簿中，以备不时之需，倘若老友记忆衰退，仍旧能与其取得联系。我曾经一定向斯蒂芬透露过我母亲居住在莱茵贝克镇一事，或许还曾提及过她的姓名。

刚拿回来的那个包裹箱躺在前厅，热切地注视着我，但我选择对其视而不见。我拿出一块三明治，打开一瓶红酒，坐在电视机前享受食物，试图将包裹箱一事抛之脑后，但在电视屏幕每次变黑时，我又总是不由自主地在屏幕上瞥见它在角落的倒影，最终我没能克制住自己，我将食物和美酒放到一边，走进厨房拿出一把刀，划开了包裹箱。

包裹内并未同此前三次一样装着一堆纸张，而是装着一个盒子，盒内装着一些文件夹，我打开第一个文件夹，里面是一叠照片。我看了许久才在照片上拥挤的人群中找到自己的身影，很快我便意识到这些照片是自法迪娅第一次到牛津大学参加入学面试之后的几个月以来，我在牛津和伦敦的行踪记录。那时我真是年轻啊！脸颊丰满，看上去无比健康，只有几张照片上的我显得若有所思或心不在焉，但却从未出现过愁眉不展的神情。当我看着自己在大约十年前的生活记录时，一种感激之情油然而生，感激这些照片让我想起曾经的自己。

我将照片放回第一个文件夹，继续翻看之后的几个照片夹。这些照片是以十年前为起始点，一直记录至今，因而越往后翻看，越靠近我现在的生活。照片上的我不尽相同，有时行走在大街上；有时坐在车里（我在离开牛津之前已经出售了这辆车，而且那时仅仅在前往杂货店或为躲避城市的喧嚣，逃往科茨沃尔德时才会使用它），CCTV 摄像机拍下了我的脸；有时是去旅行的途中；有时是回纽约之旅；有时是在欧洲及北美参加研讨。最初，照片中并未出现任何显示我有罪或令我难堪的画面，不过或许我凌乱的发型，肥胖的体型，抑或是偶尔不入流的穿衣品味会略显尴尬。照片上的我没有出现挖鼻孔、抓挠胯部或掏耳朵的不雅举动。大部分时候，我看上去都只是一个平淡无奇的中年人，只不过不同于我想象中那般温文尔雅，那般老练沧桑。随着照片拍摄时间的不断拉近，我的下巴开始变得松垂，下颚变得更宽厚，发际线逐渐升高，体型上下波动。每年夏季，由于坚持锻炼，我的体重会明显下降，而每到冬季，由于频繁参加高桌晚宴，我又会回归肥胖一族。

梅雷迪思同样也出现在这些照片上，我和梅雷迪思在牛津及纽约一同进出的照片被拍摄下来，此外，照片上还有我的母亲及多个同事。其中有一张拍摄于我和贝唐一拍两散之后，我在背井离乡的这几年里与其他几个女人的亲密画面也尽显眼前。越往后看，我便越感到焦虑不安，因为照片里出现了很多我与法迪娅单独在一起的画面，不过我总是小心翼翼，单从照片来看，无从证明我俩有着师生关系之外的特殊来往。照片上，我和法迪娅只是在特尔大街上短暂交流，或是在博德利图书馆驻足停留，抑或是在宽街布拉克威尔书店二楼的咖啡店里聊天喝咖啡，我庆幸自己在公共场合表现得有礼有节，未曾伸手抚摸法迪娅的秀发，未曾与她十指相扣，也未曾亲吻她的脸颊。总之，这些照片记录的都是我与法迪娅的正常相识，而我也随之回想起那些记录电话号码和网址的文件，于是我翻出之前的快递箱，匆匆一瞥，我和法迪娅的所有交流记录赫然呈现在眼前。我意识到某人（一定是迈克尔·拉姆齐）一定在利用面部识别软件搜索既存的照片档案，以向我证明我其实早已处于他人监视之下，从我第一次与法迪娅在那场入学面试上相遇开始，我的一举一动便一直被人记录在案。我不慎进入了雷达区，那些被委托监视我们安全的实体秘密对我进行实时监控，只是因为法迪娅与三个为穆巴拉克政府工作的男人有所牵连——她的父亲、舅舅和兄长。

接下来还会发生什么？我会在星期一或之后的某天醒来时发现门外放置着一个包裹箱，箱子里装着我在过去十年来给法迪娅转账的所有完整记录吗？这些记录只能证明我曾生活在国外，更确切地说，是证明我对这个曾经是我学生，如今却是我儿子母亲的女人的经济支持。

我的思绪回到还没有一一看尽的照片上，最后一个文件夹里装着去年的照片，那时我的儿子赛利姆刚刚出生。我看着这些照片，不禁哽咽在喉。照片上，赛利姆躺在推车里，法迪娅推着推车行走在不平坦的牛津街道上，她双手抱起赛利姆，在高街的咖啡店与赛利姆的外婆见面。此外，还有法迪娅带着赛利姆在大学公园的山毛榉树下与其他年纪相仿的小孩一同嬉戏玩耍的照片。真是五官精致的小孩，与父母样貌相像，却又颇有自己的全新特色。我将所有拍摄到法迪娅和赛利姆的照片一一平放在餐桌上，只想看看在我离开的这几个月里，儿子的成长变化。赛利姆看上去很健康，也很幸福，他在不断成长着。法迪娅的脸庞比我想象中更亲切柔和，她看上去很幸福，但又一副心事重重的模样。我不知晓该如何形容这一表情，凝重且忧愁，或许仅仅是在为论文发愁，或是为其兄长赛义夫的人间蒸发而惶惶不安，或是为其父亲的不良处境担忧，抑或是因为她心知肚明，有一天我会重新回到她的生活，拒绝让我们的儿子在缺失父爱的环境下成长。最后我看到了一张令我诧异的照片，法迪娅站在圣吉尔斯大街上与斯蒂芬·杨攀谈，赛利姆躺在放置在两人中间的婴儿车内。看着法迪娅和斯蒂芬在照片中的姿态，我不禁打了一个冷战。法迪娅朝斯蒂芬的方向微微倾斜脑袋，两人看上去像是一个秘密联盟，斯蒂芬眼中闪着光，似乎是在酝酿什么阴谋，或心怀不可告人的目的。我仔细观察照片，但始终无法仅凭一个单独的画面便判断出当时的实际情形，也许他们二人只是偶然遇见，而照片上出现的类似联盟的画面在此后未曾记录到的时刻也许会变成强迫或拒绝。

眼前的这些照片令我苦恼，也令我喜悦，苦恼于莫名受人监视，喜悦于见证儿子成长。同时，我也疑惑不解，难道法迪娅和斯蒂芬还保持着联系吗？此时，我察觉到有一个人正目不转睛地盯着我，我站起身来，在窗外漆黑一片的休斯敦大街上，我看到了迈克尔·拉姆齐，这次他没有佩戴任何面具，而是站在大街上，眼神毫不闪躲地注视着我，并伸出手指，指向自己的胸膛，当我们四目相对时，拉姆齐冲着我点了点头。我知道无论接下来将会如何，无论我之前的行为给我如今的生活带来了何种令人困惑的混乱和繁杂，也许事态还会发展到更加难控的地步，但迈克尔·拉姆齐正在以他的方式试图帮助我安然度过这一切。

随后，拉姆齐转过身去，此时，我开始怀疑来人到底是不是他。我看着那名酷似迈克尔的男子快步沿着休斯敦大街向西走去，或许是准备前往我们此前有过一面之缘的咖啡厅。我想打电话给迈克尔·拉姆齐一探究竟，但当我上网搜索时，仅是纽约就出现了上百个迈克尔·拉姆齐。在星期天晚上一一打电话前去问询似乎不合情理。此时，我突然想到可以通过彼得获取拉姆齐的联系方式，但又转念一想，即使我打电话给拉姆齐，电话中的他也势必会否定这一切，因为他曾经，或如今仍然为美国国家安全局或其他某个情报部门工作，他清楚自己的电话正在被人监听（我想，这一定是从事此类工作的要求之一，为了国家安全而牺牲自己的隐私）。

无论拉姆齐抱有何种目的，无论是为了帮助我还是警示我，他一定确保自己的种种行为不曾有人察觉，或从来不会被追踪到，抑或是需大费周折才可发现端倪。拉姆齐的所作所为似乎是希望我以受害者的角色，主动站出来揭露自己因某些事实上合乎法律规定的行为活动而被美国政府监视的事实（或许这正是我现在在做的事，在这些文字中揭露我的受害情结）。倘若拉姆齐不曾向自己证明我没有做过违法犯罪之事，他便不会如此千方百计地给予我帮助，这意味着我支付给法迪娅的钱一定为她个人所用，而会被视作违反美国或英国某项法律规定的幕后元凶只能是这些金钱往来。

经过和梅雷迪思、彼得以及苏珊的一番商讨之后，我一直在考虑是否应该停止给法迪娅汇款，但与此同时，我又害怕倘若我果真如此，就说明我相信这件事一开始便另有蹊跷，更重要的是，我害怕停止汇款的行为会损害我目前和儿子赛利姆之间的关系。从法律角度而言，我有义务抚养自己的儿子，因而遵循一项法律规定便是违反另一项法律规定，这是自相矛盾的困窘，但我始终坚信自己没有违反任何法律规定。我不认为自己是一个愚蠢之人，的确，我被欲望吞噬了，对此我大方坦言，但我在弥补过错时所做出的一切行为在我看来均是合理合法的：支付钱财供养儿子的母亲，依其母亲要求，支付钱财抚养我的儿子，仅此而已。倘若法迪娅给我提供的收款账户并非登记在她名下，而是在其作为恐怖分子的兄长赛义夫名下，或是赛义夫有权进入该账户，那我是不是变成了受害者呢？

星期一早上，我再次拨通法迪娅此前的电话号码，电话响起：对不起，您拨打的号码不在服务区。同以往一样，我一封接一封地给法迪娅发送邮件，却全都石沉大海。过了一会儿，我收到一个新包裹，这次不是什么令我胆战心惊的物品，而是一部新手机，是梅雷迪思送给我的礼物。“方便保持联络。”梅雷迪思留在包裹内的便条如是写道。我打开手机，根据提示进行设置，紧接着拨通了梅雷迪思的电话号码。

“我收到你送给我的小礼物了，我现在就是用它在给你打电话。”

“我知道，爸，我已经存好了你的新号码，你喜欢这部手机吗？”

“亲爱的，这只是一部手机而已，有什么喜欢不喜欢的？”

“它可是心愿的承载体。”

“或许是你的心愿，但不是我的。”此时，电话里一阵沉默，我让梅雷迪思失望了，她只是想帮助我，正如她将我的机票升级到头等舱，或是安排专车接送我一样，只是为了让我远离生活的现实和混乱。“对不起，我不想这么没有感激之心，这个手机很好看，很时髦，我现在可以用它做以前很多无法做的事情了，比如我可以用它在市中心区寻找一家环境优雅的饭店。”

梅雷迪思笑了，不过她的笑声似乎并不愉悦，这不是我此前熟悉的笑声。

“亲爱的，怎么了？”

我能清楚听见梅雷迪思的呼吸声，她快速呼出一口气，似乎正在抽烟。

“只是……我只是觉得这部手机可以帮助我们保持联络。”

在以前，只要有一部座机就够了，过去，我们彼此信任，心中知晓在未来的很多天里不能与配偶、子女或是父母取得联系，但始终信任他们一切安好，信任他们对我们心怀忠贞，相信他们所说的每一句话，或至少认为其言语貌似真实。对于每个人而言，不被他人电话打扰的自由；在城市里随心漫步，无需担心被人跟踪的自由；在书店或图书馆悠闲阅读的自由；无需生活在唯恐被人追踪的恐惧下的自由；无需因收到令人厌烦的信息而分心的自由；无需每隔三十秒便查看股票行市，或是收到爆炸新闻提示的自由，意味着在十年之前，我们思考得更多，反动得更少。难道我们已经进入了一个更加反动的时代吗？科技教会我们反动，而非深思，以至于甚至连信念，以及对抗犯罪或不平等，抑或不公正的欲望也早已不再是如今左翼运动的基石，而关乎这些愤怒运动的讲述似乎往往建立在对历史和意识形态的无知之上。曾经，我总是同苏珊分享这些想法，事实上，正是这些对话奠定了我和苏珊之间恋爱关系的基础，那时，二十来岁的我们一夜成婚，九个月后，我们的女儿降生了，而除了对彼此思想的了解外，我们互相一无所知。我想念与苏珊的那些交谈，我们之间还有可能重归于好吗？哪怕是最后一次？我满怀希望，坐上一辆出租车，向住宅区出发。

当我站在苏珊的门前，通过内部通话设备与她交流时，苏珊没有说话，只是默默地按下开门键。大门打开了，我走进那个熟悉的地方，瓷砖地板沾上了一点灰尘，门廊传来一阵铝披信箱的味道，苏珊养的小狗在门口汪汪乱叫，看到这一幕，我想起了我和苏珊曾经一起养的那条西高地白更犬，我们给它取名为罗特·莲娜，因为它的长相酷似女演员罗特·莲娜（闷闷不乐的脸庞和向外突出的牙齿），每次当我和苏珊带它去河滨公园玩耍后准备回家只时，它都会拖住脚步，不肯离去。

当苏珊的脸庞再度出现，我心中顿时生发出一股强烈的归属感，我毫不犹豫地将她拥入怀中，在她肩膀上埋头哭泣。尽管苏珊昨日对我满腔愤怒，但她是除了女儿之外，我唯一值得信赖的人，因为我母亲如今对我的态度已不再如常。倘若我重回曾和苏珊风雨同舟的日子，倘若我回到这栋公寓里居住，在漂泊多年之后，再度和苏珊一同漫步在河滨公园和百老汇大街，那生活该是多么令人舒心。我进入这栋熟悉的公寓，穿过走廊，走进客厅，却发现彼得一动不动地坐在客厅的沙发上，我震惊万分。彼得看上去如此惬意，这一幕就好比是走进一个本该安全的地方，却意外地发现一个盖世太保（纳粹德国的秘密警察）安逸地坐着，等待你的到来。

彼得冲着我微笑，我曾在他父母脸上见过这种笑容，自我从牛津回到美国的几个月里，梅雷迪思的脸上也出现了同样的微笑，毫无温度的微笑。

“杰里米，我和我的律师们谈过了，他们向我推荐了另一个公司，说是可以在我们的住所进行，就在今天晚上或是明天，不过我认为越快越好，你觉得呢？”

“进行什么？”

“仔细审查你所提供的案件事实，检查证据，检查你收到的那些文件，如果你还保留着银行记录的话，也会一并检查。也许你可以把那些银行记录打印下来之后一起带过来，如果事实证明有必要的话，我们再好好想想怎么应付那些权力机关，我的意思是如果律师们发现了任何需要处理的问题的话。顺便问一句，还有其他人看过你收到的那些文件吗？”

“我公寓的门卫见过。”

“你给门卫看了那些文件吗？”

“他们看见了我收到的包裹，包裹里面装着文件。”

“但是没有亲眼看到那些文件，是吧？”

“是的。”

“所以你是唯一一个看过那些文件的人，也就是那些打印着网址和电话号码的纸张。”

“是的，没错，这些文件，你应该知道，这些文件属于很私密的东西。”

我想，彼得一定是担忧其他人发现这一切，但紧接着，彼得转头看向一边，问道：“你确定这些文件不是你自己寄给自己的吗？”

“我为什么要这么做？”

“我不知道，你确定这些文件不是废纸或白纸什么的吗？如果你觉得我这样说很无礼，那请你原谅我。”

“我确定，百分之百确定。我自己不可能有接打电话的记录。”

“也许你每次打电话都会主动记录，譬如通话对象、通话时长以及通话时间。也许你和某些人一样，从来不会删掉浏览记录，然后将它们全部打印下来。”

“但我没有这么做，我也不会这么做。我没有偏执的强迫症，如果你是想说这个的话，那苏珊可以给我作证。”

“的确是这样，杰里米的思绪太杂乱无章了，不可能成为指挥官，”苏珊大笑道，不过笑声中并无半点喜悦，“但他一直以来都是一个很出色的谎言家。不然你以为他为什么会离开哥伦比亚大学。他在真相和谎言之间掌控自如，这对一个历史学家来说很冒险。”

“别再说了，苏珊，我说的一切都是事实，而且我对你们暗示我在编造谎言这一点感到非常厌恶。”

“你为什么对这一点反应这么强烈呢？”彼得问道。

“你们给我听着，我现在就可以坐出租车回家，然后把那些箱子拿到这里来，如果你们非要这样才肯相信我的话。”

“我们是否相信你神志清醒，对你来说就那么重要吗？”

“是的，当然重要。你们两个真是白痴！”

彼得顿了顿后说道：“你没必要这么辱骂我们，我们只是想帮助你。”

“我没有辱骂你们，我只是很失望，你们竟然不相信我所说的话，我很失望。不过话说回来，你为什么会在这里，彼得？”

“我刚好在附近，所以就顺便过来看看苏珊。自昨天的一切之后，她一直很沮丧。”

苏珊慢吞吞地走到客厅的窗户边，望向窗外，如今，我再也无法同从前一样，读懂她每个动作所传达出来的意思，她的某个特殊动作表示赞同，而头部向左后方倾斜则表示反对。“我们都很沮丧，彼得，不只是我一个人。”

不过同从前一样的是，我仍旧能听到哈得逊公园大道上来往的车流声以及公寓内暖气片发出的咔哒声。以前，由于暖气片功能失常，我和苏珊在冬天那些严寒刺骨的日子里不得不打开窗户，调节室内温度。这条长相酷似罗特的新宠此时不再对着我们三个人汪汪直叫，而是伸出两条前腿，乖乖趴到地板上，黑色的眼睛来回转动，一会儿看向苏珊，一会儿看向彼得，仿佛知晓他俩其中一个最后会带它出去散步。为什么是彼得？这条狗为什么会对彼得如此熟悉？

“我知道这一切是谁干的。”

“谁干什么？”

“我知道给我寄这些文件的人是谁，是你的朋友，迈克尔·拉姆齐。”

彼得冷笑一声，说道：“如果你这么认为，那你真的是疯了。迈克尔只是一个办公室小职员，他简直是最无趣的 IT 呆子。”

“你不知道他工作的地点？”

“他在银行工作，我现在一时想不起来具体是哪家银行。”

“他是在为美国国家安全局工作。”

“你确定吗？”

“这是唯一合乎逻辑的解释。他总是晚上跑到我在休斯敦大街的公寓外面站着观察我。昨天他给我寄了一箱照片，里面是我在牛津、伦敦和纽约的所有画面，还有法迪娅和我儿子赛利姆的照片，大楼里的门卫拍下了包裹递送人的照片，就是拉姆齐，所以我确定这一切是拉姆齐所为，如果不是他，那他应该是其他某个人的送信者，但我认为这不太可能。昨天晚上，他又站在我公寓外的大街上，等着我发现他，他想让我知道这一切，但同时也很小心翼翼，因为国家安全局或其他的什么情报部门也在监视我。他不能给我发邮件，当然也不能给我打电话，但他可以站在大街上，也可以给我寄那些文件，让我知道自己正在被监视的事实。他知道我没有做任何违法犯罪的勾当，因而没有理由被人如此监视，他知道这一切，所以他想帮助我。”

或许彼得听后摇了摇头，我记不清了，但我清楚地记得他脸上的神情，这种神情使我联想到那些倍感优越的神志清醒之人，他们总是认为身边的每个人都愚蠢疯狂，而始终坚信自己的头脑永远清醒。

“你确定你昨天收到的那些照片不是你在过去十年以来自己收集的吗？也许这是你从英国单独托船运回来的呢？”

“我没有托船运回这些照片！这个包裹和其他几个包裹一样，都是别人亲自送来的，而且上面没有邮戳。我没有相机，我和苏珊离婚后就一直没有买过相机，我们在一起时，她总是负责拍照的那个。”

“这是事实，”苏珊回答道，“杰里米眼神不好，所以照相技术不怎么好。”

“除此之外，我自己也在那些照片上，即使有些照片上没有我的身影，但我在这些照片拍摄当天根本没有去过照片拍摄地，你们难道还不明白吗？你们为什么都用这种眼神看着我？”

“我们只是觉得你需要帮助。”苏珊说道，她的声音如从前一样牵强附和，我知道她没有耐心了。“你看上去脸色不大好，面色发灰，你的眼睛……我以前没有见过你这个样子。”

看来是我太自以为是了，原来苏珊也不支持我，她和彼得是否会串通勾结，合谋陷我于这般境地呢？有没有可能彼得才是这一切的幕后主使？或许是想清除我这个障碍；或许我对他及他家人而言太过累赘；或许他早已知晓法迪娅一事；或许斯蒂芬·杨不仅给我母亲打了电话，也给所有与我对立的人打了电话；抑或迈克尔·拉姆齐只是彼得手下的一个员工。无论真相如何，与苏珊或彼得交谈毫无意义，这点我心知肚明，于是我借故离开了，并称倘若事态有发展，会随时联络他们。

我独自走在西区大道上，偶然注意到塞巴斯蒂安医生办公室里的灯还亮着，便想前去找他倾吐心声，但随后又觉不妥。此时的我思绪不清，但我想再见她一面，也许与她见面能打消我对自己是否神志清醒这一问题所抱有的疑虑。的确，彼得盘问我的那些问题激怒了我，因为我不禁开始思考自己是否几近疯狂。我乘坐地铁回家，一路上，地铁不断发出咔哒声，我多么轻易便可成为这座城市里千万个精神错乱的人之一啊，整天蓬头垢面，喃喃自语，在一堆纸上潦草记录下自己的人生，一页接过一页，证明自己神志清醒。

我在西 4 街下了地铁，有一个人正靠在报摊旁阅读杂志，是迈克尔·拉姆齐！他身穿黑色双排扣大衣，衣领向上翻起，头戴一顶黑色针织帽，犹如一位丹麦水手。当我逐渐向拉姆齐靠近时，他也抬头看向我，仿佛事先早已知道我到达此地的确切时间，也许他一直在用手机对我进行追踪，看着我在城市里的来往行动，好像地图上一个移动的小蓝点。拉姆齐冲我笑了笑，正是这个微笑让我卸下了所有防备，他的笑容里没有虚情假意，也没有威胁恐吓，那是会心的一笑，而非如同彼得或是斯蒂芬·杨的笑容那般，仿佛经过多次练习，冰冷，虚假。我从拉姆齐的笑容里看到了同情与关心，除此之外还有失望，我想他是希望我能明白他的用心良苦。

我逐渐放慢脚步，等待拉姆齐先开口。

“我们不能再以这样的方式见面了。”拉姆齐说完便转身走进了地铁。

次日是星期二，我不得不前往学校上班。由于圣诞节将近，课堂上的学生几乎已走了一半，但我努力使其余学生精力集中，不过大多数学生眼神空洞，神情疲惫，我正放映着穆罕默德·拉素罗夫执导的纪录片《手稿不会燃烧》，许多学生却意图借故让我重新选择其他影视节目。一位喝着苏打水、吃着薯片的女学生抱怨称自己身体不适，只想观看真人秀节目。

“把你手中的苏打水和薯片给我放下，”我冲着她大吼道，“多吃点水果和蔬菜！补充蛋白质！你身体不适是因为你整天都在吃垃圾。你吃垃圾，自己就会变成垃圾，思想也会变得垃圾！你只知道吃这些东西，难怪会身体不适。我不想再听到任何借口了。你不想完成该完成的事情，那你就躺在床上等死吧。”

此时，整个课堂鸦雀无声。一个坐在教室后排的男生开始啜泣。在我的执教生涯当中，我从未对任何一群学生说过如此严重的话，与之相反，我总是努力成为一位受人喜爱的教授，和蔼可亲且性情温和。然而，那天我却找不到曾经那个心胸宽广的杰里米了，他躲进了帘子里，或者说，我终于纵容自己跨过了头脑里的那个界线，自由奔跑在理性自我的领土上，奔跑在那片早已被侵占的地方。在接下来的几个小时里，我备受煎熬，只对着课堂上最聪慧的几名学生讲课，展示电影中的一些剪辑画面，譬如当电影里的作家面对其折磨者时的画面，以及当其中一位作家对着一部电量耗尽的手机说话，知晓有人正在监听，知晓他的所作所为都处于他人监视之中时的画面。

走出教学楼，我再次看见了迈克尔·拉姆齐，对此我并不惊讶，他正站在马路对面，当我朝他的方向走去时，他却转身拐进街角，消失在蜂拥而来的学生群中。真的是拉姆齐吗？他是想让我跟上去吗？他是否在暗示我们也许可以在校园内找一个自由交谈的私密地点呢？

那天晚上，梅雷迪思和彼得派了一辆专车前来接我，于是我带着四个包裹箱来到了梅雷迪思和彼得家中。进门后，屋内站着一堆律师，年龄均在三十岁至四十岁之间，有白人，有黑人，也有亚洲人，他们对我严加盘问后便拿走包裹箱，以做文件检验，并让我耐心等候，称会在适当的时候与我取得联系，此外，还建议我假装什么事都没有发生，一切照旧，不过却警告我应拒绝任何国际旅游。据他们所说，出入境可能会遭遇麻烦，离开或许轻而易举，但到达某地，或返回美国也许会困难重重。

几天过去了，一切如常，我每天都在阅读、教书和等待结果中度过。每天，我都乘坐电梯下行至大厅，与门卫打过招呼后便出门步行前往杂货店，花一美元多买一个有机苹果，有时我会在半夜时分去杂货店购买谷类食品和芝士，因为 24 小时营业的新奇仍未消退，所以即使是在半夜，想购买东西也十分便利。凌晨两点，我走在人迹稀少的街道上，进入杂货店与收银员交流，我想，他此刻也不愿待在店里吧。店外有一个封闭的座位区，那是供人们快速用餐的地方，此外，还有一堆被层层围住的塑料座椅和休闲桌，唯恐无家可归或穷困潦倒的人们在此寻求庇护。

我参加了英语系的一场重要讲座，主讲人是来自普林斯顿的一位年轻教授，讲座主题是贾法·潘纳希执导的电影《闭幕》和《这不是一部电影》，这两部电影都曾是我在影视课上的讲解题材。讲座室内只有十个人，与牛津科研讨论会的惨状不相上下，不过在我的想象中，像纽约这样的城市不该出现此类情况。讲座结束后，我和英语系的主办人（一位年纪和我相仿的英国人）以及那位年轻的主讲教授一同共进晚餐。我们挑选了一家马来西亚餐厅，不料第二天我竟出现了食物中毒的症状，疼痛难忍的我在公寓里来回走动，不停地在床铺、马桶和厨房水槽之间徘徊，来来回回在小范围内缓慢移动，此时，我不禁想到自己也许很快便会适应被监禁的生活。

同以往一样，我每天都会碰到迈克尔·拉姆齐，有时是早上，有时是夜晚，有时是午餐时分，我们偶尔会互相点头示意，不过通常情况下，他会对我视而不见，而当我准备靠近他时，他就迅速转身走开。我暗自心想，我看到的这个人真的是迈克尔吗？有没有可能是我产生的幻觉吗？有时我会忍不住大声叫出他的名字，但他却从不曾回头。

彼得请来的那些律师还未将那几箱文件归还于我，因而我始终惴惴不安。一群纽约的律师能对赛义夫与恐怖组织之间的联系做出何等判断呢？这类问题似乎在他们的调查权限之外，不过也许是我自己把所有事物的可能性想得太过简单与天真。我只能暗自祈祷法迪娅的账户只归属于她一个人名下，而唯一棘手的难题在于我们三人之间的关系：法迪娅与赛义夫的关系，我与法迪娅的关系。

虽然期末考试在 12 月 19 日便已全部结束，但我决定留在城里过节，悠闲地盘坐在温暖的公寓里。在圣诞节前夕的某天早上，门卫埃内斯托从楼下打来电话说有人给我送来一个包裹，在那个严寒刺骨的一天，我打开了另一个令我胆寒的包裹，里面装着一个表面光泽的黑色塑胶叠层板，大小和威廉·卡洛斯·威廉姆斯的《战争与和平》或《早期诗歌集》，抑或是陀思妥耶夫斯基的《罪与罚》的精装本差不多。看到叠层板上的控制线后，我才明白这是一种外部驱动器，虽然我担心，若将其连接到我的个人电脑上会致使电脑中的所有程序及文件感染病毒，或是将我自己置于某种无法想象的监视之下，但我最终决定放手一试，在我看来，我现在所经历的就是最糟糕的情形，没有比这更糟糕的了。

我连接驱动，打开桌面上弹出的图标，疑惑不解，我想一定是我的电脑出了某种故障，因为打开的窗口呈现出的是我原本电脑桌面上的所有单独文件和文件夹。几番尝试之后，我恍然大悟，这个驱动器里不仅有我电脑里所有文件的复制件，还有我到目前为止更改过的所有内容，最后一次更改显示的记录时间为今天早上的七点五十二分。

倘若这也是迈克尔·拉姆齐所为，那么他想传达的意思只有一个：我所做、所写、所读的任何东西，包括我在网上浏览的所有内容，甚至是我在线下的一切活动都有迹可循。当我连接好网络，监视我的人可以阅读我所写下的任何内容，甚至是那些我认为极度隐私的文件，譬如我保存在文字处理文档里的日记，偶尔创作的诗篇草稿以及一些信件往来（我有时会将其打印出来，签署姓名后装进信封寄送给收信人）。隐私这种东西早已不复存在，除非有人同我如今一样，亲笔书写信件、日记或是诗歌，即便如此，我们的政府也早已惯对信件表面进行检查扫描。即使我的监视者无法得知信件内容，但他们仍可知晓收信人以及寄信人的信息。梅雷迪思送给我的这部手机同样也将我置于可被追踪的境地，通过手机便可轻易精确定位某人所处的位置，也许迈克尔·拉姆齐此刻可以成功追踪我在任何一天的所有外出活动。我知道，这部手机便是拉姆齐一直在我身边不断出现的原因，他并非不速之客，而是一个危险信号，试图引起我的注意。此时，我突然想到几周以前那个令我诧异的夜晚，他曾在我过去使用的旧手机上所留下的信息，那同样是对我的警示：手机在被监听。

即使是在关机的情况下，手机也能被监听吗？即使是没电了，仍旧处于监听状态吗？

我意识到在这些文字中提到拉姆齐或许会将他置于某种危险境地，他也许会因此而遭到其雇佣者的报复，不过我在提笔初期并未考虑过揭露他的身份所将引发的复杂情形，我究竟是在几天或是几周以前开始提笔写下这一切的呢？这不是我的初衷所在，我并非想伤害拉姆齐，他不应为此遭受任何残害。

在收到这个包裹之后，我给塞巴斯蒂安医生打了一通电话，询问她是否能在假期之前抽空与我聊聊。

“如果你方便的话，现在就可以过来，我明天就要走了。”塞巴斯蒂安医生在电话中回答道。

在前往塞巴斯蒂安医生办公室的途中，我在西区大街的某家店内仔细挑选了一个装有梨子和坚果的精美礼篮，仿佛一个请愿者。

“我的病人通常不会携带礼物前来。”塞巴斯蒂安医生说着便带我走进了咨询室，在我的记忆中，这间咨询室比眼前的房间更为简洁朴素。我记忆中的那四面白墙如今却是鸽灰色，木质地板上铺着一层地毯，家具均是 19 世纪的古旧款式，屋内还摆放着中世纪时期丹麦风格的座椅，其中一面墙壁上挂着一些装饰用的非洲面具。在我第一次前来访问时，这些东西似乎都不存在。

“我之所以买这份礼物是想为我的临时到访表示歉意，同时也预祝你节日愉快。”

“我是一个很世俗的人，不过还是谢谢你，杰里米。”说罢，塞巴斯蒂安医生将礼篮放到一边，在我们第一次见面时，她坐在自己的办公桌后，而这次，她却走到为客人准备的两张座椅前，在靠近我的那张座椅坐下，“扫描结果显示一切正常，不过如果你仍觉得有什么问题，不妨试试咨询其他人，我很乐意为你推荐一些优秀的医师。”

“咨询精神科医师吗？”

“或者是心理治疗师，也可以两者都试试。”

在我和苏珊婚姻破裂时，身边的朋友曾建议我接受心理治疗，不过我宛然拒绝，并称自己更善于用跑步和阅读的方式来对抗内心的沉郁。在决定离开牛津，重新回到纽约的时候，我停止了跑步，而仅凭阅读已无法再与我内心的焦虑抗衡。事实上，阅读本身也会使我焦虑，其他人文章中的担忧与成见开始侵占我的大脑，令我惶惶不安，难以入眠。我意识到自己已经经历了好几周辗转难眠的日子了，在这些天里，我用酒精、迈尔士·戴维斯的音乐以及科波拉和西德尼·波拉克的作品麻痹自己，坚信观看电影《窃听大阴谋》《花街杀人王》或是《秃鹰七十二小时》是在为我在影视监视课堂上的讲解做准备，我试图说服自己，从未有人认真思考过影视作品里所使用的正规技巧，这些技巧可能被视为是20世纪70年代日新月异的人文景观的衍生物，在那个年代，电影、录像以及录音的监视现象正在一步步迈向司空见惯的境地，形式与内容逐渐统一，这是历史驱使下的结果，是科技进步，正如军工联合体的发展及其与情报界的联合一样。当时，我正是依靠这些来催眠自己，不过如今想来，这便是我无法成眠的原因吧。我的思绪永远停不下来。

“我对心理治疗没兴趣，我觉得我没有遭受过任何可以对目前所发生的一切作出解释的创伤。我非常确定我没有被害妄想，也没有出现短暂的意识丧失，我只是很焦灼，还有一点抑郁，但我的状态与大多数经历文化断层的人一样，事实上，也与大多数纽约客一样。”

“你可以试试抗抑郁剂，或者是药效较为温和的抗焦虑剂。有些人需要服用这种药物，而有些人则不需要。杰里米，像你这样高智商的人……”

“我想跟你讨论一下，”我打断塞巴斯蒂安医生，“如果问题的源头真是我的大脑，那到底会是什么问题呢？”

塞巴斯蒂安医生抬起下巴对我摇了摇头，双眼注视着我，与此同时，她伸手到办公桌上拿起那个在我们初次见面时用于记录的本子。她低头看向本子，打开之前的记录页码，然后再次抬头望向我。

“之前只是一次明显的记忆丧失，对吗？”

“那是第一个难题。在那之后，我接连收到几个包裹，里面均装有非常私密的文件资料。我的几个家人说这些文件资料或许是我自己寄给自己的，这加深了我认为自己患有他们所判断的被害妄想症的想法。”

“你没有给自己寄送文件资料的这段记忆吗？”

“没有，一丁点记忆都没有。收到每一个包裹的时候，我都很惊讶，甚至可以说是害怕。”

“所以你想知道这一切究竟是不是你自己干的，给自己寄送文件，却对此毫无记忆，是吗？”

“是的，我现在跟你谈论的不是一次单独的事件，而是好几个事件，是一系列我毫无记忆的行为。”

“如果事实真相果真如此，那我想强调一下我的个人看法，也许我们面对的是某种分裂性障碍，不过我还是会建议你去咨询精神科医师。你真的没有遭受过任何童年创伤吗？你有没有服过兵役呢？”

“我在童年里没有遭受过任何创伤，虽然我的童年生活无趣又乏味，但没有发生任何足以给我留下创伤的事件。我没有骨折过，在我父亲不幸去世之前，父母一直很恩爱，从来没有体罚过我。我的成年生活几乎是在图书馆、教室和学术办公室里度过的，我想从某个角度来说，那也可以算是一种创伤吧。”

塞巴斯蒂安医生低头看向笔记本，仿佛可以从中寻找到答案。“我问你一些问题吧。”

“乐意效劳。”

“乐意效劳？”

“尽管问。”

“好的。你是否出现过以下情况，正在开车或乘坐地铁途中，突然想不起自己出发的目的与时间。”

“没，没有出现过这种情况。”

“当你和某人交谈的时候，你有没有突然意识到自己完全没听见对方在说什么？”

“有时候会这样，不过不是经常。我努力做一个合格的听众，我的前妻以前总是抱怨说我在她说话的时候心不在焉，根本没有仔细听她说话就草草答应，但是大部分时间，我都会在与别人交谈时集中注意力。”

“你曾经有没有思考过自己为什么会处于当时所处之地？”

“是从存在主义角度来讲，还是物理角度？”

“物理角度。”塞巴斯蒂安医生微笑着回答道。

“没有，没有出现过类似情况。”

“是否曾发现自己衣着完整，却完全不记得穿上衣物的过程？”

“没有，从未有过。”

“有没有在你的物品中发现一些你不记得归属于自己所有的东西？”

“没有，从未有过。我对自己的生活、曾经的占有、如今的失去都一清二楚。”

“有没有什么人接近你，并且坚称你们之前见过，或者是对你极为了解，但你对对方毫无印象呢？”

一阵冰冷的痛感刺穿我的胸膛，我战战兢兢地回答道：“最近的确发生过这种事。在感恩节的那个周末，我碰见了一名年轻男子，我总是在城市里的各个角落频繁地与他偶遇，甚至在城外也碰见过他，他坚称自己曾是我的学生，但我对他没有任何印象，我不记得我曾经教过他，甚至不记得我曾经认识他，不过据他所说，我们彼此认识至少两年了，大概是在十年之前。”

塞巴斯蒂安医生一边听一边在笔记本上写写画画。“这名年轻男子是唯一一个符合描述的人吗？”

“在我看来是的。”

问题接踵而来，大多数情况下，塞巴斯蒂安医生所描述的情形与我均不相符，不过与此同时，也有些问题不免引起我的共鸣，内心的焦灼与不安汹涌而来，压得我快要喘不过气来。我向塞巴斯蒂安医生讲述了整个事件的来龙去脉，包括那几个奇怪的包裹，包裹里那些似乎不可能出于我自己之手的文件资料，以及这些资料正在经由律师和私人侦探检验一事。

“我想问你一个问题，”在塞巴斯蒂安医生说完之后，我接着问道，“如果有关部门找上门来，询问你从我们的这次单独谈话中获取了什么样的信息，你会怎么回答？”

“我想我会把我知道的，或者说是我基于这次谈话对你做出的判断如实上报，尤其是当我觉得你可能会对其他人的安全构成威胁的时候。”

“也就是说，你可能会跟有关部门说我精神不正常。”

塞巴斯蒂安医生冲我扮了个鬼脸，回答道：“如果我对你的判断确实如此，而且法庭要求我出示证据的话，那我的确会这么说。如果这是一桩联邦案件，那你应该知道这不会涉及医患特权。”她顿了顿，眯缝双眼，头部微微倾斜，问道，“你有没有做过什么不法行为？”

“这就是问题所在，我是否违反了法律，或者我是否神志不清，抑或两者都有，连我自己都不清楚。当我每天早上起来，准备开始一天崭新生活的时候，总是禁不住认为自己也许疯了。难道真的是我疯了吗？”

“不要用‘疯’这个字眼。我可以这么描述：你的脑部扫描结果显示一切正常，不过这不一定就是最完整的结论。从某些方面来说，目前科技仍然还未到达完全成熟的阶段，脑部运转正常并不能排除其他心理因素的影响。根据我所问的问题以及你所给出的回答，我想你有可能患有某种非特定分裂性障碍，但是，接下来这点很重要，你收到奇怪包裹的事实，你与那名年轻男子接连遇见的方式，这种完全不像巧合的巧合，以及你的行为举止，我一直在默默观察你的行为方式和整体外貌，我相信你是一位非常聪慧的人，而且神志十分清醒。”

“这是什么意思？”

“意思就是，我觉得你应该相信你自己对于正在发生的这一切的判断。”

“但如果我不知道正在发生的到底是什么呢？”

“那你就必须自己去寻找答案。”

回头看看已写下的这些文字，我似乎正在找寻一条可以让一切明朗，而非引发更多问题的线索。律师团仍未归还那些照片与资料，我知道他们正在积极调查，但没有那些记录，我无法对这一切做出准确的判断。如今，我手上只有此前不久收到的硬盘驱动，我将它锁在了书桌抽屉里。谁能保证这部驱动不是我自己买的呢？谁能保证我没有用它拷贝下电脑上的所有文件作为备用呢？谁能保证我没有在亲自寄出驱动后又立马安排送件人即刻送回，以让自己产生幻想呢？清醒的大脑可以将其所知晓的内容分裂开来吗？自动屏蔽一部分，而另一部分则在秘密运作，旋转齿轮和按钮，按下按键，放大并扭曲外界声音，使得两部分互相欺瞒？花火和烟雾机可以分散惊恐之人的注意力，或许那一刻就隐藏着最本真的自我。回想起塞巴斯蒂安医生所问的那些问题，我始终认为这不无可能。

每一天，我都会在城市的各个角落与迈克尔·拉姆齐巧遇；每一次，我都会跟随上前，而当我快要靠近他时，他却转身消失在来往的人潮里。我站在公寓卧室的窗户边，望向窗外的休斯敦大街，我在等，等待拉姆齐出现。窗外，一栋大楼上悬挂着一块色彩斑斓的广告牌，广告牌上是一片郁郁葱葱的棕榈树和白色沙滩，旁边有一句标语写道：去寻找你的沙滩吧。也许此刻我最需要的是一场忘却一切烦忧的旅行。

电视上的新闻播报员喋喋不休。叙利亚的恐怖分子将一名强奸受害者折磨致死，伊拉克的恐怖分子将几名同性恋男子扔下大楼，这种新闻屡见不鲜，此刻，我不由得想到赛义夫，他也是一名自诩对陌生人的命运有裁决权的可怕分子吗？此类行为和处决美国监狱内的犯人有何两样呢？和美国士兵在伊拉克强奸并杀害少女的行为又有何上下之分呢？当然了，上述行为正是那些同流合污的恐怖分子想要强调的重点。

几天之后，《近代史杂志》请求我对一项新研究做出评论，这项研究是有关于一群出类拔萃的英国历史学家的，这群历史学家在第二次世界大战结束后的几十年间一直处于军情五处的监视之中，因为他们均是共产主义者，或者说被认为是共产主义者，抑或仅仅是因为其在某个时段碰巧前往俄国旅游。我也许会和这些历史学家殊途同归，虽然我并非恐怖分子，也从未去过中东地区，从未前往埃及旅游，甚至在乘坐飞机往返于某地时，从未到达迪拜机场转机，不过，也许逻辑并不是那些评判者的准则，他们躲在隐蔽的房间，或站在建筑楼顶，时刻准备着对他人实施监禁或将其置于死地。

不久，我又收到一个新的包裹箱，与前面三个大同小异，里面装着我与法迪娅初次见面那一年开始至今，所有我个人的银行记录和税务状况。我从未想过自己多么轻易便可收回银行账单，撕碎税务回执单，且使我头脑中虚拟的电影院暂停其对大脑内部屏幕所放映影片的怀疑，暂停其对放映员自行选择的小说剧本的不屑。这一切究竟是小说还是纪实故事呢？是校园情景喜剧吗？还是谍报小说呢？我到底身陷何种派别的情节之中？

虽受人监视，但至少现在的我仍是自由之身，对于这一点，我深表感激，不过有时我也会在深夜突然醒来，吼叫着要重归自由。也许我需要出去看看广袤无垠的野外和一望无际的天空。自从感恩节之后，我至今仍未回过莱茵贝克镇，甚至已经记不清最后一次和母亲说话的时间。过去两天，梅雷迪思给我打了几十个未接来电，我打开电脑，看完梅雷迪思字句哀伤的邮件，却无力回复，我浏览着那些已发送的邮件，里面有几封似乎是出自我之手，但我却又一次毫无记忆（和我本应该发送给学生雷切尔的邮件不同）。梅雷迪思在某封邮件里邀请我前去她和彼得的公寓参加圣诞晚会，共度佳节，我母亲会在他们家中待上几天，彼得的父母也会一同前往。我应该在圣诞节当天提前到达梅雷迪思家中，而我却想着前往我在莱茵贝克镇的住所，独自一人，但梅雷迪思在邮件中透露出些许迫切，最终我答应了她的邀请。几秒钟后，我收到梅雷迪思的回复，她提出派专车来接我，我拒绝了，圣诞节那天交通拥堵，出行困难，乘坐地铁反而更快捷。梅雷迪思回复称我可以提早到达，甚至可以留下来过夜。我宛然拒绝了她的盛情，睡在自己的床上会比较心安吧。

圣诞节前夜，我独自一人待在家中，打包了一份越南菜，观看电影《银翼杀手》，享受一个人的静谧时光。《银翼杀手》是导演选用的最终剪辑版，但与我以往看过的其他版本相比，似乎将主角戴克刻画得更像人形机器人。大约二十五年前，那时我还是一个研究生，某天晚上，我乘坐飞机前往洛杉矶参加专题讨论会。当飞机穿过云层，一片霓虹闪烁的土地赫然出现在眼前，灯红酒绿在黑暗和烟雾中绚烂夺目，像极了导演雷德利·思考特在电影作品中刻画的景象，那一瞬间，我以为自己飞到了未来世界。这世界还有我的容身之所吗？我能不同于电影主角戴克，在清醒的虚构下，知晓自己究竟是以何等形象示人的吗？倘若受人威胁，我会力图展现天性吗？我究竟是什么？难道我是一个人形机器人？不，当然不是。但倘若戴克不是人形机器人，或者说不仅仅是人形机器人，那又会是什么呢？革命者吗？叛乱者吗？还是潜伏间谍呢？或许被蒙住双眼，行走在这个我出生的国家，这片我深爱的国土，这座在我心中胜过一切的家园，这片我了如指掌的大地，最终我会开始用另一双眼睛去领略，去感悟。

乌鸦在寒冬里的聒噪让我想到了英国，光秃的树枝上，乌鸦发出阵阵凄凉的叫声，令我胆寒，树干上苔藓密集，引人愁思，草坪仍旧是一片生机勃勃的盎然景象，有几处已披上一层银霜。在牛津生活的时候，我尽量避免在夜晚外出，只因我害怕映衬在黄色路灯下的潮湿街道，害怕英国人始料未及的举动，害怕似乎毫无缘由便突然迸发的暴力浪潮。一位同事说，某次，在牛津大学林肯学院举办的高桌晚宴散场后，他身穿无尾礼服行走在街道上，却在位于城镇中心的船街遭人无故殴打，而周围的旁观者冷眼相看，甚至在一旁怂恿袭击者，袭击者对他的财务毫无兴趣，这是个人恩怨，是阶级问题。英国是一个需要革命的国家，或许如今的每个国家均不例外，去其糟粕，取其精华，摈弃那些陈旧与僵化，废除那些会致使人类自身甚至整个世界毁于一旦的体制，将其全部摧毁，只留下艺术、书籍以及对过往的认知，然后重建一片更美好的国土。

圣诞节那天早上，车辆川流不息，出租车汽笛声声，我保持沉静，慢慢呼气，感受被单的温暖，触摸干燥的墙壁，它不像潮湿的街道那样令我害怕。

法迪娅仍旧杳无音信。我打开邮箱，猛然看到了那个让我热血沸腾的名字，我屏住呼吸，点开邮件，快速浏览完一遍后，再从头开始慢慢阅读。

亲爱的杰里米：

请原谅我以这样的方式联系你，也请原谅我没有早点给你回复。我看了你发给我的每一封邮件和每一条短信，但由于你不在身边，因而我一时也不知应如何回答，如今，我仍不知道应该如何看待我们之间的过往，或者说是你对我所做的一切，没错，我的确抱有这样的想法，我始终认为这一切是你强加给我的。虽然我当初并未拒绝，不过我想，权力均衡意味着一方不能无所顾忌地表示同意，你明白我的意思吗？

我的博士学业进展顺利，父母近况良好，我父亲表示，如果能征得如今当权者的同意，他想重新回到开罗。

我之所以写下这封邮件是因为我想你应该见见自己的儿子，他现在已经学会说话了，不过只会简单的几个字词，不久之后，他一定会问起自己的父亲，要么是明年，要么是后年，这一天总会到来，而当他开口问及时，我不想告诉他我已经跟他的父亲失去联系。如果我带着儿子前往纽约，你会见我们吗？到时候我们能和你一同居住吗（我父亲的大部分账户仍处于冻结之中，而你给我的那些钱，我很感激，不过还不足以支撑我和儿子前往纽约的费用）？

我必须澄清一点，我没有想过和你重新开始，我们两人之间的关系仅仅是作为赛利姆的父母，但与此同时，我也不想成为你和儿子之间建立良好关系的绊脚石。如果我阻止这一点，那对你们两个人来说都不公平，尤其是对他。

请务必告诉我你的想法，也请告诉我你的计划。如果不会显得太冒昧的话，我很乐意来纽约。事实上，我还有其他事情要同你商量，有关于未来的长期安排以及对赛利姆的保护和他的多重国籍问题，不过我想还是当面商讨为好。我希望赛利姆能拥有美国国籍，你明白我的意思吗？我希望你能明白。

祝好！

法迪娅

我立马回复了法迪娅，我的监视者已经看过法迪娅的邮件，这点我心知肚明，此刻，无论我写下什么字句都逃不过他们的密切监控，或许就在我打字的瞬间，这些文字早已被一览无余，他们会将其收集起来，并对此作出评判。

亲爱的法迪娅：

请你一定要来美国，越快越好。我额外向你的账户转了一笔钱，用于支付机票以及其他所需费用。倘若不够，请尽管开口。我随时欢迎你的到来，如果你愿意的话，你和儿子可以留在这里。我家有两间空置房，还有一间客房浴室，你随时可以在我家自由进出。我明白你所说的意思，至少我认为我是明白的，但目前我只能说，我为我所做的一切感到抱歉，如果我能有机会了解我的儿子，我想我可能不会对当初的所作所为感到后悔，不过，我对给你带来的伤害和影响深表悔恨。我希望我女儿和我母亲能够与你和赛利姆见上一面。请告诉我你现在的电话号码，我会打电话联系你。

祝好！

杰里米

在点击“发送”键时，我突然想到邀请法迪娅和赛利姆前来美国的行为或许意味着不经意将他们母子二人置于我如今所面临的危险境地，倘若我们三人突然再次聚集在同一地方，聚集在美国这片领土，也许会同时就此人间蒸发。谁敢担保他们两人能够踏入美国境内呢？尽管如此，一向贪图一己私利的我此刻仍旧欣喜万分。在前往哥伦布圆环光场的路上，我始终按捺不住内心的激动，走在冬日清晨的百老汇大街上，我忍不住哼起小曲来，同感恩节当天早上一样，我在林肯广场电影院驻足停留，查看正在播放的影片海报。当我正专注于墙上的绿色宣传海报时，身后突然传来一阵说话声。

“打扰一下，请问我能借用你的手机吗？”一名男子对我说道，还未转身之时，我便知晓此人一定是迈克尔·拉姆齐。

我拍拍口袋，这才意识到自己将新手机忘在了家中。“不好意思，恐怕你不够幸运，我没有带手机。”

“真是聪明，”拉姆齐一边说一边冲着电影海报点头，“我们可以一起观看这部电影，不去参加圣诞派对了。”

“这是一次好好交谈的机会吗？”

“可以这么说吧。”

“你会告诉我真相吗？”

他挑起一边的眉毛，一言未发，之后，当我们一同向世纪大厦走去时，他靠近我身边说道：“这世界上有些人只负责收集信息，却不必顾及后果，但想象一下，一个信息收集者，我们就暂且叫他档案管理员吧，一位档案管理员在收集信息时看见了一个他熟悉的名字，比如说是他曾经某位老师的名字，也许是高中或大学时期的老师，在看见这位老师的名字后，这位档案管理员想起了与他有关的那些记忆，这引起了档案管理员的兴趣，他想知道自己曾经的老师为何会被人盯上，于是他开始了更近距离地观察和了解。”

此时，我和拉姆齐到达了世纪大厦的侧门，在向安保人员表明身份后，进入了空无一人的大厦电梯。“这名档案管理员深入了解了他老师曾经的所作所为，以及他生活的方式——记住，档案管理员什么都可以看到，无所不知——从消费模式找出他老师一直以来用信用卡、借记卡购买过的所有东西，而越是了解，档案管理员便越是相信这名老师没有任何理由被人如此监视，但是他知道其他人可能并不认同这一点，或许他甚至知道其他人，那些指使档案管理员做这一切的人，那些权威在他之上的人正准备采取行动，了结案件，基于这位老师身边的个人联系以及其他一些不值一提的证据妄下定论，你明白我在说什么吗？”

“如果这名老师早已经知道正在发生的这一切，比如说他就此咨询过律师，而律师们却认为没有什么可担心的呢？”

“那也许是这位老师没有咨询正确的律师。”拉姆齐直直地看向前方的电梯门，双唇微微移动着回答道。

“那在这种情况下，这位老师究竟应该怎么办才好呢？”

“比如说，不过我只是跟你讨论讨论而已，”拉姆齐按下顶楼的楼层按键，“这位老师的家庭关系中有一位媒体人士，他在这个国家的媒体界是最有权威的，也许是老师某个亲人的结婚对象，也许妹夫或者是女婿，而老师可以说服这位亲戚刊登一则故事，将老师自己刊登在封面上，向世人揭露他的种种过往，将老师自己掌握的所有证据转交给公众考察。当公众看到这位老师，他们会看到自己的人生。这位老师平凡无奇，他只是一个微不足道的无名小卒，而这名平庸美国人的隐私却被剥夺了。”

“你说得倒是简单。”电梯到达顶层，电梯门开了，我和拉姆齐站在电梯内，看向外面空无一人的走廊，随即，迈克尔按下梅雷迪思和彼得的公寓所在的楼层。

“简单就是优雅，简单就是效率。为了适当处理这件事，这位老师不得不让那些陌生人阅读与他有关的一切，无论这段过往多么令他难堪，他甚至必须交出他手上的所有凭证，所有纸张、文件、笔记、出版物，以及他写过的文字和所有照片。他知道自己没有做过任何不法行为，而牺牲自己的隐私则恰恰是向有关部门证明这一点的途径，同时也是向整个国家表明真相的方式。”

“这样做可能会对这位老师的生活带来很大影响，他也许会被辞退。”

“他的亲戚很有钱，钱财问题根本无需担心。无论发生什么，亲戚都会照顾他，有多少人能得到这样的待遇？有多少美国人敢为了表明立场，而拿自己的事业以及隐私冒险？像档案管理员这样的人虽认为必须这样做，却太过害怕，害怕自己也许会一无所有，但这位老师完全不必担心这一问题。档案管理员只是这种体制内的一个寄生虫，但对于他这样的人来说，告诉别人正在发生的一切是一码事，当然，把这位老师当作卖国贼，对他的主张不予理会很容易。”

“然后再把他送进监狱。”

“没错，或者是将他强制驱逐出境。但如果像这位老师自告奋勇揭露一切，那这件事就变得更个人，更荒谬，也更令人惊骇。可能有人会对此感同身受，这位老师这样做也是在保护自己。”

“如果这位老师无法这样做呢？”

“那他唯一的选择就是生活在一个跟我们想象中大相径庭的国家。对于一个国家而言，没有隐私就是没有自由。档案管理员不想生活在那个国家，如果这位老师不将这一切公之于众，那他将面临危险境地。名誉尽毁，人间蒸发，想做到这一切真的轻而易举。”

“他们不会对美国公民做出这种卑劣的行径。”

“你太天真了。”

这时，电梯门开了，我和拉姆齐一同沿着走廊，朝我女儿家的大门走去。此时的梅雷迪思早已站在门口，一脸微笑。

我的所作所为均在监视者的意料之中，无论我去哪里，无论我在做什么，都逃脱不了被跟踪的厄运，或者更糟的是，我所做的一切都在按照监视者的预期进行。

我母亲早已到达了派对现场，在我还没来得及跟拉姆齐进一步交谈时，就被母亲一把拉到一边。

“梅雷迪思的这些朋友只对彼此感兴趣。他们从来没有问过我任何个人的问题，和他们交谈真是太没有意义了，他们眼里只有生意，在我看来，这个话题太空洞，根本没什么好聊的。这里没有一个人对艺术、音乐或者书籍感兴趣，他们只在乎那些可以购买，然后坐等升值，最后转卖大赚一笔的东西。我有时候在想，你怎么可以让梅雷迪思嫁给这群人呢？”

“她是嫁给了彼得，而不是彼得身边的人。”

“结果是一样的，难道你不明白吗？这两者完全就是一模一样的。”

“那次之后，你还接到过电话吗？”

“我每天都会接到电话，一共接了几十个，我设置成为免打扰模式，但还是有人给我打电话。有一次，我接到一个电话，一名自称是某个电脑公司职员的女性说我电脑的安全系统出了问题，如果我不让她通过远程遥控之类的进入我的电脑桌面的话，那我的电脑就随时有可能会被黑客入侵，我回答说我不愿意通过电话进行任何操作，然后她说那你就等着被黑客入侵吧，之后就挂断了电话，我当时很生气！”

“你不应该相信打电话给你的任何人。你还记得你在感恩节周末接到一个电话，一名男子在电话中恶意中伤我的事吗？”

“哦……他啊，他现在还是会打电话给我，好像不达目的誓不罢休，不过每次几乎都是跟我说一些相同的话，我觉得他是个疯子。他是你的某个学生吗？”

“你确定每次打电话的都是同一个人吗？”

“确定啊。我记得他圆润的口音，既不是英国口音，也不是美国口音，事实上，我一接电话就知道是他，因为他在开始说话之前，电话里总会先传来一阵敲击声，我叫他不要再给我打电话了，但他就是不肯罢手，我跟他说杰里米绝不是他所说的那种人，不过如果你和一名埃及女性有了小孩儿，那则是你自己的事情。”

“这么说来，梅雷迪思已经把这件事告诉你了。”

“她当然告诉我了。在我问你的时候，你为什么不告诉我实情？”

“我想是因为我觉得难以启齿吧。”

“你这么想太愚蠢了。我可以见见你的孩子吗？”

“很快就可以见到，他和他妈准备来纽约。”

母亲的双眼变得通红。“我真是太高兴了。”她窃窃私语道。

“不过我不能保证。”

“什么意思？”

“我不保证她会愿意与你见面。”

“她没得选择，我想看看我的孙子。”

这天的圣诞节晚会和之前的感恩节晚宴并无两样，只是一场商界人士高谈论阔的聚会，毫无任何意义可言，不过我意识到这两场节日聚会标志着我与之前的人生从此隔绝，在牛津生活的那些年已然成了一段不堪回首的独立往事，如今，我已踏上一个截然不同的新台阶，一切不可预知。

我阅读着彼得刊登在其杂志上的时下要闻，不禁陷入沉思。将我自己暴露于这个国家，甚至整个世界的目光之下，在某天早上醒来时猛然发现自己的脸出现在报纸或杂志封面上，我母亲、前妻、女儿、女婿以及女婿父母的照片被刊登在另一角，累累交谈铺天盖地而来。他们会受到何等影响呢？我们所有人的生活是否都会陷入困境呢？

梅雷迪思不时地前往厨房查看菜肴，随后又返回客厅，从容不迫。我常常会想，我和苏珊怎敢宣称梅雷迪思成长为如今的优秀女性是我们二人的功劳呢？她身上流露出的自信是她自己建立起来的品质，我和苏珊从未做过如此榜样。我怎能在这般沉着冷静的梅雷迪思面前，说出拉姆齐的建议呢？将我自己暴露于公众之下，公开我过去十年甚至更久以来的点点滴滴（我无法确定拉姆齐手上没有掌握有关于我的更多秘密。），意味着我的家人、朋友以及同事的生活也会被一览无遗，而受此伤害最深的无疑是梅雷迪思、我的母亲以及法迪娅和赛利姆。为向整个世界揭露政府过为己甚且有害无益的所作所为，或者更自私地说，为保护我自己的自由不受侵害而牺牲我自己乃至所有家人的隐私，真的值得吗？最终，我能斩钉截铁地说自己未曾做过任何不正之事吗？我真的如此清清白白？我是否从未逾越过法律界线呢？这世界上没有任何一个人是毫无过错的。

迈克尔·拉姆齐早早地便离开了，我没有找到机会和他进一步交谈，我不禁好奇他在这家庭团圆之日究竟会去何处。他有家人生活在这座城市吗？他的家人是否会在圣诞佳节这天准备好一桌美味佳肴，等他回家欢庆呢？他是否已回到自己的办公室，继续窥探我的生活，以此作为精神食粮？也许拉姆齐有一个甘愿为其烹制火鸡的女朋友或男朋友，或者他孤身一人待在位于新泽西州霍博肯的公寓内，凄冷地吃着打包的中国食物。我纠正一下，我确定他的住所并非位于新泽西州。无论拉姆齐究竟出生何处，如今的他是一名曼哈顿人，是一名敏捷出击的信使，使其受害者几近疯狂、情绪不定、急躁易怒甚至极度偏执。我是否如同独居丛林的人一样疯狂？或许拉姆齐便是我的墨丘利（罗马神话中众神的信使），是我的诡计之神，是我的信息之神，是我的交际之神，甚至是带领我进入极乐世界或是罪恶社会，抑或是黑暗之地的向导。倘若我是神的信仰者，那墨丘利必是我的唯一之选。

但，难道我们真的必须遵从神的旨意吗？

我提议派一辆车前去纽约肯尼迪国际机场接法迪娅和赛利姆，却遭到法迪娅的拒绝，她称将独自乘坐出租车前来，因为不确定护照检查和行李认领需要多长时间，所以不愿让我额外支付高昂的车辆等待费用。按照约定，法迪娅和赛利姆将在今天下午到达我的公寓。时间一分一秒地过去，我的紧张情绪愈发明显，我呼吸急促，阵阵凉意进入鼻腔，刺进我的心脏。我尝试拨打法迪娅给我的新号码，但却无人接听，于是我接连给法迪娅发送短信和邮件，却始终未有回复。那时已是晚上十点，整座城市笼罩在一片欢庆的新年氛围中，此时，埃内斯托打电话跟我说法迪娅和赛利姆已经到达公寓大厅。

过去一周以来，我不断想象着同法迪娅和儿子赛利姆开始一段全新生活，想象着我们一家三口相伴一生的画面，我越是清晰地看见这幅美满画面，它便越可能成为现实。我知道，这只是映衬我内心渴望的奇幻思维。当法迪娅在邮件中提出要前来纽约时，我的脑海中便开始浮现出与她白头偕老的画面，虽然她在邮件中提及未曾想过与我重归于好，但我确信，她在这里居住的时间越久，对我的情愫便会越发浓烈，甚至转变成爱意，时间流逝，我们终会在不知不觉中组成一个幸福美满的三口之家。我坦言，自法迪娅告诉我她怀孕以来，这一直是我梦寐以求的结局。如此一来，其他所有难题，包括我在美国法律制度下颇受怀疑的忠贞问题都将迎刃而解，因为法迪娅不对任何人构成威胁，这一点情报部门必会一目了然。倘若情报部门如同追踪我那般追踪法迪娅的一举一动，他们会从法迪娅的面庞和行为中知晓其与赛义夫之间的血缘关系和她自身的信仰与忠贞之间没有丝毫瓜葛。

踏出电梯门时，我的内心无比紧张，心脏怦怦直跳，脚上青筋跳动，双手冰凉。眼前的法迪娅仍旧是从前的模样，身穿一袭黑色长外套，乳白色的围巾罩住头部，双手怀抱着熟睡的赛利姆。

“我终于顺利到达你的国家了，杰里米。”法迪娅长舒了一口气，环顾四周，脸上尽是疲乏和恼怒。她一声不吭地将赛利姆递交到我怀中，此时的赛利姆正酣畅熟睡。他略微沉重，不过并不肥胖，身体很健康，直直的金黄色头发，头发顶部是黑色，身上散发出一股令我倍感熟悉的味道，那是我这几十年来始终难以忘却的味道。那时正值华盛顿的暖春时节，我身旁一名埃及男孩身上散发出一股既奇特又熟悉的味道，如今，他也已是年过半百了吧，在我模糊的记忆中，他似乎名叫埃米尔，我猜想他后来应该回到了埃及，同法迪娅一样，他出身良好，最终注定过上了大众生活，倘若法迪娅当初选择留在埃及，或许也会面对与之相同的命运。赛利姆以后会成为什么样的人呢？我要如何才肯愿意任他远走？我绝不会甘愿如此。看着法迪娅整理推车和行李箱，动作如此熟练，我不禁好奇她此前是否先去了别处，巴黎或是开罗，抑或是其他地方，倘若如此，那国土安全局也许会仔细审查她的护照。她和赛利姆使用的是哪国护照？是埃及护照吗？还是法国护照呢？事到如今，我仍旧对她的生活一无所知。

“我的手机好像坏了，不然我会事先给你打电话的，我在肯尼迪国际机场接受了长达三个小时的询问。那些人把我和赛利姆带到一个四面白墙的密闭小房间，房间里连一扇窗户都没有，之后便问了我一大堆问题，关于我爸和我哥，还有我舅舅。还问了我在牛津大学的专业，为什么要来美国以及准备在美国待多久，等等。那时我觉得他们可能不会让我入境，或者更糟，我当时以为我和赛利姆要被偷偷暗杀，或者是他们会派人带走赛利姆。有那么一瞬间，我甚至认为也许是你提前向有关部门透露了我和赛利姆前来美国的消息，目的在于从我身边夺走赛利姆。”

“我绝不会做这种事。”虽嘴上如是说，此刻我却暗自心想：这真是一个简单至极的解决办法，为了儿子赛利姆而牺牲法迪娅。

“我知道你不会，只是当时我身心疲惫，而且非常害怕。我告诉他们我是来美国找你的，你是赛利姆的爸爸，但我们没有结婚。我想他们可能以为我想滞留在这边，我向他们出示了牛津大学的信件，以证明我是一个全日制学生，他们看过之后，似乎倒是很满意。而且法国护照也不是一点价值都没有，我提出要给大使馆打电话，在他们犹豫不决的时候，我有点慌张了，于是我把我知道的所有关于赛义夫的事情都告诉了他们，其实我知道的也不多，不过很明显他的名字在黑名单里面，也许还出现在好几个不同的黑名单里。我是从他们问我的那些问题中得出这个结论的，于是我决定对他们袒露胸襟，我觉得这应该比欺瞒或是抵抗更明智吧。”

“我很抱歉发生了这种事。”

“你为什么要抱歉？这又不是你的错。”

“你这么说并不会减轻我的歉意。”

法迪娅打了一个哈欠，借着电梯内的灯光，我看见了过去这六个月的时光在她脸上留下的印记。她的倦容并非源自这场长途跋涉，甚至并非源自辛苦的母亲角色，而是源自对未来生活的不安与担忧。一种新的印记爬上了她的脸庞，我曾经钦佩的硬石变得更柔软了，而过去我在她脸上所看到的对于死亡临近的感知如今已被刻画成对于生活不安的微妙觉悟，那是我和她一同创造的生活，是她必须拼尽全力保护的生活，或者说在我看来是如此。走到房间大门时，我将赛利姆递还给法迪娅，当他脱离我怀抱的一刹那，我竟觉得自己的心在他们二人之间被撕扯开来，散落一地。

“我买了一个婴儿床放到你房间里，不过如果你想跟赛利姆各睡一间房的话，我也可以帮你们安排，这不是什么难事，我想让你在这里住得舒适。”

“一间房就可以了。他睡觉很乖，不会吵到我。”

我询问法迪娅是否想吃点东西，但她说之前已在飞机上吃过了，目前还不饿，只想洗个澡，法迪娅一边回答一边将儿子赛利姆放到床垫上，随后开始整理行李。“如果他哭了，你就把他抱起来。”

我乖巧地点点头，退到一边，看着她从我身边走过，我不敢触怒她，也不敢做出任何使她不适的举动。明天我至少应该试着提议让他们母子二人住进酒店。“不行！我们想和你住在一起。”我希望能够听到法迪娅这样的回答。

卧室里传来一阵水流声，我静静地看着熟睡中的儿子，他的胸膛上下起伏，两个圆圆的小鼻孔不停地扩张收缩，眼皮微微颤动，嘴里发出一阵喘息声。他跟我小时候真是一模一样，我们都有同样的金黄色直发，只是他的头发根部是黑色，且皮肤略显褐色。我的儿子将来会成为美国人吗？他母亲会允许他做出这样的选择吗？还是说他在自己父亲的国家里永远都会是一个外国人呢？

我安静地坐在卧室里，窗外是一片火树银花，美丽的烟火在漆黑的夜空中绚烂夺目，此时，赛利姆和法迪娅正在走廊另一端的房间里熟睡，自我离开牛津以来，内心最梦寐以求的渴望终于在此刻得以实现，万般欣喜中夹杂着一丝我始料未及的心痛，我心中燃起一股更大的渴求：从此以后，我再也不要与他们母子二人分开。

那是新年的第一天，也是我儿子出生后的第一个生日。法迪娅在厨房来回走动，小心翼翼地控制着自己的声响，她打开橱柜，似乎在找寻着什么，随后，我远远地听见儿子的哭声，这是自打七月以来，我第一次听见他的声音。我立马跳下床，冲进厨房，法迪娅看见我后，一脸歉意地笑了笑，但我知道，这便是和宝宝一起生活的景象。

“我是不是应该回避一下？”我主动问道。

“不，不用，没关系，把你吵醒了，不好意思，我刚刚在找咖啡。”

“咖啡在冰箱里。”

“你不应该把咖啡放进冰箱里冷冻，这会毁了它原有的味道。”

“真的吗？我之前不知道，以后我不会了。”

在我煮咖啡时，法迪娅离开了房间，几分钟后，她抱着赛利姆回到厨房，此时赛利姆已经清醒，脸上露出温暖的微笑。

“他需要适应一下。”赛利姆看了我一眼，随后立马将头埋进法迪娅的秀发中。“别害羞，”法迪娅柔声说道，“那是谁？还记得吗？是不是爸爸呀？你会说爸爸吗？他已经会说妈妈了，但我想他可能被我弄糊涂了，我总是跟他说法语。”

我伸手抚摸赛利姆的小手，但他躲开了，五指弯曲，缩成一个宽松的小拳头。倘若此刻有人正在看着我们，那他一定会认为这种生活平庸乏味，煮咖啡、换尿布、再次认识彼此。生活的平庸使得我们无可置疑，难道平庸不足以保护我们免遭电脑远程监控，免遭关键字搜索以及因私人关系而产生的内疚吗？

我们三人坐在用餐区域，俯瞰窗外的街道，此时天还未破晓，窗外仍是一片漆黑。

“赛利姆的生日，你想怎么安排？”

“天气太冷了，我们可以待在家里吃外卖。我不想赛利姆在这么恶劣的天气中在外面待太久，而且我也不是很急着想领略纽约的风光，我已经对这座城市很了解了，我小时候经常来这里购物。”

“你不喜欢这里吗？”

“不，我喜欢，但是你也知道，一切都是会变的。”法迪娅一边说一边调整怀抱赛利姆的姿势，以便于喝咖啡。她将赛利姆轻放到地毯上，赛利姆缓缓朝一堆软毛填充玩具的方向爬去，那是我此前特意为他准备的。“你考虑真是周到。”

“我只是想为过去的这半年做点补偿。他还没有开始走路吗？”

“他现在可以自己站立了，很快就能学会走路。今天我得去商店买一点给他用的物品。”

我和法迪娅一边看着赛利姆玩耍，一边有一搭没一搭地闲聊着一些无关痛痒之事。不久，赛利姆似乎饿了，法迪娅从地毯上一把抱起赛利姆，掀起宽松的上衣，轻轻扶着赛利姆的头。真想一直如此啊，彼此之间如此放松，舒适自在，惬意且安定，这样的生活或许没有隐私，但对于使自己适应隐私终结这一点来说无济于事，而是更合乎伦理地生活，承认自己的过错，将自己的一切公之于众，同时也要求他人透明化，坚持与监视者拥有同等权利，他们对我们了解几分，我们便敬还几分。

“你见过斯蒂芬吗？”我开口问道，此刻，我仍未告诉法迪娅有关于那几个包裹、迈克尔·拉姆齐以及她过去几个月来的生活被人拍摄的事情。我想我的这一问题是对她的测试，测试她是否会承认我在照片上所看到的她与斯蒂芬相互攀谈的一幕。

“我最近在大街上碰见过他，我不喜欢这个人，但我还是跟他打了招呼，因为如果不这样做的话，好像会显得很不礼貌。在那之前，我有好久都没有看见过他了，当时我是在圣吉尔斯大街上碰到他的，他几乎激动得快要爆炸了，好像是不相信我竟然会跟他讲话，我其实也不明白为什么他会有这样的反应，可能是由于赛义夫，或者我父亲以及舅舅的原因吧，不过他似乎并不想被人看到自己在大庭广众之下跟我交谈，好像他认为我不应该靠近他。”

一切真相大白，法迪娅和斯蒂芬之间没有联盟，也没有见不得人的阴谋诡计，那张照片上，法迪娅朝斯蒂芬所在方向微微倾斜头部的动作并不能说明什么。

“但是之后，”法迪娅调整了赛利姆在怀中的角度后继续说道，“他开始给我打电话。他从没有在电话中提及自己的名字，但他的声音，我想你也知道，他的声音很有辨识度。他在电话中说了一些有关于我的恶毒话语，我没办法重复给你听，我实在是说不出口，他还中伤我哥，甚至是你。他每天都会给我打电话，每次通话，我总会听到敲击和电流声，仿佛他使用的是网络通话连接，或者说有人在监听我们的通话，不过这只是我的个人想法。之后他开始说到赛利姆，他说总有一天，在我无法预料的时候，我会突然发现赛利姆不见了，他会在我转身的那一瞬间消失，而我从此再也无法见到他。我无法判断这是不是斯蒂芬在虚张声势，我也不知道到底应不应该对此引起重视。”

“你是因为这个才最终决定回复我的吗？”

“也许吧，我当时吓坏了。我想我本来可以去报警，但我在这群警察身上找不到一点安全感，至少在那些白人警察那儿是如此。在他们眼中，一个看起来有点像中东地区的女性足以改变整个局面。我怀疑即使我是受害的一方，他们也会想办法对我形成不利，接着我可能会被询问，而社会服务人员也会参与其中，等我反应过来之后，赛利姆可能真的不见了。如果这一切看起来像是我千里迢迢跑来找你寻求帮助，那么请你原谅。”

阳光穿过街道对面的建筑，洒落下来。我和法迪娅的咖啡杯都已经空了，我端起咖啡壶，重新倒上，我想，是时候向法迪娅袒露一切了，关于我收到的那几个包裹箱；关于迈克尔·拉姆齐；关于我母亲不断接到的陌生男子电话，如今看来这一定是斯蒂芬·杨所为；关于我对自己是否神志正常的疑虑；关于我对自己的女婿甚至是女儿与前妻是否卷入某种阴谋的怀疑，不过如今我不再抱有这种愚蠢的想法，我相信这一切的幕后使者一定与我的家人毫不相干。

“我能看看那几个包裹箱吗？”法迪娅问。

“我把它们交给律师了，目前他们还没有还给我。”

“那你说的这个迈克尔·拉姆齐呢？你能联系到他吗？”

“我女婿知道他的联系方式，不过我一直在犹豫要不要向他询问，我并不完全信任他，而打电话和发邮件显然也不保险。”

“那要不在你的窗户上留下记号？”

“你说的像是谍战电影里的情节一样。”

“你最后一次见他是什么时候？”

“我每天都会在大街上看到他，但每次当我试图靠近他的时候，他都会消失在人群中，或者有时我会怀疑那到底是不是他。在这将近一个月的时间里，我始终感觉自己神志不清。”

“你最后一次和这个迈克尔·拉姆齐交谈的时候，他说过你应该将这一切公之于众，是吗？”

“是的，他说得很隐晦，他建议我在彼得的杂志上刊登一篇文章，假如彼得同意如此的话，或者是在类似的出版物上刊登也可以。”我一边说一边给法迪娅看我所写下的这些文字，如同他人一样，窥探我自己的生活，回顾我的过往。“我只希望我能确定地说出这一切的幕后黑手到底是谁。我认为是政府，但我没有证据。最终，我什么证据也没有，只有那些资料，而它们现在竟然还不在我自己的手上。”

法迪娅再次将赛利姆放到地毯上，他四处爬动，沉浸在玩具的欢愉之中，如此天真无邪，对自己父母的复杂生活一无所知。我看着赛利姆，暗自发誓一定要陪伴他成长，绝不让我女儿梅雷迪思的悲剧重演。

“这一切的幕后使者究竟是谁真的那么重要吗？”法迪娅终于开口问出这一问题。“有些人一辈子都生活在摄像机的监控之下，向陌生人播送自己的生活。你也可以这么做，在你的公寓里安装摄像机，将自己呈现在世人的目光之下，以证明你是多么平庸，你的生活是多么无可怀疑，证明你与政府，或斯蒂芬·杨，或军情五处、军情六处、美国国家安全局、中情局、抑或摩萨德所认为你牵涉其中的事情毫不相干。向世人展示你的生活，如果你愿意的话，甚至是展示我们一家三口的生活，向他们证明我们并不是什么危险人物，只是平平凡凡的普通人，只是一对拥有子女的普通男女，不过恰好与一名信仰恐怖主义的男子有所联系罢了，但这并非我们自身的过错啊，而且这名男子完全不想与我们有任何瓜葛，甚至会谴责我们两人之间的关系。我想赛义夫一定会这么做，或者他会像斯蒂芬一样，威胁要将赛利姆从我们身边夺走，因为我做出的错误选择而置我于死地，因为你与我之间所发生的一切，或者是你对我的所作所为而将你杀人灭口，至于这一切到底是自然发生，还是你强加给我的，这取决于我们两个人对此的看法。我们两个为什么要因为赛义夫的身份而受到批判呢？我认为你必须公开这一切，我们可以一起面对，我会支持你。”法迪娅坚定地看着我，眼神中流露出一丝渴望，或者说是夹杂着渴望与决心。我望着法迪娅充满鼓舞的眼神，下定决心利用迈克尔·拉姆齐赋予我们的微小力量（倘若迈克尔·拉姆齐果真是泄露这一切的信使），回击幕后那些力量强大的权势者。

这篇文本的发表也许会带给我一段超乎想象的人生，这不是为我的子女或是为合法抗辩而作，而是为所有读者而作，仅仅是为了证明我的平庸，我和其他人一样，和千千万万个你们一样，只是微不足道的无名小卒。

“你愿意公开这一切吗？”法迪娅问。

“愿意。”我抱起地毯上的赛利姆，亲吻他的额头，说，“我愿意。”

# 致 谢

感谢诺亚·阿洛、凯特·巴拉德、丽塔·巴娜德、格伦·布洛伊尔、查尔斯·巴肯、梅根·凯里、莎拉·查尔方特、扎希德·R.乔社里、贾斯汀·考尼什、纳迪亚·戴维斯、凯伦·达菲、蒂姆·达根、盖尔·L.弗兰纳里、詹姆斯·A.弗兰纳里、托马斯·古布雷迈丁、露西·瓦莱丽·格拉哈姆、内维尔·霍德、克里斯·福尔摩斯、迈克尔·霍尔特曼、苏维尔·考尔、托马斯·诺里斯、安利亚·鲁姆巴、彼得·麦卡洛、比阿特丽斯·蒙蒂·黛拉、柯尔特·冯·雷佐里、尼尔·慕克吉、丽贝卡·纳格尔、罗杰·帕尔默、安吉拉·瑞伊、詹姆斯·罗克斯堡、阿德里安娜·鲁宾阿洛、保罗·圣阿穆尔、黛博拉·赛登、塔米辛·谢尔顿、玛格丽特·斯特德、艾迪·万·德尔·维兰丝、南·万·德尔·维兰丝、温蒂尼·S.韦伯、佐伊·韦卡巴、威尔·沃尔夫斯劳、安德鲁·维列、罗伯特·J. C.杨、阿尔巴·乔格勒贝利以及大西洋出版社和作家经纪人公司怀利的所有工作人员。

特别鸣谢安德鲁·万·德尔·维兰丝。

**图书在版编目（CIP）数据**

不存在的我 /（美）帕特里克 · 弗兰纳里著；崔玲译 . -- 北京 : 北京时代华文书局 , 2018.9
书名原文 : I Am No One
ISBN 978-7-5699-2531-9

Ⅰ . ①不… Ⅱ . ①帕… ②崔… Ⅲ . ①长篇小说－美国－现代 Ⅳ . ① I712.45

中国版本图书馆 CIP 数据核字（2018）第 182741 号

北京市版权著作权合同登记号 图字 : 01-2017-4855



# 不存在的我

BUCUNZAI DE WO

作　　者 | [ 美 ] 帕特里克 · 弗兰纳里
译　　者 | 崔　玲

出 版 人 | 王训海
策划编辑 | 康　扬　韩　笑
责任编辑 | 徐敏峰　康　扬
营销编辑 | 陈　煜　呼秀雯
装帧设计 | 安克晨　九章文化
责任印制 | 刘　银　范玉洁

出版发行 | 北京时代华文书局 http://www.bjsdsj.com.cn
北京市东城区安定门外大街 136 号皇城国际大厦 A 座 8 楼
邮编 : 100011　电话 : 010 - 64267955　64267677
印　　刷 | 三河市祥达印刷包装有限公司　电话 : 0316-3656589
（如发现印装质量问题，请与印刷厂联系调换）
开　　本 | 787×1092mm　1/16
印　　张 | 21.5
字　　数 | 250 千字
版　　次 | 2019 年 3 月第 1 版　　2019 年 3 月第 1 次印刷
书　　号 | ISBN 978-7-5699-2531-9

定　　价 | 52.00 元